Née à Buda[...] solides étu[...] térature et [...] naturellem[...] sant la frontière à pied, elle quitte la Hongrie. Les seuls biens qu'elle emporte avec elle sont, cousus dans son manteau, les feuillets qu'elle a écrits tandis qu'elle vivait la guerre à Budapest. Ces feuillets du temps du siège seront publiés sous le titre *J'ai quinze ans et je ne veux pas mourir*. Le Grand Prix Vérité a couronné ce récit unanimement célébré par la critique, traduit dans le monde entier et devenu livre scolaire dans plusieurs pays. En 1957, paraîtra une suite autobiographique *Il n'est pas si facile de vivre*.

Christine Arnothy commence alors une brillante carrière d'écrivain français, notamment avec ses romans : *Le Cardinal prisonnier, La Saison des Américains, Le Jardin noir* (Prix des Quatre Jurys), *Aviva, Chiche!, Un type merveilleux, J'aime la vie, Le Bonheur d'une manière ou d'une autre* et avec le recueil de nouvelles *Le Cavalier mongol* (Grand Prix de la Nouvelle de l'Académie française).

Christine Arnothy a également écrit pour le théâtre, ainsi que des œuvres pour la radio et la télévision. Elle a publié un pamphlet sous le titre : *Lettre ouverte aux rois nus*. Son roman *Toutes les chances plus une* est paru en 1980 (Prix Interallié), *Les Jeux de mémoire* en 1981, *Un Paradis sur mesure* en 1982, et *L'Ami de la famille* en 1984.

CHRISTINE ARNOTHY

Le Jardin noir

JULLIARD

Pour Claude

Les personnages de ce roman, comme leur nom ou leur caractère, sont purement imaginaires, et leur identité ou leur ressemblance avec tout être réel, vivant ou mort, ne pourrait être qu'une coïncidence insoupçonnée de l'auteur.

1

— Alors, continua-t-elle, vindicative. On ne tient plus ses engagements, on perd son sang-froid, on s'emballe?

— Vous me confondez avec quelqu'un, fit Yves. N'empêche que je préfère être pris pour un autre et injurié plutôt que rester seul.

— Il était convenu qu'on me laisserait aller à Cherbourg sans surveillance. L'enjeu est assez considérable... Vous auriez pu au moins me laisser une impression de liberté. En tout cas, personne au monde ne pouvait prévoir que, me dirigeant vers Cherbourg, j'allais changer de train à Lisieux. Moi-même, je ne le savais pas.

Yves grelottait. Il revint vers la route qui longeait les cabines. Protégé par celles-ci, il reprit son souffle. La femme s'approcha de lui. Elle devait avoir froid dans son vieil imperméable. Un foulard vert retenait ses cheveux que Yves supposait châtains. Elle n'était pas grande. La ceinture en tissu imperméable, sauvagement serrée, entourait une taille fine.

Il se retourna vers elle :

— Vous êtes hollandaise ou belge?

Les yeux de la femme prirent un éclat métallique.

— Vous voulez recommencer de A à Z, ici, emporté par le vent, en prenant ces grues comme témoins?

Elle désigna du doigt des grues jaunes qui arrachaient et revomissaient la terre en promenant avec nonchalance leur charge dans l'air.

— Ici, il y aura une piscine, expliqua Yves. On dit qu'elle sera terminée pour l'été. Regardez, cria-t-il dans le bruit du chantier : derrière, vers la gauche, la grande maison avec ses volets verts, c'est ma maison. Vous voulez la voir? Il reste très peu de temps pour l'admirer : elle sera démolie lundi prochain.

— Depuis quand l'Organisation utilise-t-elle des apprentis comme vous? Vous croyez que je vais vous suivre dans votre maison-fantôme? J'ai toujours eu, jusqu'ici, les plus intelligents... Et c'est un amateur qui m'accoste à Deauville!

Yves en eut assez. Il releva le col de son manteau autour du cou et s'apprêta à reprendre la direction du *Normandy*.

— Au revoir, mademoiselle. Je ne savais pas qu'un second moi-même se promenait dans la nature. Je n'aime pas être le sosie d'un inconnu. Au revoir.

Gardant son fourre-tout à la main, elle le suivit.

— Si vous n'étiez pas de l'Organisation...

— Je suis adjoint à la Sauvegarde des monuments historiques, mademoiselle. Au moins, j'aurais aimé savoir si vous étiez belge, ou hollandaise, ou suédoise peut-être...

— Je suis allemande.

Essoufflés, ils s'arrêtèrent. La violence du vent les faisait s'abriter contre les cabines. Dans cette tempête blanche, l'Allemande semblait inoffensive et hésitante. Yves la prit par le bras.

— Regardez, juste en face, la grande maison aux volets vert foncé. Vous la voyez bien maintenant. C'est ma maison : elle sera démolie. D'abord, on va la vider : un brocanteur enlèvera tout et, après, les bulldozers... les bulldozers...

— Là? demanda l'Allemande, en désignant l'immeuble encore une fois du doigt. Vous me parlez de cette maison-là, aux volets noirs?

6

— Verts.

— Elle va mourir, cette maison?

— Oui.

Exprimé par elle, le massacre de sa maison lui parut moins dramatique.

— Venez la voir. Je dois encore avoir un fond de whisky, mais ce n'est pas sûr.

— Je ne veux rien boire, répliqua-t-elle.

D'un pas rapide, elle marchait maintenant à côté de lui. Il lui demanda :

— Vous n'avez pas d'autres bagages?

— Pourquoi?

— Pour rien.

— Vous ne savez pas d'où je viens ni où je vais. Alors, pourquoi vous occupez-vous de mes bagages?

Il imaginait difficilement que quelqu'un puisse voyager sans valise. Même pour un déplacement de quatre à cinq jours, Hélène, sa femme, mettait tout dans des housses en plastique. Hélène était une femme pratique : elle choisissait les housses transparentes pour continuer à voir ce qu'elle y avait rangé.

— Vous êtes vraiment allemande?

Elle tourna vers lui un visage attentif.

— Oui, dit-elle, en appuyant sur chaque mot. Il n'y a aucun doute : je suis allemande.

— Où avez-vous appris le français? demanda-t-il.

— A l'école et en France. Je sais l'anglais aussi. Il suffit qu'un mot passe : je le gobe, comme une huître, je l'avale. J'étais toujours première en langues.

— Où?

— A Munich.

Du coin de l'œil, Yves l'observait. Il avait imaginé souvent des aventures avec des étrangères. Il les choisissait dans ses rêves selon ses besoins affectifs. Il leur prêtait alors des vices curieux, des manières particulières en amour. Il était, d'ailleurs, désorienté que cette femme ne fût pas blonde; dans ses pensées, toutes les Allemandes étaient blondes.

Ils traversèrent le boulevard Cornuché et arrivèrent devant la maison. Le portail en bois était resté ouvert. Yves monta le premier sur le perron presque aussi large qu'une terrasse. Il fit glisser sa clé dans la serrure et essaya de la tourner. La fermeture résistait.

— La clé doit être rouillée, dit l'Allemande.

— A la mer, tout rouille, bredouilla-t-il.

Enfin, il put pousser la porte. Une odeur de moisi humide et pénétrante les accueillit. Sa valise, qu'il avait déposée avant de s'aventurer sur les planches, l'attendait, humble comme un vieux chien. Les pas de l'Allemande résonnèrent sur les dalles de marbre. De grandes portes aveugles donnaient sur le hall. Elle saisit la poignée de la première porte et la manœuvra assez brutalement. Elle jeta :

— On ne voit rien!

Yves descendit à la cave où se trouvait le compteur électrique. Il abaissa le levier, et, soudain, la lumière s'alluma partout. Il revint en courant.

— Ils n'ont pas encore coupé le courant, dit-il, joyeux. Nous allons pouvoir brancher un radiateur électrique. Ne ne serons pas gelés.

— Qui « nous »? demanda l'Allemande d'une voix hostile. Ne faites pas de projets pour moi!

Yves rougit. Il l'entraîna vers une grande pièce du rez-de-chaussée.

— C'est le salon. C'était joli, n'est-ce pas?

— Où sont les tableaux?

— Nous les avons déjà partagés, ma sœur et moi. Ici, il ne reste que les affaires qui se sont révélées inutilisables à Paris.

— On pourrait peut-être ouvrir les volets, non? lança-t-elle.

Dans la lumière jaune d'une ampoule fatiguée, le salon semblait immense. Comme un gosse enthousiaste, Yves se précipita vers les fenêtres. Il s'acharna sur le crochet tordu. Les volets s'ouvrirent enfin et une violente lumière blanche envahit la pièce.

— Ça vous plaît? demanda-t-il. Venez voir par là. C'était la salle à manger et, plus loin, se trouve le fumoir.

Il ouvrait les unes après les autres les grandes portes vitrées tendues de rideaux d'une soie qui s'effilochait de toutes parts.

— C'est quoi, cela? demanda l'Allemande en s'arrêtant devant un grand meuble dont les rayons aux bords sculptés, adossés au mur, étaient vides.

— Un vaisselier normand. Impossible dans un appartement parisien! Quel est votre nom?

— Sigrid... Sigrid Dusz.

— C'est un joli nom, dit-il, sans conviction.

— Non, répliqua-t-elle, ce n'est pas un joli nom. C'est même un très vilain nom. Bien, je m'en vais.

— Il y a encore deux étages à vous montrer.

— Ne vous fatiguez pas, je ne suis pas acheteuse.

— La maison est déjà vendue.

Sigrid haussa les épaules.

— Je plaisante. Je voulais simplement jeter un coup d'œil sur un intérieur normal, susceptible d'être habité par des êtres normaux. C'est fait. Merci. Je vous ai injurié gratuitement. Excusez-moi : vous n'êtes pas en cause; visiblement, vous n'êtes pas en cause.

— Restez encore. Le train pour Cherbourg part seulement vers 8 heures de Lisieux.

— Il fait froid ici, dit-elle, soudain épuisée. Je suis glacée; je suis fatiguée.

Yves lui tendit la main.

— Venez là-haut.

Il l'entraîna par l'escalier. Ils arrivèrent au premier étage.

— Partout des portes! dit Sigrid.

Elle était énervée.

— Il y a trop de portes dans cette maison; c'est un labyrinthe.

— Ici, c'était l'étage de mes parents et, là aussi, se trouvaient de belles chambres pour les invités. Ma sœur et moi, nous logions au second.

La vitre de la lucarne qui éclairait l'escalier était cassée. En dessous, à travers le tapis de coco usé, une grande flaque d'eau pourrissait lentement le bois.

— Et pourquoi ne répare-t-on pas tout cela? demanda Sigrid.

— Oh! c'est fini. C'est bien fini.

Il la conduisit délicatement vers ce qui avait été sa chambre. Ils entrèrent dans une pièce obscure où il fit la lumière aussitôt. Sigrid resta immobile et embrassa tout d'un regard. Yves ouvrit les volets et brancha un vieux radiateur électrique. L'appareil se mit à bourdonner et rougit. Une carte du monde occupait un mur. Elle aperçut des draps propres, soigneusement pliés, préparés sur le lit-bateau ancien. Yves referma la fenêtre.

— Voilà, ma chambre est aérée.

Il s'assit dans son fauteuil.

— Prenez place, mademoiselle Dusz. C'est bien ça : Dusz? Ou vous permettez que je vous appelle Sigrid?

Elle s'assit sur le lit. Elle grelottait.

— Vous vous réchaufferez tout de suite, dit-il. Ici, il faut venir avec de gros pull-overs.

— Je ne savais pas que je viendrais ici, répondit-elle.

— Si vous venez de Paris, nous avons voyagé dans le même train et on a changé ensemble à Lisieux, sans se voir.

Elle haussa les épaules.

— Moi, je vous ai vu.

— Moi, non, dit-il, désarmé. Du tout. Je ne suis

pas un homme à aventures. J'ai une vie rangée :
j'ai une femme et des enfants.

Sigrid bâilla. Elle répondit, en traînant les
mots :

— Cela ne me regarde pas. Vous ne faites pas
partie de l'Organisation. Donc, à mon tour, je
peux vous utiliser; je peux vous demander, par
exemple, un refuge.

— De quelle organisation parlez-vous? s'enquit-il, d'un ton simplement poli. L'Armée du Salut?

— Dites donc, fit l'Allemande, vous voulez faire
de l'esprit ou quoi? Vous êtes loin d'être un rigolo. Vous n'êtes pas drôle du tout. Vous vous
appelez comment?

— Yves Barray, articula-t-il d'une voix distincte.
Je m'appelle Yves Barray... Et vous savez même
l'argot! C'est amusant quand vous dites « rigolo »
avec votre accent.

— Je me trouve plutôt sinistre, dit-elle.

Elle enleva son imperméable doublé d'une
fausse fourrure en nylon et avança les pieds près
du radiateur. Elle portait un pull-over à col roulé
et une petite jupe sévère. Intéressé, Yves l'observait. Il avait le regard d'un enfant qui a pu captu-
rer un oiseau et l'enfermer dans une cage. Elle le
jaugea d'un coup d'œil.

— Dites, monsieur... Comment donc?

— Barray.

— Dites, monsieur Barray, vous voulez me
louer votre lit? Vous parliez de l'Armée du Salut.
Nous resterons ainsi dans la note : la charité,
mais sans la chanson; les Français ne savent pas
chanter. Si vous êtes froissé, tant pis.

— Vous voulez louer mon lit? Vous avez sommeil?

— En principe, quand on veut dormir, c'est
qu'on a sommeil. Je n'ai pas fermé l'œil cette
nuit, à Paris. Je crève de sommeil. Vos draps,
vous pouvez ne pas les mettre; je me contenterai
de couvertures, gardez-les pour vous.

— Vous sortez de prison ou vous vous préparez à y aller? dit Yves. Quel est votre secret? Pour le secret, j'offre le lit.

— J'offre de l'argent pour le lit, répliqua-t-elle, d'une voix sèche. Je paie, et vous ne posez pas de question.

— Je plaisantais, dit-il. J'espère que vous plaisantiez aussi.

Il se sentit gêné. Il se leva et se mit à faire le lit.

— Mon père y dormait, vous savez. On me l'a donné parce que j'étais le seul garçon dans la famille, afin de maintenir la tradition. Dormez-y si vous voulez.

Il borda bien les draps et les couvertures.

— Il faut s'enfoncer là-dedans comme dans une poche, dit l'Allemande. Chez nous, avec les édredons, c'est plus facile.

— Je n'aime pas les édredons, dit-il, ils tombent par terre. Et si, par hasard, l'édredon ne glisse pas, on transpire.

Elle demanda un verre d'eau. Il alla dans le cabinet de toilette, près de la chambre. Le robinet du lavabo, asthmatique, cracha l'eau glacée avec difficulté.

— Je n'ai qu'un verre à dents, dit-il, en revenant.

Elle but. Il garda le silence. Au lieu de se présenter sous une forme saine et légère — il aurait préféré même un soupçon de vulgarité plutôt que ce mystère — l'aventure se compliquait. Cette femme aux yeux cernés, épuisée, se trouvait visiblement à la merci d'un malaise. Il avança le radiateur vers elle.

— Cela va mieux?

Il eût aimé la distraire. Il pointa du doigt :

— Vous voyez ce masque indien, là? dit-il, en désignant un des trophées de son enfance. Il vient vraiment d'Amérique. J'avais un oncle qui...

Elle émit un petit son qui ressembla à un sanglot.

— Vous pleurez?

— Non. Jamais je ne pleure.

Pourtant, elle avait les yeux rouges.

— Pour vous faire plaisir, afin que vous vous sentiez presque chez vous, je vais vous trouver tout de même un édredon.

Il sortit de la chambre. Sigrid écouta le bruit de ses pas déjà familiers sur le parquet de la pièce voisine. Par la fenêtre, la mer semblait toute blanche.

— Voilà, dit Yves en revenant.

L'édredon était vieux et fleuri. Yves le déposa délicatement sur le lit.

— Il est aussi sur la liste. Le brocanteur a tout pris. Il va le cocher sur sa feuille, avec le reste, lundi, au moment de tout emporter.

— Pourquoi dites-vous cela, fit-elle d'une voix désagréable. Vous avez peur que je l'emporte, votre édredon?

Elle se leva, furieuse, empoigna son fourre-tout et l'ouvrit d'un geste brusque. Elle en tira un portefeuille gonflé à bloc. Elle l'ouvrit. Une liasse de billets de cent francs apparut.

— Un million, lança-t-elle, dégoûtée. Un million de francs anciens : vous n'avez qu'à dire combien je vous devrai pour une heure de sommeil. Je paie *cash*.

— Je ne crois pas avoir rien dit de mal, s'excusa Yves, désemparé. Rangez votre argent.

— C'est à moi d'être précise, dit Sigrid : faire une offre, tenir parole et payer. Je suis allemande : la précision est mon métier.

— Avez-vous une chemise de nuit dans votre sac?

Elle tendit la main à Yves.

— Vous êtes charitable. Moi, je suis morte de fatigue. Laissez-moi dormir une heure en paix. Vous pouvez m'offrir un cadeau royal : une heure de liberté. Et venez me réveiller quand vous voudrez...

— Je vous laisse tranquille, dit Yves. J'ai la maison à organiser. Je m'y installe pour une semaine. Une semaine, c'est peu, mes dernières vacances sous ce toit...

Elle faisait à peine semblant de l'écouter. D'un regard précis, elle vérifiait les portes, celle qui menait vers la salle de bains et l'autre qui donnait dans le couloir.

— Où sont les clés?

— Perdues. Personne ne viendra vous déranger. N'ayez pas peur.

Elle s'arrêta devant lui :

— Je vous interdis de venir me regarder pendant mon sommeil.

— Je vous regarde maintenant. Vous êtes...

Elle attendait la suite.

— Quoi?

— Jolie.

Elle esquissa un vague sourire.

— Jolie... On dit aussi joli petit chien, joli paysage, jolie voiture, jolie petite fille. J'étais... On me disait une jolie petite fille. Laissez-moi, maintenant. A tout à l'heure.

Elle le poussa dehors. Il se retrouva dans le couloir glacé. Il entendit marcher Sigrid. Au bruit, il déduisit qu'elle avait poussé le fauteuil devant la porte afin de caler la poignée.

2

Enfin seule, Sigrid attendit. Ses paupières étaient lourdes. Elle écouta le ronronnement du radiateur. L'appareil ressemblait à une vieille et minuscule usine où tout aurait été déjà usé, sauf un héritage de bonne volonté. De nouveau, son regard parcourut la chambre, effleura les souvenirs puérils accrochés aux murs, le masque d'Indien, des papillons épinglés, de vieilles photos jaunies. Elle se sentit mal à l'aise dans l'enfance d'un inconnu. Elle enleva sa jupe, ses bas et ses chaussures. Elle les rangea méticuleusement sur une chaise et se glissa dans le lit. Les draps avaient une odeur d'humidité et de javel. L'oreiller se réchauffa sous son visage. Des relents chimiques envahirent ses narines. Elle s'imagina au début d'une anesthésie. De son lit, elle voyait la mer. La tempête chassait des nuages de sable blond. La violence nacrée de ce petit cyclone normand envoyait à coups redoublés les vagues écumeuses vers la côte. Elle tendit la main vers le radiateur : elle sentit la chaleur au bout des doigts. « *Kleine Sonne* » (1) se dit-elle. Elle s'endormit sans transition, sombrant dans l'inconscience, comme quelqu'un qui aurait fait un faux pas au bord d'un précipice.

Combien de temps s'était écoulé? Une sonnerie insistante tentait de s'imposer à elle. Sigrid ne voulait pas quitter la chaleur rassurante d'un néant paisible. D'abord, elle se refusa à écouter, mais la sonnerie persistait. La douce torpeur s'évaporait déjà. La couverture semblait pesante. Hagarde, bouleversée par son repos inespéré, Sigrid s'assit sur le lit. Soudain, le silence s'établit, quelqu'un avait pris l'écouteur, en bas. Dehors, il faisait presque noir. De la mer, il ne restait qu'une ligne blanche, presque phosphorescente.

Il fallait s'en aller. Sigrid se leva. Pourtant, elle aurait pu rester ici, dans ce lit aimable, jusqu'à la fin de sa vie. Elle aurait écouté paisiblement le bruit du radiateur et, enfin oubliée, elle serait morte de bonheur.

Des pas rapides animèrent la cage d'escalier. Les pas se rapprochèrent de la porte. Yves frappa.

(1) En allemand : petit soleil.

— Mademoiselle... Mademoiselle Sigrid?

— Poussez la porte et entrez. Vous êtes chez vous.

Le retour à la réalité était inévitable.

Yves entra. Le fauteuil avec lequel Sigrid avait calé la poignée de la porte gémit, avança en grinçant, et laissa le passage.

— N'allumez pas, dit-elle d'un ton qui ordonnait plus qu'il ne demandait.

Il ne restait que le radiateur comme source de lumière. Le vieux tapis était rose autour de l'appareil.

— Avez-vous bien dormi?

— Très bien. Merci.

— On vous a appelée au téléphone.

Sigrid ne broncha pas. Dans la pénombre, son visage était presque invisible. Les yeux de Yves n'apercevaient que deux mains inertes, posées sur la couverture.

— Qui m'a appelée?

— Un homme... un homme avec un accent.

— Ils ont tous un accent.

— J'étais en train de ranger en bas, expliqua Yves. Pendant un certain temps, figurez-vous que je n'ai pas trouvé le téléphone. Nous avons plusieurs prises. Je ne savais plus dans quelle pièce l'appareil était resté lors de notre dernier passage. Je cherchais, je cherchais... J'entrais dans des pièces noires et glaciales. Je pensais que, quand Armelle était venue pour la dernière fois — Armelle est ma sœur — elle avait dû le cacher, le téléphone. J'en étais persuadé. Elle est capable...

Il devina l'impatience de Sigrid. Il s'interrompit.

— Enfin, fit-il, précipitant son récit. Je l'ai trouvé. Une voix a demandé si Mme Barray était là. Le téléphone est au nom de maman. Je lui ai dit que non et que j'étais Yves Barray, son fils. Il m'a demandé si c'était bien moi qui vous avais

16

accompagnée cet après-midi. Je suis chargé de vous dire qu'en aucun cas vous ne devez remettre le voyage à Cherbourg. Vous devriez prendre le train ce soir à Lisieux...

— Il est quelle heure? demanda Sigrid.

— Il est... Vous permettez que j'allume? On ne voit plus rien.

Elle ne protesta pas. Il tourna le commutateur. Il évita de regarder Sigrid et jeta un coup d'œil sur sa montre.

— Il est 7 heures moins le quart.

Elle avait le visage défait.

— Je peux l'arrêter? demanda Yves.

— Quoi?

— Le radiateur. J'ai peur qu'il tombe en panne.

— Ménagez-le, dit Sigrid en soupirant. Un appareil, il faut le ménager.

Il tira la fiche de la prise. L'appareil pâlit. Sigrid se remit à grelotter.

— Pourtant, il fait encore chaud ici. Etes-vous recherchée par la police?

— N'ayez pas peur, dit Sigrid. Si vous êtes sage, vous ne serez mêlé à rien. Je m'habille et je m'en vais. On ne vous a pas donné d'autre indication?

Yves se leva, la regarda et dit à contrecœur :

— Il paraît qu'il ne faudrait pas que vous ratiez l'arrivée d'un bateau. Vous devriez repartir avec ce même bateau. Vous n'êtes que de passage en France?

— De passage partout, répondit-elle.

Elle rejeta la couverture comme on enlève un sparadrap. Elle se mit debout, près du lit. Sa combinaison, bordée de dentelle bon marché, lui arrivait aux genoux. Elle prit sa jupe et l'enfila. Elle mit ses bas. Dans leur indifférence ses gestes étaient pudiques. Elle devait avoir l'habitude de s'habiller devant les autres.

— On vous suit?

Elle avait retiré une brosse de son sac. Debout, elle se mit à se brosser furieusement les cheveux. Yves observait la masse soyeuse de ces cheveux presque blonds à la lumière électrique.

— Oui, dit-elle, en rangeant sa brosse. On me suit.

Elle prenait maintenant un flacon d'eau de Cologne, le dévissait et versait le liquide dans le creux de sa main gauche.

— On me suit jour et nuit, partout, depuis toujours et jusqu'à la fin de ma vie.

Elle s'aspergea la nuque.

— Qu'est-ce que vous pensez de ma peau, de ma peau allemande? Un homme que j'ai aimé m'a dit, un jour, que j'avais la peau allemande, laiteuse, sournoisement tendre, transparente sous la lumière, blanche au soleil, tiède au lit, blafarde à l'aube et aussi, paraît-il, excellente pour le tatouage... J'avais aussi une écharpe, continua-t-elle, si je ne la retrouve pas, gardez-la en souvenir.

Elle cherchait ses affaires, mais le désordre avait envahi la chambre encombrée comme un dépotoir. Tout traînait là : leur corps, leur âme, des objets, et aussi leur immense lassitude.

— Vous voulez vraiment partir?

— Mais oui.

Avec un lacet de cuir, elle referma son sac.

— Vous avez un secret...

— Certainement pas un, mais plusieurs, dit Sigrid. Comme si je pouvais me contenter d'un seul secret! Je suis une gourmande, je cumule. J'ai une foule de secrets. J'en ai à revendre.

Le téléphone se mit à sonner. A l'instant même où la sonnette commença à retentir, Yves se prépara à courir. Sigrid l'attrapa par le bras.

— N'y allez pas, dit-elle. Ils rediront les mêmes choses. Ils vous appelleront jusqu'à ce que je sois dans le train. Ils peuvent même vous appeler après aussi!

Il sentait la main de Sigrid à travers sa veste.

18

Ce contact lui plaisait. Son corps réagissait à ce contact. « Le téléphone, dit-il, c'est peut-être Hélène... » Maintenant, il aurait bien aimé sortir de ce jeu hallucinant.

— Je suis marié. Ma femme peut m'appeler ici.

Le visage d'Hélène flottait autour de lui comme un ballon. Gentiment agaçant, ce ballon était tout contre lui.

— Elle veut sans doute savoir si j'ai fait bon voyage, si je suis bien arrivé.

Sigrid leva son regard sur Yves.

— Dans votre propre maison je ne peux pas vous empêcher d'agir comme vous voulez. Répondez donc.

Yves s'élança, ravi comme un enfant de la permission. Sigrid sortit de la chambre. En descendant, elle traînait son fourre-tout sur les marches. A la hauteur du premier étage, là où la vitre de la lucarne était cassée, la pluie fine tombait maintenant dans la cage de l'escalier. Sigrid s'arrêta dans le hall obscur. Au salon, Yves raccrochait. Il ouvrit la grande porte-fenêtre qui le séparait de Sigrid et vint vers elle.

— C'était ma femme.

Il voulait la rassurer.

Le manteau de Sigrid ressemblait à un vêtement militaire. Il y avait partout de méchants petits boutons marron, des pattes avec des rabats. Elle avait dû choisir ce vêtement pour s'enlaidir.

— Enfin, vous voyez, on ne vous a pas réclamée. Restez donc. Nous pourrions dîner ensemble. Je connais un charmant petit restaurant, pas très loin d'ici. Rien n'est très loin d'ici.

— Et votre femme, qu'est-ce qu'elle voulait?

— Elle voulait savoir si j'étais content d'être seul. Elle m'a demandé si elle me manquait. Je lui ai dit que oui. Je lui ai dit oui par habitude.

— Vous êtes marié depuis combien de temps?

— Oh! je ne sais pas... dix-huit ou vingt ans... une éternité.

— Et elle s'imagine que, après une demi-journée, elle vous manque?

— Il n'est pas sûr qu'elle le croie. Mais elle aime l'entendre. Depuis des années, nous nous répétons des mots que chacun pense agréables à l'autre. Nous avons maintenant un vocabulaire de politesses et d'habitudes.

Sigrid tira violemment la porte d'entrée qui résistait.

— Au revoir, dit-elle.

Le vent poussa soudain la porte, puis la referma de nouveau sur le nez de Sigrid.

— Cette maudite porte se referme, cria-t-elle, en colère. Aidez-moi à sortir.

— Le vent voudrait que vous restiez.

Yves aurait préféré perdre la langue que d'avoir prononcé cette phrase puérile. Pourtant, Sigrid n'avait pas envie de rire. Elle s'acharna de nouveau sur la porte.

— Attendez, je vous l'ouvre.

Mais, auparavant, il s'adressa à Sigrid avec douceur :

— Mademoiselle Dusz, n'auriez-vous pas une photo de vous que je pourrais garder comme souvenir?

Cette fois-ci, elle prit le temps de le regarder. Elle constata qu'il avait le visage plutôt marqué, qu'il se couvrait de rides quand il souriait, qu'il était mince, et grand, légèrement voûté. Il avait le dos étroit et les omoplates saillantes, tels qu'en ont souvent ceux qui passent leur vie penchés sur des papiers.

— Une photo?

Elle frissonna.

— Une photo...

La phrase multipliait en elle des petites douleurs aiguës attachées les unes aux autres comme les lames d'un appareil de torture, et faisait surgir des fragments de souvenirs sanglants.

— Une photo...

Elle se pencha sur son sac et y plongea la main. Les doigts élégants en sortirent un portefeuille. Celui-ci contenait la page pliée en deux d'une revue illustrée. Elle la tendit à Yves.

— Voilà.

L'ampoule électrique qui pendait du plafond du hall se balançait dans le courant d'air. Le cercle jaune que sa lumière blafarde dessinait sur les dalles allait de l'un à l'autre. Yves examina la feuille. Il y vit une panthère photographiée de face, au milieu d'une pelouse. De loin, on distinguait des badauds qui, attroupés, assistaient peut-être à la capture de la bête. A côté de la panthère, se trouvait une jeune femme aux cheveux longs. Sigrid pointa son doigt sur le texte.

— Je vais vous traduire. Voilà : « Cette panthère est en liberté provisoire, échappée d'un cirque; ses minutes de vagabondage sont comptées. Mais l'autre... »

Le doigt revint vers la photo de la jeune inconnue.

— « ...la vraie panthère, l'autre fauve, est encore en liberté. Jusqu'à quand? »

— C'est vous? demanda Yves, incrédule.

Le visage encore un peu rond et les boucles démodées de la jeune Sigrid n'avaient pour lui pas plus de réalité qu'un tableau abstrait.

— Oui, c'est moi, à quatorze ans. Si cette photo vous plaît, gardez-la donc. Vous aussi, vous me comparerez à la panthère. Pour vous souvenir, choisissez celle qui vous est la plus sympathique : l'animal ou la femme.

— Pourquoi vous ont-ils photographiée avec une panthère? Qui êtes-vous?

— Un boute-en-train, dit-elle, cinglante. Une rigolote. Ça se voit, non?

Yves luttait difficilement contre le malaise qui l'envahissait. Il se sentait fatigué. Il eût aimé dîner dans un petit restaurant confortable, dans un milieu sans surprise, dans un cadre à sa mesure.

Il aurait entendu avec plaisir la voix puissante d'un garçon : « Un bifteck garni, un, et une carafe de beaujolais pour le quatre! »

Il aimait quand on plaçait devant lui une nappe en papier bien nette. Il s'installait facilement dans une atmosphère de fête. Il aurait pris, comme dessert, un brie.

— Alors, cette photo? Elle n'est pas très engageante, n'est-ce pas? On ne l'imagine guère dans un médaillon accroché autour du cou...

Elle arracha presque la coupure des mains de Yves et la fit glisser dans sa poche. Elle s'élança de nouveau vers la porte. Elle réussit à l'ouvrir. Elle descendit le perron et, tandis qu'elle traversait le jardin, il ne restait déjà plus d'elle, dans la lumière opaque, qu'une vague silhouette. Yves la rejoignit à la hauteur du portail cassé.

— Revenez.

Sigrid prononçait maintenant des mots en allemand. Son petit visage semblait être celui d'une femme sans âge. Elle se cramponnait au portail.

— J'ai mal à l'estomac, reprit-elle en français. Je voudrais m'éloigner de votre maison, de cette aventure stupide...

Elle se mit à crier :

— Je n'ai pas besoin de pitié. Je veux qu'on me déteste, j'ai l'habitude. Je n'accepte pas d'être plainte.

La mer grondait dans leur dos.

— Vous ne pourriez pas m'amener en voiture à Lisieux, s'il vous plaît? Aidez-moi : il faut que j'aille à Cherbourg.

— Je n'ai pas de voiture ici, répondit Yves. Revenez à la maison. Il y a toujours des taxis à la gare : j'en appellerai un par téléphone. Revenez.

Il la prit par la main. Sa paume, soudée à la paume de Sigrid, se fit brûlante. Il ne se souvint pas d'avoir eu, dans sa vie, un contact aussi particulier que cette intimité bouleversante avec l'autre main. Le hall glacial était devenu un havre de paix. Il entra dans le salon et prit le téléphone.

— Vous voyez, je peux promener l'appareil, dit-il à Sigrid. Nous téléphonerons de là-haut; il fait plus chaud.

Silencieuse et docile, elle le suivit. Quand elle revit la chambre, une bouffée de chaleur l'envahit. Elle n'aurait pas pu redécouvrir une patrie bien-aimée avec plus de tendresse. Yves brancha le radiateur et fit glisser la fiche du téléphone dans la prise. Sigrid s'assit sur le lit; les deux mains sur son estomac, recroquevillée, elle semblait inoffensive. Sa souffrance la rendait anodine.

— Couchez-vous, dit-il, en laissant le téléphone sonner sans réponse.

Il raccrocha.

— Je vous monterai une bouillotte. Il y en a deux à la cuisine.

Un bonheur sourd, inavoué, était monté en lui. Par miracle, il n'y avait pas de taxi à la gare.

— Je vous préparerai aussi un thé et vous me parlerez, si le cœur vous en dit, comme on parle à un frère. Vous partagerez avec moi vos soucis. Je ne peux pas vous aider. Je peux vous écouter.

— Et vous voudrez coucher avec moi? se renseigna-t-elle.

Elle aurait demandé de la même façon, sur le même ton, le prix d'un vêtement en solde.

— J'ai une femme et des enfants.

— C'est vrai, acquiesça-t-elle. Mais, pour beaucoup, ça ne veut rien dire. Vous êtes parmi les rares qui prennent la famille au sérieux.

Le regard de Sigrid s'arrêta sur l'oreiller chiffonné. D'un geste, elle le remit en place.

— Si je restais là encore une nuit, où pourriez-vous dormir?

— Dans la chambre de ma sœur Armelle : elle est restée meublée comme la mienne.

— Vous êtes gentil avec moi, dit-elle. Pourtant, j'ai été très désagréable sur les planches.

— Il n'y a pas encore un savoir-vivre particulier aux planches de Deauville, dit-il. « Comment faire connaissance hors saison sur les planches lors d'une tempête de sable. » Je crois que je pourrais écrire, maintenant, le chapitre des rencontres insolites.

— Vous dormirez vraiment dans la chambre de votre sœur?

— Oui.

A peine l'idée avait-elle pris forme qu'il la détestait déjà. Jeune garçon, il avait toujours éprouvé une certaine répulsion à l'égard de Armelle.

— Cela ne vous dérangera pas trop? s'enquit encore Sigrid.

Elle bâilla. « L'affaire, pour elle, est réglée », pensa Yves, agacé. A son goût, elle insistait trop. Elle compliquait des choses qui auraient pu être plus simples. Il eut une violente envie de s'en débarrasser à cause du lit de Armelle. Pourtant, il y avait d'autres lits dans la maison, mais le brocanteur en avait déjà emporté les matelas. En tout cas, dans l'un ou l'autre, il aurait dû coucher au milieu de souvenirs qui n'étaient pas les siens. Il méprisait l'enfance des autres. Il n'aimait que son enfance à lui. Elle ne ressemblait à aucune. Elle lui semblait même — dans la distance créée par les années qui s'en allaient avec la vitesse de la lumière — avoir été infiniment douce, quasi magique.

— J'ai un peu moins mal, dit l'Allemande.

Elle se redressa sur le lit.

— Quand la crise est finie, je bâille : c'est nerveux.

Enervé, à peine poli, Yves tendit la main vers le téléphone.

— Je vais essayer encore. Peut-être trouverai-je quand même un taxi.

— Non, demanda-t-elle soudain, presque suppliante. Permettez-moi de rester encore une nuit. Vous ne pouvez pas imaginer...

Il ne pouvait pas imaginer en effet. Il n'aurait

même pas voulu faire cet effort. Il raccrocha à contrecœur. L'aventure se transformait en un acte de charité. La femme irritante et inaccessible apparaissait comme une clocharde vulnérable. Prisonnier d'une situation qu'il aurait pu éviter, plus ennuyé qu'intéressé, Yves poussa un soupir pour se calmer.

— Je vous demande pardon pour le dérangement, prononça-t-elle d'une voix presque enfantine. Je pourrais dormir, moi, dans une autre chambre. Je ne voudrais pas vous priver de votre lit.

« Pas si bête, pensa Yves. Elle a donc compris que j'en avais assez. » Il saisit l'occasion.

— Il y a des hôtels ouverts à Deauville. Ils sont agréables et bien chauffés, et, quoi qu'on dise de l'hôtellerie française, on y est à merveille.

— Je n'ai rien d'une touriste, fit-elle.

Il pressentit que c'était peut-être le moment où il saurait la vérité sur sa conquête décidément minable. Depuis qu'il avait vu l'incompréhensible photo de la panthère, il se méfiait. Il aurait sans doute mieux valu pour lui passer à côté d'elle sur les planches sans lui adresser la parole, et continuer, solitaire, sa promenade.

La sonnerie du téléphone retentit. Le cœur de Yves accéléra son rythme. Son regard effleura Sigrid et s'arrêta sur sa montre. Il était 9 heures. En principe, à cette heure-ci, Hélène se déshabillait dans sa salle de bains. Elle devait porter un de ses pyjamas qui ressemblaient tant à un bleu de travail. Seule dans leur chambre, elle pourrait enfin s'enduire de crème grasse. « Le cou est vulnérable, avait-elle expliqué un jour, il faut le soigner, autrement il se venge. » Il avait vu une fois un papier qui traînait sur la table d'Hélène, un étrange dessin représentant une bouche dans plusieurs positions : en cul-de-poule, ouverte, fermée, figée dans une grimace. « C'est la gymnastique des muscles du visage », avait-elle expliqué.

— Si vous ne répondez pas, ils sonneront toute la nuit, dit Sigrid.

Yves n'avait plus envie de se mêler de l'affaire.

— Répondez.

Obéissante, elle prit l'appareil.

— Allô, fit-elle.

A son tour, Yves décrocha l'écouteur. Il reconnut la voix qui avait appelé déjà dans l'après-midi. L'inconnu parlait allemand.

— *Ya*, répondit Sigrid comme un automate. *Ya... ya... ya...*

Le téléphone se tut. Sigrid restait assise, voûtée, comme une petite vieille abandonnée dans sa détresse.

— Qu'est-ce qu'ils ont dit? demanda Yves. Je ne comprends pas l'allemand.

— Il parlait d'un bateau qui arrive d'Argentine demain à Cherbourg.

— Alors?

— A bord, il y a quelqu'un qui voudrait me voir et que je devrais suivre.

— Pourquoi?

— Parce que le moment est venu pour les autres et pour moi aussi.

— Qui est l'homme qui vous téléphone?

— Le chauffeur de Vahl ou de Thorenfeld. Vahl n'appelle lui-même qu'en cas d'urgence extrême.

— Qui sont ces gens? Qu'est-ce qu'ils veulent de vous?

— Que je sois au rendez-vous de Cherbourg.

Elle se coucha en chien de fusil sur le lit. Yves vint près d'elle et lui ôta ses chaussures.

— Il ne faut pas me soumettre à un interrogatoire, dit-elle, fiévreuse. Depuis que j'existe, on m'interroge. Si vous me posez encore une question, je m'en vais. J'ai très mal à l'estomac. Ça va passer; ce sont des spasmes de nervosité.

Elle exprimait, comme si elle les lisait imprimées sur un papier blanc, les pensées de Yves.

— J'irais bien à l'hôtel pour vous débarrasser

26

de moi, mais je n'ose pas. J'ai peur qu'ils me prennent malgré moi et contre ma volonté, et qu'ils m'emmènent de force en voiture avec eux à Cherbourg. Je veux bien m'y rendre, mais seule.

— La photo? demanda Yves. Donnez-moi une explication de la photo.

— Je suis la fille de Werner Dusz.

— Et alors? dit-il. En principe, tout le monde a un père, et on n'en meurt pas. Moi, je suis le fils de Yves Barray. Du côté maternel, nous sommes de souche bretonne. Depuis des générations, il y a au moins un Yves dans la famille.

— Oui, fit Sigrid, polie. C'est intéressant.

Comment parler à cet homme? il changeait à chaque moment. Intelligent et délicat pendant quelques instants, il devenait, dès qu'on touchait à sa famille, un bourgeois gonflé d'orgueil, et racontait des histoires sans intérêt.

— Moi aussi, dit-elle, j'aurais aimé être d'origine bretonne.

Yves se mit à sourire et dit d'une voix soulagée :

— Ah! vous aimez la Bretagne?

— Je ne l'ai jamais vue, répondit-elle. Mais si j'étais d'origine bretonne du côté maternel, je ne serais qu'à moitié allemande.

— En revanche, mon père était normand, continua Yves, imperturbable. Je me souviens que maman voulait passer ses vacances en Bretagne et papa en Normandie. Parce que, ici, nous étions plus près de Paris et que nous avions cette maison dont il avait hérité, papa a gagné. De la Bretagne, maman n'avait gardé que ses origines. Son père à elle, mon grand-père maternel, avait fait faillite avec une petite usine de conserves.

— Moi, dit-elle, ironique, j'aurais mieux choisi mes parents. Vous aviez la pluie en Normandie du côté parternel, vous auriez dû avoir une mère avec une propriété au cap d'Antibes!

Yves était totalement insensible à la plaisanterie.

— On ne choisit pas ses parents.

— Non, fit-elle tristement, non.

Un pénible silence s'installa entre eux. Yves se leva pour s'en dégager.

— Je vais vous faire un thé. Dans ma serviette, j'ai deux pommes que j'ai apportées de Paris. Si vous ne voulez vraiment pas sortir, nous devrons nous contenter d'un dîner très maigre. Demain...

C'était vraiment peu prudent de lui tendre la perche « demain ».

— J'ai trop mal, fit-elle. Un thé me suffirait.

— Il faudrait peut-être appeler un médecin, non?

Pourquoi devait-il parler de l'estomac d'une femme inconnue?

— Je vais faire le thé.

Il allait sortir de la pièce.

— Vous n'allez pas trop loin? s'enquit-elle.

— Non. Avant, dans le couloir, nous avions un cabinet de toilette; nous l'avons transformé en kitchenette. Il y a juste un réchaud électrique et quelques ustensiles. J'espère au moins, qu'ils y sont encore.

— Parce que, dit Sigrid — elle tremblait —, s'ils appellent au téléphone, il vaudrait mieux que vous leur parliez, vous.

— Parce qu'ils vont vous appeler toute la nuit?

— C'est bien possible. Excusez-moi.

— Qu'à cela ne tienne, dit-il, soudain furieux.

Il tira sur le fil du téléphone et brandit la fiche.

— Voilà, nous sommes officiellement coupés du monde.

En deux secondes, ils étaient devenus complices.

— Et si votre femme...

— Jamais après 8 heures. Elle regarde le programme de la télévision de son lit. L'appareil a des commandes à distance. Elle ne doit pas se lever quand elle éteint.

28

— Cela doit être pratique, dit Sigrid.

Les mains sur l'estomac, elle gémit.

— Vous avez très mal?

Il se sentit honteux. Il venait d'imaginer, sur l'écran de la télévision d'Hélène, la scène entre lui et Sigrid. Au début, Hélène serait plus étonnée que jalouse.

— Si j'appelais un médecin?

La question était absurde. La violence de Sigrid ne le fut pas moins. Elle poussa un cri.

— Je vous l'interdis.

— Bien. Je prépare votre thé. Restez tranquille. Ne criez pas.

Il sortit. Il alla en tâtonnant dans le couloir. L'ancien cabinet de toilette transformé en cuisine était repoussant. De vieilles tasses en faïence, ébréchées, s'alignaient sur une étagère. Il trouva une petite casserole. Il la remplit d'eau et la posa sur le réchaud électrique. Dans la vieille armoire à linge qu'ils avaient transformée en garde-manger, il découvrit avec joie un demi-pot de confiture d'orange et, au fond d'un sac en papier glacé, quelques biscottes cassées.

Le plateau préparé, il revint vers sa chambre, poussa la porte du pied, et fut accueilli à la fois par une chaleur agréable et par le sourire inattendu de Sigrid. Elle s'était mis du rouge à lèvres, et elle avait dû se brosser les cheveux.

Sur la table de chevet, il trouva une place pour le plateau. Jadis, cette table, il l'avait chargée de trésors, de coquillages et d'objets de toutes sortes. Il se souvint aisément de l'époque à laquelle il y avait aligné ses soldats de plomb afin de s'endormir en les regardant.

De nouveau, elle répondait à la question muette.

— Pour vous faire plaisir, je me suis arrangée un peu. Qu'au moins l'inconnue à qui vous avez prêté votre lit soit agréable à regarder.

— Un sucre ou deux?

— Deux.

Il s'assit sur le bord du lit et lui tendit la tasse.

— J'espère qu'il n'est pas trop fort. Vous parlez bien le français.

— Il est, en tous les cas, chaud, fit-elle.

Elle essayait de boire. Découragée et polie, elle reposa la tasse.

— Un peu trop chaud. Je vais attendre. Si votre femme nous voyait...

— Pourquoi parler d'elle? Laissez-la tranquille. Nous ne faisons rien de mal.

— Il faut bien parler de quelqu'un.

Yves s'apaisa.

— Voulez-vous une biscotte?

— Une moitié, merci.

Il essaya de prendre un peu de confiture dans le pot. La petite cuillère était trop courte.

— Peut-être avec le couteau, dit-elle. Voulez-vous que j'essaie?

Ses gestes habiles et rapides contrastaient avec sa nervosité visible.

— Qu'est-ce que vous allez faire à Cherbourg?

Elle rejeta ses cheveux en arrière.

— Je rencontrerai une personne qui apporte un message de quelqu'un. Je devrai accepter certains ordres. Je devrai même, si j'en éprouve le besoin, prendre ce bateau lundi en huit.

— Pour aller où?

Délicatement, elle enleva quelques miettes de son pull-over.

— En Argentine.

Elle jeta sur Yves un coup d'œil maussade.

— Laissez-moi tranquille. Moins vous en savez, mieux ça vaut... pour tout le monde.

Irrité, Yves sentit la colère monter en lui. Son sens pratique se révoltait. Il avait offert à l'Allemande un toit, il lui avait cédé son lit. Elle aurait dû parler.

— Connaissez-vous Munich?

Le dos appuyé contre l'oreiller, elle se tenait les mains croisées sur l'estomac. Elle avait pris l'attitude d'une paysanne enceinte qui se repose après une dure journée de labeur.

— Non.

— Vous ne participez jamais à un congrès? Munich est la ville des congrès. Tout le monde s'y rencontre : les bouchers du monde entier, les architectes, les créateurs de mode, les inventeurs, les collectionneurs, les masochistes, les optimistes. Vous n'avez jamais de congrès avec d'autres personnes également soucieuses de l'avenir de ces monuments historiques que vous sauvegardez?

— Vous ne devriez pas vous moquer de moi, dit-il, maussade.Vous n'êtes pas gentille. Buvez votre thé.

Elle but quelques gorgées.

— Quand on fait le thé dans de la vieille ferraille, il a un goût de métal.

— J'ai fait ce que j'ai pu, dit Yves.

Il avait envie de l'injurier.

— Moi, dit-elle, je n'ai jamais rien fait de constructif, même pas un thé au goût de métal. Je suis née à Schwabing, un des quartiers résidentiels de Munich. Un jour, si vous allez à Munich, faites-y un petit tour et pensez à moi... Oui, faites un tour à Schwabing. Dites à un chauffeur de taxi que vous voulez voir Schwabing! L'enfer a choisi ce Neuilly bâtard pour ma venue sur la terre. Je suis née à Schwabing.

— Je ne prévois pas de voyage en Allemagne, dit-il, plutôt rasséréné.

Il constata qu'elle aurait pu être belle. Quand elle levait la tête pour rejeter ses cheveux en arrière, son cou, élégant et fin, paraissait fragile. L'idée de passer la nuit avec elle s'était ancrée dans l'esprit de Yves. Il aimerait, dans son lit d'adolescent, pénétrer en elle, comme il l'avait fait tant de fois dans ses rêves avec des inconnues. Cela aurait été une revanche.

— Je trouve que vous ressemblez à Marlène Dietrich, dit-il.

Elle fit une grimace.

— Une Américaine, vous l'auriez comparée à Marilyn Monroe. Vous n'avez pas mieux? Moi et Dietrich, c'est idiot. Enfin, chacun selon son imagination.

Il prit la main de Sigrid.

— Je peux lire dans les lignes...

Elle retira sa main lentement, presque à contre-cœur.

— Vous me rajeunissez, monsieur Barray. Vous me faites la cour comme si vous étiez lycéen et moi premier prix de vertu chez les dames de Marie, en 1920.

— Pourquoi êtes-vous méchante? demanda-t-il.

— C'est ma nature.

Il était désemparé.

— Selon certains, continua-t-elle, je suis une sale bête. Fidèle à l'image qu'on a faite de moi, j'ai la capacité de mordre à chaque instant, et je ne ronronne jamais.

— Vous êtes poursuivie par la police?

Elle haussa les épaules.

— Par les polices.

Yves cherchait la trace d'une bague sur l'une ou l'autre des mains de Sigrid.

— Vous n'êtes pas fiancée... Ni mariée?

Elle se mit à sourire. Son visage s'était transformé en un masque de Pop-Art, partagé en deux moitiés différentes. Une contradiction flagrante s'établissait entre les lèvres souriantes et les yeux ternes de tristesse. Yves avait, maintenant, un peu peur. Il se méfiait d'elle. Pourtant, il la désirait aussi.

Il ne savait pas très bien comment il aurait dû commencer ses travaux d'approche. D'habitude, Hélène l'attendait au lit, tout en regardant la télévision. Le moment venu, plutôt gentille et consciencieuse jusque dans son rôle d'épouse consentante, elle remontait toujours elle-même sa chemise. Elle trouvait l'acte ridicule et, surtout, inutile à leur âge. Bonne épouse, elle ne manifestait cependant pas trop d'ennui. Lors de leur nuit de noces, quand il était entré dans leur chambre, la robe de mariée était déjà rangée dans l'armoire. Hélène avait une liseuse en laine qu'il avait fallu enlever. Depuis, les deux maternités avaient définitivement supprimé cette féminité anémique. Le soir du dévouement conjugal, Hélène s'arrosait d'eau de Cologne. Victime éventuelle d'un oubli probable, l'odeur aurait rappelé à Yves que c'était le jour de ses modestes plaisirs. Après, Hélène disparaissait dans la salle de bains et revenait, assez gaie, détendue.

Sur le plan des conquêtes passagères, les souvenirs de Yves n'étaient pas brillants non plus. Il avait eu, jadis, quelques petites femmes dont la présence avait été à peine plus consistante que celle d'ombres chinoises. Ces femmes-jeux, ces femmes-reflets avaient glissé sans résistance dans des lits anodins.

Sigrid semblait inaccessible. Il s'humecta les lèvres et renonça à l'aventure.

— Je pourrais coucher avec vous, dit-elle. Mais je n'en ai vraiment pas envie. Je crois que vous non plus, n'est-ce pas?

— Non, dit-il. Il faut bien dire que vous faites de votre mieux pour décourager les amateurs. Vous êtes une tentation à l'envers, un vrai repoussoir. Vous vous diminuez à plaisir pour m'ôter l'envie que j'aurais pu avoir.

— Eh bien, dit-elle, j'ai donc réussi. C'est ainsi.

Elle surenchérit avec une suave férocité :

— Il est difficile d'avoir toute la chance... Votre aventure se présente mal, avec les pieds devant, comme dans un cercueil. Pourtant, vous auriez mérité mieux...

— Vous me prenez pour un imbécile. Je vous ai donné mon lit. Je vous ai cédé ma chambre : la seule habitable. Et vous m'injuriez. Vous avez raison : il faut que je sois vraiment bête.

— Excusez-moi, dit-elle. Je vous demande pardon. Mais notre tête-à-tête m'en rappelle un autre. A l'âge de trente ans, j'ai été comme brûlée vive. Un bonze n'aurait pas fait mieux.

Yves n'avait pas envie de partir de sa chambre.

— Je pourrais savoir comment?

— Dans un wagon-restaurant, j'ai fait la connaissance d'un jeune homme, en dînant. Entre Paris et Nice.

— Parce que, à l'époque, vous dîniez encore?

Elle restait douce :

— Exactement. A l'époque, je dînais encore. Au bout d'un mois, je l'aimais. J'avais pensé que je pouvais peut-être commencer à vivre.

— Recommencer.

Il avait rectifié le mot comme un professeur.

— Non, insista-t-elle. Commencer à vivre. Après quelques semaines de jeux, de provocations, de tendresse imaginée ou vraie, nous sommes partis ensemble. Il se disait d'origine autrichienne. Il parlait l'allemand avec un léger accent. Nous avons passé trois jours à Sankt-Anton. C'est un village pittoresque, en Autriche, caché entre de hautes montagnes. Les autres y vont pour faire du ski. Nous y partions pour faire l'amour. David avait emprunté un chalet à un de ses amis. De l'extérieur, c'était une fermette ancienne. L'intérieur était aménagé avec un luxe presque ridicule. J'étais heureuse. Le premier soir, j'ai fait un grand feu dans la salle de séjour. A l'étage, deux grandes chambres étaient séparées par une extravagante salle de bains en marbre. Nous nous aimions. J'étais sûre que j'avais enfin, au travers des larmes et des étreintes, trouvé mon refuge dans les bras de David.

« Cette nuit-là, alors que, demi-inconsciente, je naviguais déjà vers un sommeil apaisant, j'ai reconnu ses mains puissantes qui se posaient sur mon cou. Je me souviens avoir répété : « Je t'aime... je t'aime... » Mais la pression s'accentuait. J'ai ouvert les yeux. David me souriait curieusement. « Où est ton père? a-t-il dit. Tu vas me répondre, maintenant. Autrement, je serrerai plus fort. Alors, sois gentille : parle. J'ai déjà perdu beaucoup de temps. Je ne gaspillerai pas les trois jours qui me restent. Parle. »

» Pendant trois jours et trois nuits, nous avons vécu tous volets clos, à la lumière électrique. « Où est ton père? » Il me reprenait et me rejetait, usant de mon corps et de mon âme. Je résistais. Je m'enfonçais dans des sables mouvants. Anéantie, démunie de la dernière parcelle d'amour-propre, j'étais devenue une loque qu'on caressait et qu'on interrogeait. « Où est ton père? Il te contacte comment? Par quel truchement reçois-tu de l'argent? »

» J'écoutais les clochettes accrochées au harnais des chevaux qui trottaient, dehors, sur la neige blanche en tirant de joyeux traîneaux. J'entendais des cris d'enfants. Vers 4 heures, quand ils sortaient de l'école, ces enfants étaient particulièrement gais et bruyants. Ou bien, le soir, c'était le chant des noctambules qui rentraient, légèrement éméchés. A l'extérieur, le monde vivait. Je guettais David. Ne m'avait-il donc jamais aimée, ne fût-ce qu'un instant? Je voulais le haïr. Je ne désirais, à la fin du troisième jour, que la mort. Au bout de soixante-douze heures de duel, il est parti. Méconnaissable, souillée moralement, j'errais d'une pièce à l'autre. Je vomissais. Pour faire cesser cette nausée spasmodique, j'ai bu beaucoup d'eau. Cassée en deux, je rendais l'eau.

» C'était ma deuxième mort. En vérité, j'étais déjà morte en 1945... En 1945, à la capitulation de l'Allemagne, j'étais complètement seule depuis une semaine dans la grande maison de Schwabing. Tapie derrière les rideaux, j'observais le jardin et la rue calme. Peu de personnes passaient par là. Souvent, comme par hasard, en approchant de chez nous les gens changeaient de côté. J'avais très faim. Je me lavais tous les jours. Je faisais de l'ordre dans ma chambre. Au bout de quelques jours de solitude, je me suis aventurée au rez-de-chaussée, dans le bureau de mon père. L'accès m'en avait toujours été interdit. Quand j'ai ouvert la porte de son cabinet, j'ai été frappée d'y retrouver l'odeur de sa chienne, une odeur de feuilles pourries en automne. Je réagis avec un violent dégoût. Nixe, la chienne, et moi, nous nous détestions. Avez-vous un chien, monsieur Barray?

— Un caniche, dit-il, un peu honteux. On l'a acheté comme nain. Il est devenu royal. Il est gai, infidèle et propre. C'est un chien sans problème.

— Une cigarette, s'il vous plaît.

Sigrid sourit. Yves lui tendit son paquet de gitanes.

— Jamais! s'exclama-t-elle. Avec une bouffée de gitane, je tombe dans les pommes. C'est le coup de matraque. Je préfère ne pas fumer.

— Je n'en ai pas d'autres. C'est dommage.

Il s'excusait pour la forme.

— Donc, dit-elle, vous n'avez jamais vécu avec un chien qui n'aurait eu qu'une seule envie : vous sauter à la gorge?

— Ah! non, dit-il. Cela non; vraiment pas. Notre caniche est un être amoral, mais très aimable. Il aime tout le monde.

— Tandis que Nixe n'aimait que mon père, continua Sigrid. Dès que mon père apparaissait quelque part, on sentait l'odeur des feuilles mouillées, l'odeur de la chienne. Elle arrivait, malgré la taille robuste — c'était un chien-loup — d'un pas léger. Même le sol ferme, sous ses pas, donnait l'impression d'être un marécage où elle devait trouver chaque fois, pour le traverser, une piste secrète. Elle avançait la tête baissée, en reniflant et, quand nos regards se croisaient, c'était moi qui, la première, détournais la tête. Nixe me dominait.

» Je me suis donc trouvée dans le bureau vide de mon père. La couverture de Nixe était encore par terre. Pour rien au monde, je ne l'aurais touchée. Les grandes bibliothèques-vitrines étaient toutes fermées. De loin, sur les dos de cuir foncé, les titres dorés des livres médicaux ressemblaient à d'anciennes broderies. Soudain, j'ai entendu le bruit d'une voiture. J'ai couru dans l'entrée et, par la porte vitrée, j'ai vu plusieurs voitures militaires qui défilaient devant la maison.

» La dernière voiture de la file s'est arrêtée. Deux militaires américains en sont descendus. Ils n'ont pas hésité un instant. Ils ont poussé le portail; ils l'ont laissé entrebâillé. Ils sont venus vers le perron. Je leur ai ouvert la porte. Je leur ai parlé allemand. Ils m'ont répondu en américain. J'ai eu juste le temps de prendre mon manteau dans le vestibule et, sans avoir compris ce qu'ils voulaient, je me suis retrouvée en leur compagnie, dans une jeep. J'étais près d'eux, saisie de frayeur. Les Américains et les Anglais avaient amené la mort sur l'Allemagne. Ils avaient rasé nos villes. Il paraît que c'était pour sauver l'Europe. Je les ai regardés. Etait-ce vraiment eux, ces grands jeunes hommes nonchalants, qui avaient jeté la mort? La jeep sautillait dans les rues dévastées de Munich. Des ruines fumaient encore.

» Nous sommes arrivés devant une grande maison dont la porte cochère était gardée par des militaires. Ayant franchi le seuil, le hall traversé, mes gardiens m'ont fait entrer dans une grande pièce claire. Assis derrière un bureau qui me semblait gigantesque, un officier américain lisait. Un autre, à une table, tapait à la machine. Un troisième Américain se tenait debout devant la fenêtre. Quelques instants plus tard, j'ai su que c'était l'interprète. Chaque phrase prononcée en allemand par moi devait être répétée par lui en américain. L'interprète avait un visage démuni d'expression. Il semblait s'ennuyer. Je regardais l'officier qui m'interrogeait, j'observais le mouvement de ses lèvres, et j'entendais en même temps, comme dans un film synchronisé, le texte en allemand.

» — Votre nom?

» — Sigrid Dusz.

» — Votre âge?

» — Quatorze ans.

» Vers qui devais-je me retourner? Vers celui qui traduisait ou vers celui qui m'écoutait? Comment choisir?

» Je demandai :

» — Pourquoi suis-je là?

» L'officier assis derrière le bureau reprit sans répondre le chapelet de ses questions :

» — Le domicile de votre père?

» — Schwabingstrasse 2.

» — Quand l'avez-vous vu pour la dernière fois?

» — Il y a une semaine.

» — A quelle heure ce jour-là a-t-il quitté la maison?

» — Je ne me souviens plus.

» — Pourquoi vous a-t-il laissée seule?

» — C'était son habitude. Depuis la mort de ma mère, j'étais presque tout le temps seule.

» — Il vous a dit où il allait?

» — Oui. Il allait à Francfort.

» — Chez qui?

» — Je ne sais pas.

» — Vous faites partie des jeunesses hitlériennes?

» — Oui. C'est obligatoire.

» — Vous vous déclarez nazie?

» — Je suis allemande.

» — De quelle opinion politique?

» — Je n'ai pas eu le temps d'avoir une opinion. Je n'ai que quatorze ans. Je n'ai eu d'autre désir que de ne pas être enterrée vivante sous les décombres. C'est tout.

» — Vous saviez que vous seriez interrogée?

» — Non. Je ne comprends pas pourquoi je suis là.

» L'officier leva la tête et regarda l'interprète. Il reprit son crayon.

» — Votre père vous emmenait souvent avec lui à la campagne?

» — Jamais. Il préférait la solitude. Il aimait être seul dans sa petite maison et se consacrer à ses recherches. C'était, pour lui, un endroit où il réfléchissait aux destinées de l'humanité. Je l'aurais gêné.

» La main du greffier s'arrêta sur sa machine. Instinctivement, parce que le bruit avait cessé, je me suis tournée vers lui. Son regard me mit mal à l'aise. L'homme se gratta la gorge et reposa lourdement ses mains sur le clavier. L'officier se pencha vers moi.

» — Quand avez-vous vu votre père pour la dernière fois?

» — Il y a exactement une semaine.

» — Où se trouve-t-il actuellement?

» — A Francfort, je crois.

» Sans cesse, les mêmes questions revenaient. A un moment donné, l'officier en eut assez. Il appuya sur un bouton et me dit : « Vous êtes arrêtée. » Deux soldats américains sont entrés dans la pièce. Ils m'encadrèrent. Je me suis levée. Je me détachai difficilement de ma place. Mes jambes étaient lourdes. Ma tête tournait. Les soldats avaient une odeur de cuir et de pâte dentifrice. Ils m'ont conduite au bout d'un couloir, dans une pièce vide. La seule fenêtre était obturée par des barreaux de bois. J'ai eu le temps de regarder où j'étais. J'ai découvert un lustre somptueux. Dans cette maison, il ne restait, d'une époque révolue, que ce lustre. Ils n'avaient pas peur que je me pende : le lustre était placé très haut, accroché à un plafond aussi lointain que le ciel même.

» Assise sur le parquet, je cherchais la raison de ma présence dans cette prison improvisée. Le soir, on m'a conduite aux lavabos. Revenue dans la pièce, j'ai trouvé, par terre, un matelas pneumatique, une couverture soigneusement pliée en quatre, une boîte de lait condensé sucré déjà ouverte. J'ai bu le lait de la boîte; il m'a écœurée. Je me suis couchée et j'ai dormi profondément. Cette nuit-là, j'ai eu un sommeil incomparable. Ce sommeil béni est devenu mon souvenir le plus précieux. J'ai perdu depuis le sommeil sans rêves. Je l'ai perdu le lendemain.

» Le matin, j'ai été autorisée à faire ma toilette. J'ai pu me laver le visage et les dents. J'ai bu un café noir très sucré qu'un soldat m'a apporté. J'ai été invitée, plus tard, à prendre place dans une voiture militaire, à côté du chauffeur. En me retournant, j'ai reconnu l'officier et l'interprète de la veille.

» Nous allons visiter la maison de campagne de votre père, dit celui-ci.

» Je n'ai eu aucun pressentiment. J'avais vécu pendant des années au milieu d'une guerre atroce. Avant d'être adulte, je me sentais déjà veuve et orpheline. Les jeunes gens que je connaissais, que j'aurais pu, un jour, épouser, étaient tous morts. Les inconnus aussi étaient morts. J'avais grandi sur des ruines dégoulinantes de sang et de fumée. Nous étions tous comme des fleurs qui auraient poussé sur le fumier. L'univers était transformé, autour de nous, en fumier. Nous nagions dans un fumier liquide. Pour respirer, nous emplissions nos poumons de fumier. De quoi aurais-je pu avoir peur? Quelle émotion nouvelle aurait pu me saisir? Les villes, les âmes, les espoirs, la chair et l'eau, même, tout était empoisonné autour de nous, dans l'Allemagne de 1945.

» La voiture quittait comme à regret Munich. Le soleil de ce printemps tardif était fort. Il m'aveuglait aussi. A Schwabing, au cours des derniers jours avant l'arrivée des Alliés, j'avais vécu avec les rideaux tirés. Munich, depuis des années, était enveloppé dans une brume ocre. La couleur ocre est, pour moi, la couleur la plus insupportable : elle est faite de sang et de décomposition. Mais ce jour-là, avec les Américains, le ciel était d'un bleu enfantin. J'ai eu envie de mettre ma main dehors. Je l'ai tendue au-dessus de la vitre baissée, vers la lumière.

» Alors, j'ai aperçu, dessinés sur le bleu éclatant, des miradors. Nous sommes arrivés devant une sorte de camp entouré de fils de fer barbelés. Nous sommes descendus de la voiture. Encadrée comme la veille, j'étais littéralement portée par les Américains. J'ai franchi un seuil invisible et je suis soudain entrée dans l'enfer. Je suis devenue, à l'instant même, un monstre, une bête traquée, un spectre qui n'oserait plus, désormais, manger et respirer que poussée par ses honteux instincts de survie.

» Ce matin-là, nous sommes arrivés à Dachau et dans les baraquements « médicaux » où l'on m'a conduite lorsque j'ai commencé à hurler de terreur en voyant des squelettes, j'ai appris qu'il s'agissait de gens qui vivaient encore. Et quand je me suis mise à vomir en traversant le champ des corps entassés, quand j'ai traversé cette montagne de souffrance où l'on décelait encore un regard, une expression, j'ai su que mon père était l'un des médecins tortionnaires de Dachau, actuellement en fuite.

Yves n'osait pas bouger. Pourtant, il eût aimé se lever, se dégager de ce cauchemar.

— Je vous dégoûte, n'est-ce pas? dit Sigrid. N'ayez pas peur de la vérité. Dites-le tout simplement. Je ressemble à certains spectres de Hiroshima : sans que je sois directement en cause je porte des stigmates. L'Histoire m'a rendue radioactive. Ma seule présence contamine un lieu, désintègre une atmosphère.

Yves leva son regard sur Sigrid. Elle était transparente comme une nacre.

— Vous n'êtes pas juif, n'est-ce pas? demanda-t-elle, soudain, d'une voix confidentielle.

— Non, répondit-il, étonné. Pourquoi?

— David était juif. Il faisait partie de l'Organisation israélienne de dépistage des criminels nazis. Quand il a voulu me faire parler, il obéissait aux ordres.

Blême et courageuse, Sigrid prononçait les phrases qui l'enfonçaient encore davantage dans l'horreur. Elle se traînait dans la boue et dans la honte avec sang-froid. Quelques rictus parcouraient son visage et sa peau devenait de plus en plus transparente. Elle se donna le coup de grâce.

— Je suis contaminée, dit-elle, par mon sang; je suis la fille d'un monstre : donc, je suis un demi-monstre.

Sa force la quitta. Elle tomba en avant, comme une poupée qu'on aurait poussée d'une étagère. Yves la retint.

— Allons, dit-il. Courage!

— Excusez-moi : ce n'est qu'un vertige.

Yves l'installa, la tête posée sur l'oreiller. Il borda le lit, alluma la lampe de chevet et éteignit la lumière du plafond. Dans la pénombre, elle semblait très jeune.

— Où allez-vous dormir? demanda-t-elle timidement.

— Dans la pièce à côté. N'ayez pas peur.

Il se retourna vers elle.

— Vous ne saviez vraiment rien?

— Rien, dit-elle. Je n'étais qu'une enfant. Déjà, vous me suspectez. Peut-être penchez-vous encore vers un sentiment de pitié, mais vous aurez toute une nuit de réflexion pour m'enfoncer définitivement dans la boue. Demain matin, le demi-monstre sera devenu pour vous un véritable monstre, un monstre entier. Ce n'est pas votre faute : c'est ainsi avec tout le monde. Vous ne me serez pas moins sympathique. Il fallait bien que je vous parle. Cela aurait été si déplaisant de vous enlever votre lit sans que vous sachiez à qui vous l'aviez prêté.

— Essayez de dormir, dit Yves.

— Ecoutez, fit-elle. J'accepte d'être ridicule, je n'ai rien à perdre. Mais ne voudriez-vous pas venir un instant près de moi et me tenir par la main? Je vais vous dire pourquoi.

Yves s'approcha d'elle et la prit par la main.

— Vous êtes le premier que je connaisse qui sorte d'un milieu paisible, dit-elle. Vous êtes le premier qui n'ayez rien à voir avec ceux qui m'attendent ou avec ceux qui me poursuivent. Vous avez eu des parents comme tout le monde, et une vraie enfance. Peut-être le contact de votre main m'aidera-t-il...

Il la regardait, pensif. Un peu plus tard, il retira sa main et éteignit la lumière.

— Je veillerai auprès de vous.

— Monsieur Barray, avez-vous envie de vous laver la main parce que vous avez serré la mienne?

— L'obsession est une maladie, mademoiselle Dusz, et je ne peux pas vous guérir.

Il alla vers la fenêtre.

— Il y a un homme en face. Il attend. Il regarde vers la maison, dit-il.

Elle se laissa retomber sur l'oreiller.

— Toujours, partout, il y a un homme qui regarde dans la direction où je suis.

Yves tira un fauteuil devant la fenêtre, s'assit et contempla la mer. L'homme marchait lentement, en long et en large. On avait l'impression qu'il comptait ses pas.

Sigrid s'endormit.

3

Yves n'avait jamais veillé personne. Lors de la naissance de ses enfants, sa belle-mère, aimablement agressive, l'avait chassé de la clinique. Il

43

avait dû se rendre à son bureau et il n'avait su que par téléphone qu'il avait un fils. Quelques années plus tard, il en avait été de même pour sa fille. Hélène n'était pas la femme à qui on tenait la main. Quand il eut la permission de la voir, il l'avait embrassée sur le front. Il avait jeté un coup d'œil timide sur l'enfant et, le reste de l'après-midi, il l'avait passé au cinéma. Il avait découvert ainsi, le jour de la naissance de sa fille, l'*Ange bleu* en version originale. Les mots allemands clapotaient dans la salle à moitié vide. Inquiet et démoralisé, il avait mal supporté l'abaissement du professeur Unrath.

Seul dans l'appartement, ce soir-là, il avait fait sa valise. Il avait éprouvé une envie puissante de partir. Il avait rangé fiévreusement ses papiers et constaté avec tristesse qu'il n'avait pas de secret. Toute sa vie s'étalait devant ses yeux dans des chemises bien rangées : « Assurance-Vie », « Sécurité sociale », « Traites payées pour la machine à laver », « Garantie de la télévision », « Maladies », « Carnets de santé », « Paiements complémentaires pour l'allocation vieillesse »... Comment ne pas devenir abruti de bonheur avec une vie si bien rangée ?

Il était alors sorti par la porte de la cuisine pour jeter dans le vide-ordures les papiers qu'il avait déchirés.

Mort de fatigue, il avait capitulé vers les 6 heures. Il s'était fait un café.

— Vous dormez ? demanda Sigrid.

— Non. J'ai réfléchi. J'ai pensé, en revanche, que vous dormiez.

— L'homme est encore là ?

— Je ne sais pas ; je ne crois pas, dit Yves.

Sigrid bâilla. Elle reprit un peu plus tard :

— Par certains côtés, ils sont admirables : toujours disponibles pour la bonne cause. Silencieux et rapides, parfois ils m'éblouissent.

44

— En combien de temps avez-vous si bien appris le français?

— En classe, le français, je l'avais choisi comme seconde langue. Pendant des années, j'ai été secrétaire bilingue à Paris. Avant, j'avais passé de longues heures à l'Alliance française et aussi deux ans à la Sorbonne. J'ai appris l'anglais à Londres. C'est facile; je vous ai dit que j'étais douée.

— Pourquoi vous suit-on?

— Je ne crois pas, dit Sigrid, qu'il soit utile de vous mettre au courant. Ces affaires sont obscures, scabreuses. Si vous vous engagez, par gentillesse ou curiosité, dans les labyrinthes de ma vie, vous aurez peut-être, ensuite, des difficultés...

Elle ajouta après un silence :

— Il existe un réseau clandestin des anciens fanatiques de Hitler. Il paraît qu'une section importante en est dirigée et supervisée en Amérique du Sud par le Dr Dusz. Il est vivant, le Dr Dusz! Vivant et actif.

— Pourquoi n'avez-vous pas changé de nom, d'état civil, de pays?

— Parce que c'était pratiquement impossible. On ne m'a jamais relâchée. Je vis sous une loupe. Au début, j'ai imaginé encore la possibilité d'en sortir. Après David, j'ai renoncé.

— Comment avez-vous vécu toute seule de quatorze à dix-huit ans? demanda Yves.

— Dans un pensionnat de l'Etat. J'ai pu terminer mes études et apprendre un métier.

— Et lui? (Il ne voulait pas dire votre père.) Il n'a pas donné signe de vie?

— Si, hélas! Quand on m'a ramenée de Dachau, j'ai été malade durant de longs mois. Je délirais dans un hôpital militaire américain. Je garde le souvenir du visage attentif d'une femme qui se penchait vers moi dès que j'ouvrais les yeux. Je l'avais prise pour une infirmière. C'était une sténo-dactylo, chargée de fixer en sténotypie des bribes de phrases, mes cauchemars. Ils n'ont pas perdu un râle.

Elle se tut.

Un jet de lumière inonda le boulevard désert. La lumière éclatante rejaillit sur le plafond de la petite chambre.

— Regardez ça, souffla Yves.

Ceux qui attendaient en bas allumèrent et éteignirent les phares d'une voiture invisible. La nuit noire ne semblait que plus épaisse après chaque jet de lumière.

— Ils sont impatients, dit Sigrid. Ils savent que le bateau arrive demain matin. Je devrais rencontrer là-bas une personne...

— Le Dr Dusz? demanda Yves machinalement.

Soudain, il se cabra et devint impatient.

— Vous avez raison. Il vaut mieux, surtout à cause de mes enfants, que je reste en dehors de cette histoire. Il serait sage que vous partiez tôt demain matin.

— Nous sommes déjà demain, dit Sigrid d'une voix blanche.

Elle regarda sa montre au cadran phosphorescent.

— Il est 2 heures et demie. C'est demain... C'est aujourd'hui.

Yves se leva et fit quelques pas. Enervé, il se cogna contre un meuble.

— Ma femme serait très choquée si elle apprenait que...

— Pourquoi? demanda Sigrid.

Elle était ironique.

— Votre femme n'a pas l'habitude de vous voir céder votre lit aux descendants de criminels de guerre? J'ai pourtant pensé que vous aviez l'habitude de vous mouiller dans des affaires scabreuses! Je vous préviens que je compte sur votre témoignage en cas de procès. Si on le ramène, le docteur, cela va faire du bruit... A l'audience, vous pourriez décrire mes sentiments, les pensées que j'ai exprimées ici durant cette nuit, et ajouter aussi vos commentaires...

— Vous vous moquez de moi. Ce n'est pas gentil.

— Qui a prétendu que j'étais gentille? Je vous l'ai dit déjà : je suis abominable.

— Vous n'auriez pas dû m'entraîner dans cette histoire, fit Yves, maussade.

La voix de Sigrid coupa comme l'acier.

— Vous avez cherché une aventure, dit-elle. Vous l'avez. Je me trouve dans votre lit et notre plaisir est loyalement partagé. C'est une forme de jouissance que d'avoir si peur, non?

Yves s'adossa au mur.

— Vous êtes vraiment méchante. Ce n'est pas étonnant, avec vos antécédents!

— Allons, bon! cria-t-elle. Le bon Samaritain se dégonfle. Parfait. Allez-y : sortez de votre tanière, rejoignez-les à la voiture; dites-leur qu'ils viennent me chercher, qu'ils m'emmènent à Cherbourg. Mais dites-leur aussi qu'il n'y a pas une force au monde qui puisse m'obliger à reconnaître l'homme en question. Rappelez-leur qu'il y aura deux cent cinquante passagers sur ce bateau et que je suis la seule — vous comprenez, la seule — qui puisse reconnaître celui qui arrive; même si son visage était opéré et transformé, je le reconnaîtrais.

» Combien de fois je l'ai déjà imaginé livré à la foule, livré à la justice, essayant de se dégager de ses crimes monstrueux. Combien de fois je l'ai imaginé enfermé dans une cage de verre. Combien de fois je suis allée cracher sur lui et, en même temps, l'inonder de larmes. Je n'ai pas connu le monstre, moi, j'ai connu le père. Alors, je devrais m'arracher la chair, me marquer au fer rouge, me torturer sans répit parce que je suis sa fille! Souvent, j'essaie de récapituler le passé. Avec quelle force j'essaie d'évoquer les souvenirs les plus lointains...

» Ma mère n'a rien su jusqu'à une certaine date. Ce n'est que plus tard que j'ai compris son comportement étrange. Auparavant, ma mère était une femme douce et insignifiante. Elle adorait les fleurs. Notre grande maison obscure était constamment décorée de fleurs. Un jour — je n'oublierai jamais ce jour-là — ma mère m'apparut différente. Sa peau même avait changé. Une expression nouvelle, mélangée d'hébétude et de dégoût, lui avait donné une apparence curieuse, comme si elle avait caché son visage sous un masque de cire. La femme d'habitude plutôt souriante s'était transformée en une apparition malsaine. Elle semblait être empoisonnée. Ma mère d'avant, celle qui avait tiré les rideaux dans ma chambre, celle qui m'avait regardée avec beaucoup de tendresse en disant : « Tu vas voir, nous dormirons bien : je sens qu'il n'y aura pas d'alerte cette nuit... » cette femme d'avant avait disparu.

» Je suis persuadée qu'elle avait dû apprendre les activités de son mari. Pendant un certain temps, la vie avait ainsi continué. Soudain, un matin, je fus frappée d'étonnement : tous les bouquets de fleurs de la maison avaient pris un aspect incroyable. Les fleurs blanches, ces marguerites rondes et joviales que nous avions encore achetées ensemble, étaient devenues bleu foncé. Leurs pétales éclatants et souples avaient noirci à vue d'œil. Les fleurs teintes, asphyxiées, suffoquaient, agonisaient dans leurs vases. Elles étaient belles, fascinantes et mortes. Par tous les pores de leurs tiges, elles aspiraient l'eau chargée de poison. Elles en buvaient, ces fleurs, elles en buvaient, de cette eau, à en mourir... Ma mère avait mis un de ces bouquets bleus dans la salle d'attente, toujours vide, du Dr Dusz.

» Le Dr Dusz avait simplement tapoté, de ses doigts courts, sur ma joue; il avait dit : « Aimes-tu les jolies fleurs de ta maman? » Sa main avait l'odeur d'un savon spécial, désinfectant. La chienne s'était levée en bâillant. Elle trouvait inutiles, de la part de mon père, ces signes de tendresse. Elle était jalouse. Maman nous regardait sans nous voir.

» Maman en était arrivée à teindre même ses plantes vertes. Elle s'était installé, à la cave, un vrai laboratoire. Elle y préparait ses mixtures. Elle mélangeait de mystérieuses poudres et les fleurs qui absorbaient l'eau empoisonnée changeaient de couleur en quelques jours; elles mouraient aussitôt après. Quand, au marché, nous achetions les rares fleurs ou plantes qui existaient encore malgré la guerre, j'étais chagrinée : je savais que ces fleurs innocentes étaient, à échéance, condamnées à mort. Et à quelle mort dégénérée... une mort contre nature! Quand nous passions devant les marchandes et que je voyais ces fleurs encore saines, vigoureuses, étincelantes, je tirais ma mère par la main, j'aurais voulu qu'elle s'éloigne, qu'elle oublie ses victimes. Mais il n'y avait rien à faire. Nous revenions les bras chargés de fleurs.

» Ma mère s'installait alors à la cave, s'asseyait et regardait les vases qu'elle avait emplis, comme si elle avait pu voir le poison, la couleur monter dans les tiges, pour arriver jusqu'au cœur des fleurs. Souvent, quand je lui parlais, elle hochait la tête, de la même manière qu'elle aurait dit non à quelqu'un. Elle ne m'écoutait guère. J'ai vécu pendant longtemps parmi ces fleurs monstrueuses.

» Un jour, nous avons trouvé ma mère morte dans son fauteuil, à la cave, assise en face d'un bouquet dont les pétales étaient déjà gris.

Un jet de lumière violente envahit la chambre de Yves.

— Ils ont tourné la voiture face à la maison, dit Sigrid. Ils ont dû monter sur le trottoir en face et nous font des signaux. Tout cela doit vous changer de la sauvegarde des monuments historiques, monsieur Barray. Dans un certain sens, je suis, moi aussi, un monument historique. Quel monument et quelle histoire!...

En l'écoutant, Yves avait décidé de reprendre, lui, le train dès le lendemain matin. Il arriverait à Paris vers midi. Hélène comprendrait facilement qu'il était impossible de rester sans chauffage convenable.

— Vous pouvez toujours sortir de la maison et leur dire que vous n'y êtes pour rien, dit Sigrid de sa voix rouillée. Croyez-moi : il suffit de vous voir et ils vous croiront. Descendez donc et allez leur parler. Ils savent le français plus ou moins bien, mais ils le parlent, et le comprennent. Vous n'avez qu'à leur dire que j'irai à Cherbourg, mais que je choisirai mon jour. J'ai une semaine devant moi avant le départ de ce maudit bateau.

— Je regrette, mais je ne veux pas me mêler à cette affaire, prononça Yves. J'ai sommeil. Je vais essayer de dormir un peu.

— Dormez si vous pouvez, dit-elle, détendue. Dormez donc, monsieur Barray, le poing serré et le corps bien couvert; il doit faire froid, là-bas, dans la chambre voisine. Si vous dormez si bien c'est que vous avez l'âme souple. Vous vous couchez, vous fermez les paupières et vous dormez! Sensationnel! Vous n'avez jamais eu mal dans votre vie?

— Je suis très ennuyé, dit Yves, tristement.

Il se sentait petit et médiocre. Il se cachait tout exprès dans cette humilité commode.

— Mettez-vous à ma place. Nous sommes d'une famille connue à Deauville. Ma mère était très aimée par les commerçants. Je ne peux pas me mêler à un scandale.

La rue redevint noire.

— Nous connaissions bien l'ancien commissaire de police et nous connaissons l'actuel aussi, continua Yves. C'est un homme cultivé et charmant, plein d'esprit. Je pourrais même lui téléphoner demain, lui expliquer la situation. Je pourrais même vous accompagner si vous vouliez déposer une plainte.

— Contre qui? s'exclama-t-elle. Contre l'Histoire?

Elle était déchaînée.

— Qu'est-ce que je dirais à votre commissaire? Qu'une voiture a stationné devant votre maison, qu'il se trouve que des plaisantins ont joué avec leurs phares? En ce qui me concerne, je ne suis pas susceptible d'être arrêtée ni surveillée. J'ai abandonné mon travail à Paris il y a trois jours. J'avais des palpitations; j'ai le droit d'en avoir? Donc, pauvre fille fatiguée, je me repose. Je vais à Cherbourg parce que j'aime les ports. Je circule en France librement. Il paraît que vous avez besoin de touristes : me voilà. J'ai fait un crochet à Deauville; n'est-ce pas normal? Je voulais voir les planches. Je flânais; vous m'avez accostée. J'ai succombé, éblouie par votre séduisant sourire, et nous avons passé la nuit ensemble.

— Ce n'est pas vrai! cria Yves.

— Comment, ce n'est pas vrai? Nous ne sommes pas ensemble dans la même pièce? Nous sommes là, oui ou non?

— Oui, mais...

— Il n'y a pas de mais. Personne, vous comprenez, personne ne peut imaginer que vous n'avez pas couché avec moi.

Yves avait envie de la blesser à mort. Il l'interrompit avec une violence qui lui était, jusqu'ici, inconnue :

— Il suffirait que je leur explique les faits. La vérité. Je dirai que, après quelques instants, au début, où j'étais tenté, lorsque j'ai su qui vous étiez, j'ai perdu tout désir.

Un silence cotonneux l'entourait. L'air collait autour de lui. Il alla vers le lit. Il voulut caresser le visage de Sigrid. Sa main effleura l'Allemande.

— Vous ne pleurez pas, dit-il, presque mécontent. J'avais cru que vous pleuriez.

Elle ne put sortir qu'une phrase saccadée.

— Je respire difficilement c'est tout. Je n'ai fait que pleurer de quatorze à vingt ans. Je n'ai plus de larmes. Quand j'ai mal, je respire difficilement. Vous m'avez fait mal. D'ailleurs, vous l'avez voulu.

Ivre de fatigue, Yves sortit de la pièce. Il se dirigea machinalement vers la petite cuisine, prit le réchaud électrique et l'emporta avec lui dans la chambre d'Armelle. Il n'osa pas tourner le commutateur. Il brancha le réchaud qui grésilla. Il se coucha sur le lit glacial. Les couvertures froides pesaient sur ses jambes. Il regarda un temps la tache rouge du réchaud et s'endormit très vite.

Pour Yves, le sommeil était l'inconscience totale, la rupture avec le monde extérieur. Il tombait, chaque fois, dans un gouffre capitonné dont il ressortait rajeuni et optimiste. Pour lui, le sommeil était un accomplissement amoureux, la seule vraie satisfaction physique que la vie lui ait accordée.

4

« Comment peut-on dormir si profondément? » se demanda Sigrid en le secouant.

— Monsieur Barray, voulez-vous bien vous réveiller?

Le petit réchaud électrique avait réussi à chauffer la chambre hostile. Un tapis sale, taché et rongé par les mites, était roulé devant la fenêtre.

— Allons, monsieur Barray!

A la tête du lit, sur une étagère, une poupée décoiffée les surveillait. Elle avait l'œil mauvais et la mèche en bataille.

Sigrid regardait Yves. Il semblait jeune avec son pull-over à col roulé. Il dormait, le visage tourné vers la lumière, les mains ouvertes. Il dormait comme un enfant. Il avait jeté l'oreiller par terre. Il était couché à même le vieux matelas. Il s'attachait farouchement à son néant douillet. Sigrid jeta un coup d'œil hésitant sur le plateau qu'elle avait apporté de la cuisine et qu'elle avait placé sur une chaise. Elle n'aurait pas voulu que refroidisse le café qu'elle avait pu préparer grâce à un reste de café en poudre oublié dans une boîte métallique. Elle se mit à genoux, s'accouda sur le lit. Elle réfléchit et se pencha sur les lèvres de Yves. Elle l'embrassa longuement, délicatement. Yves perdit son souffle. Il se dégagea et s'assit. Avant de prononcer un mot, il porta sa main droite à ses lèvres et les tâta d'un geste incertain. Sigrid se mit à sourire.

— Excusez-moi. J'ai dû vous embrasser pour vous réveiller. J'avais tout essayé. Je n'avais plus d'autre solution que ce petit baiser. Je vous ai préparé un café.

Sans attendre la réponse de Yves, elle redressa l'oreiller et posa le plateau sur les genoux de Barray.

— Vous avez fait du café? demanda-t-il, ébloui. Mais comment avez-vous pu trouver la cafetière?

Elle lui versa du café dans une tasse.

— J'ai aperçu... j'ai découvert un grand carton ficelé. Je l'ai défait. Il y avait des trésors.

Inquiet, il but son café.

— La boîte appartient aussi au brocanteur, dit Yves.

Sigrid était imperturbable.

— Personne n'emportera votre cafetière. Nous l'empruntons simplement au brocanteur.

Yves la regardait, étonné.

— Vous êtes si fraîche, si... si...

Il cherchait ses mots.

— J'ai pu prendre un bain dans l'eau rouillée,

dit-elle. Les tuyaux faisaient un bruit ahurissant. Mais vous dormiez. Alors, je vous ai embrassé. Cela a été radical.

Il se versa encore du café.

— Un réveil de rêve, dit-il : un baiser, un café qu'on me porte au lit, le sourire.

— On ne vous réveille pas tous les jours ainsi?

— Non, dit Yves, non, vraiment pas.

Elle reprit le plateau et scruta la rue.

— Ils sont partis. Peut-être prennent-ils, eux aussi, un café.

Yves leva son poignet gauche.

— J'avais oublié ma montre sur moi. Il est déjà 9 heures. Vous croyez qu'il y a encore un peu d'eau chaude pour me baigner?

— J'ai pensé à vous, dit-elle. Je n'ai rempli la baignoire qu'à moitié.

— Nous aurons une belle journée ensoleillée, constata Yves.

Il était terrorisé à l'idée qu'elle puisse partir. Ce matin, cette compagne étrange lui convenait.

— Le soleil se dégagera, nous marcherons sur les planches et je vous emmènerai déjeuner à Pont-Lévêque. Je vous montrerai la Normandie. Nous achèterons aussi des provisions pour ce soir. Nous allons perfectionner notre installation avec un radiateur plus puissant. Et nous dînerons en tête à tête, détendus. Personne ne peut vous obliger à partir.

— Mais si, dit-elle simplement. Mais si... et comment! Allez, prenez votre bain; je vous attendrai dans votre chambre.

Dès que Yves toucha aux robinets, les vieux tuyaux se mirent à hurler de désespoir. D'innombrables esprits malins tapaient avec de minuscules marteaux dans l'intérieur des murs. Il revint, lavé, souriant.

— Quel chahut! dit-elle.

— Quand je pense que cela tout à l'heure ne m'a pas réveillé...

— Ne valait-il pas mieux vous embrasser?

Il la prit dans ses bras. L'abandon humble de Sigrid le désarma. Elle se pelotonna contre lui.

— J'aurais aimé avoir une vie comme tout le monde, dit-elle à mi-voix. J'aurais aimé avoir un mari, des enfants; j'aurais aimé ranger mes armoires, nettoyer, faire mon ménage. J'étais faite pour une existence simple et je vis depuis toujours dans l'aventure.

Yves l'écarta de lui-même pour la mieux voir.

— Pourquoi voulez-vous toujours parler de votre passé? Vous le provoquez à chaque instant. Vous convoquez vos souvenirs. Vous n'avez rien à voir avec cet homme.

— Si. Je le vois souvent dans une cage de verre. Je vois la foule silencieuse, la foule puissante, la foule menaçante. Elle se resserre autour de la cage. Fourmi quasi invisible, je me fraie un passage, je joue des coudes pour m'approcher du monstre. J'avance, je piétine et je me heurte au verre épais. Je suis comme ces insectes du soir dont on ne connaît pas le nom, qui se jettent dans la lumière et qu'on écrase avec plaisir. Ils ont souvent une carapace un peu dure qui les fait, après leur mort, ressembler à une noix broyée. Je me heurte donc à la paroi transparente. L'homme, dont on dit qu'il est mon père, est assis sur un trône de honte. Dans mes rêves, lors de cette rencontre, je le reconnais difficilement.

» Il est décharné. Le petit homme qui fut rond et rose, est maintenant décharné, et le même teint de cire qu'avait ma mère a gagné son visage. Même ses doigts, qui tapotaient ma joue, me semblent totalement étrangers. A moi seule, il n'inspire aucun sentiment précis. J'ai vaguement la nausée, mais c'est compréhensible : l'air manque dans la salle. D'anciennes victimes, parmi les rares qui ont survécu, sont là, près de la cage. Elles sont presque moins menaçantes que ceux dont on a exterminé la famille et dont la mission est la vengeance. L'homme assis sur le trône de honte pourrait être déculotté comme faisaient les S.S. avec leurs prisonniers. Non; l'homme est convenablement habillé. Ses jambes sont légèrement écartées et ses pieds sont tournés, tous les deux — maladroitement — vers l'extérieur. Il pourrait être exterminé par la seule force des regards qui transpercent les parois de verre. L'unique possibilité de défense qui lui reste est le mouvement mécanique des paupières. Il les abaisse sans arrêt; il s'isole du monde grâce à ces petits morceaux de chair molle avec lesquels il couvre ses yeux.

» Auprès de la paroi de verre, à mon tour, un désespérant dégoût me saisit. Je vomis. Je vomis ma salive. Je crache sur la cage. Quand je veux cracher encore, je me rends compte que ma bouche et mes lèvres sont si sèches que je devrais absorber de l'eau pour pouvoir cracher mieux. La foule me serre contre la cage. Mes larmes coulent et se mêlent, sur mon menton, à un pauvre filet de bave. Dans la foule des victimes, moi aussi je suis une victime. Je fixe mon regard sur les paupières baissées du clown en pantalon de toile et je me rends compte que ses genoux, qu'il voudrait tenir immobiles, tremblent. Je pleure et, avec une terreur indescriptible, je sais, à cet instant-là, que je l'aime. Je vous ai dit que, moi, je ne l'avais connu que comme père. L'image d'un monstre s'est superposée seulement plus tard sur la silhouette aimée. Avoir un père dénaturé est aussi horrible que d'avoir mis au monde un enfant criminel. Si c'est votre père, vous vous soumettez à votre propre analyse. Vous décortiquez vos sentiments, vos instincts, vous vous surveillez... Vous vivez dans un perpétuel état d'incubation... Les petits chats... ce sont les petits chats qui m'ont révélée à moi-même...

— Quels petits chats? demanda Yves, la gorge serrée.

Il scrutait l'horizon. La mer était presque blanche. Le soleil frissonnait à l'horizon. Sur la route qui longeait la mer, venant de la direction de Trouville, apparut une voiture noire. Elle avançait lentement. Elle semblait encore toute petite.

— J'étais secrétaire à Paris, continua Sigrid. J'avais loué un studio meublé dans le 7ᵉ. Ma concierge, habituée aux étrangers, était aimable. Elle avait un mari qu'on ne voyait presque jamais et une chatte qui, le dos courbé, se frottait aux locataires quand ceux-ci venaient chercher leur courrier. « Elle s'échappe dès qu'elle est seule, dès que je laisse une porte ouverte. Elle est amoureuse souvent, la pauvre. » Un jour, la chatte a accouché de sept petits chats. Pour faire plaisir à la concierge, je suis allée les voir dans sa cuisine. Sur une vieille écharpe, la chatte s'étirait, fatiguée, émerveillée. Par moments, elle changeait de position pour mieux offrir son flanc à ses petits. Elle n'était que tendresse et volupté. Dans un plat, du lait était préparé non loin de sa tête; si elle avait eu soif, elle aurait pu boire sans bousculer les nouveau-nés. Elle m'observait d'un œil distrait, les bébés-chats tétaient. Des spasmes de bonheur parcouraient leur minuscule corps allongé.

» La tendresse banale que quiconque ressent pour un animal, cette tendresse bénie que j'aurais dû éprouver à mon tour, disparut tout à coup de moi. Vénéneuse soudain, je me suis mise à haïr la chatte. Une colère assez méchante m'a tourné la tête. Cette bête profitait mieux de la vie que moi. Elle nageait dans un bonheur presque humain dont, moi, j'étais privée. Bien au chaud, ronronnant après le plaisir, elle avait eu sa maternité. Elle était cajolée comme une jeune mère. Elle offrait son dos aux caresses. Il ne lui manquait que le bouquet de fleurs posé par terre, dans un vase, à côté d'elle. « Il faut les noyer », ai-je dit. « Quoi? » s'exclama la concierge. « Ces bêtes inutiles, il faut les noyer. Personne n'en voudra, de vos chats bâtards. Si c'étaient au moins des chats de race! » « Ça m'étonne de vous, dit la concierge, chagrinée. Vous croyez que j'aurai le cœur de les tuer? Non. Ces chats-là, je les donnerai à la campagne. Ils grandiront en paix et attraperont des souris. Il existe encore des espaces verts et des souris; on a toujours besoin de chats. » J'avais l'impression que le plafond de la loge venait de s'effondrer sur moi. L'horreur me saisit. Je voulais donc exterminer, je voulais tuer! Je les voyais, ces chats, flotter, noyés, gonflés, bouffis d'eau. La chatte hérissa ses poils, se recroquevilla et cacha, comme elle le pouvait, ses petits. La chatte avait eu peur de moi.

» Après l'incident, je n'ai plus osé adresser la parole à la concierge. Le lendemain, j'ai pris le courrier, la tête baissée. Peu après, j'ai déménagé. Quand je suis passée, pour la dernière fois, avec ma valise, devant la loge vitrée, la concierge me tourna le dos.

» Je voulais tuer les chats, répétait Sigrid, désespérée. Je voulais tuer les chats...

— Des gens qui ont des origines moins particulières que vous, répondit Yves, ont déjà tué des chats. Depuis des générations, dans tous les pays, on tue les chats. C'est un destin de chat.

— Chez moi, tout est signe. Moi, je n'ai pas le droit de vouloir tuer un chat. Aucun Allemand de ma génération n'a le droit de noyer une bête. Notre génération est condamnée à la caresse.

Il faisait froid dehors. La fenêtre était couverte de buée. Il ne restait qu'un tout petit espace encore transparent d'où l'on pouvait voir l'extérieur. Yves traça un rond sur la vitre. La voiture noire était arrêtée, à la hauteur de la maison, sur la route qui longe les planches.

— Si vous pouviez m'expliquer...

Elle se mit à ranger ses affaires. Son regard distrait se promenait, s'arrêtait sur divers objets.

— Ah, fit-elle, ma brosse à dents!

Elle alla dans la salle de bains, en revint aussitôt avec la brosse et la fit glisser dans une trousse de toilette.

— Je ne vous laisse pas partir, dit-il. Si vous disparaissiez maintenant, pendant toute ma vie je me poserais des questions à votre sujet. Restez avec moi pendant quelque temps, isolée du monde, dans cette maison, comme sont enfermés les astronautes dans leur fusée. Restez avec moi.

Elle tira brutalement sur la lanière en cuir qui retenait les bords de son fourre-tout.

— On nous projetterait sur une orbite déterminée, répondit-elle. Alors, en chevauchant l'éternité, en saluant tour à tour toutes les faces du globe terrestre, en flottant dans notre cabine spatiale, vous observeriez mon visage. Au bout de quelques jours, il vous semblerait forcément odieux. Les cartes vivantes formées, au loin, par la terre, ne seraient plus à vos yeux que plaies purulentes. Votre nourriture ne serait plus elle-même que poison. Vous vous jetteriez en dehors de la cabine, pour vous sauver, en vous désintégrant!

» A Sankt-Anton, avec David, cela avait été pour moi un véritable voyage dans une fusée. J'aurais pu survoler, voir des paysages paisibles, ensoleillés. Quand David a pesé sur mon larynx, c'était, j'en suis sûre, à contrecœur. La peau de l'homme que je venais d'aimer quelques instants auparavant avait une odeur de miel. David avait une peau aimante, une peau accueillante. Quand il m'a serré la gorge, j'ai respiré, comme j'ai pu, entre deux menaces... Le sang tambourinait à mes tempes, mes oreilles bourdonnaient. Encore un peu et ma tête aurait éclaté comme un ballon trop gonflé. Il m'avait à la fin lâchée. L'air avait de nouveau pénétré dans mes poumons. David s'était penché près de mon visage, si près que ses lèvres avaient presque touché les miennes. Pour d'éventuels voyeurs, pour quelques gnomes hilarants sortis d'une toile de Jérôme Bosch, nous aurions pu donner l'impression d'un couple en train de faire l'amour.

» Où est ton père? Cette question, répétée à l'infini, transformait le parfum du miel en une odeur nauséabonde.

— Taisez-vous! s'exclama Yves. Vous êtes...

— Monstrueuse.

— Non... malade... Malade mentale, continua-t-il. Il était furieux.

— Vous êtes mythomane. Peut-être inventez-vous ces horreurs pour vous rendre intéressante.

— Inventer... Non, monsieur Barray. Je camoufle plutôt. Je suis une femme dangereuse. Vous n'avez pas idée comme je suis vénéneuse. Regardez ma tête de sale vipère!

De nouveau, il la prit dans ses bras.

— Je vous interdis, supplia-t-il presque en pleurant, je vous interdis de vous abaisser ainsi, de vous humilier. Je ne vous connais que depuis vingt-quatre heures et je souffre de votre souffrance.

— Je me flagelle... Chaque jour, je change de cilice. Chaque minute réserve son supplice. On m'a dit que j'étais une sadique. Le mot qu'ils ont ajouté, je ne pourrais guère le prononcer...

— Dans quel monde vivez-vous? Quels gens voyez-vous? cria Yves.

Calmement, elle mit son manteau.

— D'habitude, ça se passe par téléphone, expliqua-t-elle. Je demande de l'argent et on m'injurie. C'est normal.

Méticuleusement, elle boutonnait son vêtement.

— J'ai le numéro et le nom de quelques sociétés plus ou moins fictives, de certains particuliers. Il y en a plusieurs en France, de nombreux en Italie, d'abondants en Espagne, un nombre restreint en Angleterre et beaucoup au Portugal...

Il ne la quittait pas du regard.

— Qu'est-ce que vous faites avec ces numéros?

Elle esquissa un sourire.

— Je joue. Je les appelle. Je leur fais peur. Je demande de l'argent et, après la somme reçue, je m'en débarrasse à la poubelle. Une fois, j'ai jeté trois millions d'anciens francs dans la Seine. Le paquet a été englouti aussi facilement qu'une boîte d'allumettes. Jamais je n'ai dépensé un centime pour moi.

Yves s'appuya contre la porte pour barrer le passage à Sigrid.

— Vous vivez de chantage, dit-il avec mépris.

— Oh non! répondit-elle, très calme. Je ne vis pas du tout de chantage. J'ai toujours travaillé. Sauf de quatorze à dix-huit ans, quand j'étais, je vous l'ai dit, à la charge de l'Etat. De dix-huit à trente-six ans, je n'ai pas cessé de travailler. J'ai changé souvent d'emploi. Personne ne pouvait me supporter longtemps. Ce n'est pas étonnant, n'est-ce pas? Prenez-vous comme exemple : je suis chez vous depuis un jour à peine, vous n'en pouvez déjà plus. D'habitude, les peurs et les haines se cristallisent sur moi. D'abord, je m'installe dans un milieu quelconque, débordante d'humilité. Je sue la reconnaissance. J'ai commencé ma carrière de secrétaire bilingue en Allemagne. J'étais un exemple de sagesse et de modestie... Et quelle retenue!... Pas du tout la bavarde d'ici, de Deauville... pas du tout. Le silence... le silence toujours. Il fallait bien épargner les autres. « Elle n'y est pour rien, la pauvre! » c'était le slogan. Gentil pour moi, il faut le reconnaître. En ce qui me concerne, les gens ont fait plutôt preuve de bonne volonté. Mais la pitié a la vie courte. Une irradiation morale change l'aspect des êtres. L'entourage se méfie de la contagion. Leurs propres sentiments les font frémir. Ils me trouvent gentille; donc ils se voient soudain diminués à leurs propres yeux. Pour se trouver des excuses, ils se mettent à discuter, à m'analyser. Ils s'imaginent qu'on les accusera de nazisme caché s'ils me tolèrent. A mon contact, ils deviennent tous inquiets.

» Démangés par la peur, énervés, injustes, ils cherchent un prétexte de rupture. Douce et maniable, je m'offre sur un plateau d'argent. Je leur facilite la tâche. Souvent, je démissionne. Bonne fille, je m'écroule, surmenée. J'évoque ma faible constitution. La fragile petite les abandonne. Ils se gonflent de bonheur après mon départ. Ils se lavent les mains. Ils s'expliquent : à l'époque, eux, ils n'ont rien vu, rien su. Eux, ils sortent d'une famille convenable. Eux, ils sont innocents.

» A l'étranger, je suis la petite Allemande si travailleuse. Je puis être utile. On m'accepte. On est même content que je sois là. J'ai la voix douce et le regard tendre. Le bonheur provisoire me rend insignifiante. On me demande mes papiers. Voilà le passeport. Et quoi encore? « Je ne suis pas vaccinée, monsieur, en tout cas majeure... » On m'inscrit. Je m'installe. Peu de temps après, ils commencent à se méfier. La première dénonciation les inquiète. Après les avertissements qu'ils reçoivent d'un côté ou d'un autre, ils se posent la question : comment s'en débarrasser? Elle parle trop bien notre langue. Elle n'a pas le droit... « Que voulez-vous? Je n'y peux rien; j'ai l'oreille musicale. Le Dr Dusz était un fameux mélomane et ma mère était harpiste. Qu'ils allaient bien ensemble! Quel duo! J'ai tété la Tétralogie de Wagner et, de mon hochet perfectionné, sortaient les notes du *Vaisseau fantôme*. Brunehilde, sur son rocher, était ma grande sœur.

» Je leur raconte tout cela. Je les choque, histoire de les secouer. Je fais peur, quoi!...

5

La sonnette retentit dans la maison.

— Ils sont là, dit Sigrid. Qu'allez-vous faire, monsieur Barray?

Il regarda par la fenêtre. La voiture noire attendait devant la villa. Celui qui sonnait appuyait sur le bouton sans le lâcher un instant.

— Restez là, ordonna Yves. Je vais leur parler.

— Il faut que j'aille à Cherbourg, dit-elle, énervée. Je le sais. Je préfère d'ailleurs crever à Cherbourg; au moins, vous serez débarrassé.

La sonnette secouait la maison, transperçait les murs, se heurtait aux vieilles cloisons au long desquelles le papier peint pendait, déchiré partout comme une perruque de clown. Quelqu'un avait dû, un jour, furieux, s'acharner sur les murs. Il avait détaché le papier en lanières. Il avait épluché chaque pièce comme si les tentures avaient été des peaux de banane.

Yves quitta la chambre. Dans le couloir, l'air froid le frappa en plein visage. Quand il passa sous la lucarne, l'humidité l'enveloppa. Furieux, il courut vers la porte d'entrée. Au travers de la vitre dépolie, il aperçut de loin une silhouette. Avant d'arriver, le pied accroché dans un trou, il faillit tomber : une des dalles était cassée; quelqu'un avait dû enlever le morceau par malice; le hall offrait un aspect minable. L'inconnu, qui devait pourtant entendre ses pas, n'avait pas lâché la sonnette. Yves tourna la clé rouillée et crut ne pas pouvoir ouvrir le verrou de sécurité.

— Attendez, je vais ouvrir. Lâchez la sonnette, bon Dieu! Vous ne comprenez donc pas que je suis là?

Enfin, la porte céda. Il se trouva en face d'un petit homme souriant, qui, d'un geste affable, lâcha enfin la sonnette et, de la même main, s'apprêta à enlever son chapeau. Yves eut à peine le temps de découvrir la calvitie prononcée du visiteur. Celui-ci se recouvrit aussitôt.

— Bonjour, dit-il avec un accent prononcé. Puis-je entrer?

— Non, dit Yves.

Il sortit sur le perron et tira la porte derrière lui. A travers sa veste et son pull-over, le froid pénétra de plus en plus.

C'est lui qui attaqua le premier.

— Que voulez-vous de Mlle Dusz? Si vous continuez, je vais appeler la police.

Il se sentit ridicule sous le regard ironique de l'inconnu.

— Nous sommes de la police aussi, dit l'homme. Nous ne sommes peut-être pas officiellement reconnus par un gouvernement; pourtant, nous sommes soutenus et financés. Nous sommes des francs-tireurs... mais avec les fusils de l'Etat.

Son regard se durcit.

— Nous sommes commandités par six millions de morts juifs. Nous leur obéissons.

— Elle n'est pas responsable, dit Yves, que les mots dépassaient. Elle aurait certainement préféré mourir avec les victimes de son père que de survivre en étant sa fille.

— Sur le plan de la responsabilité, je suis d'accord, dit l'homme. Pratiquement, c'est vrai. Elle n'est pas en cause... Avant que nous continuions, vous permettez que je me présente? J'aimerais bien vous offrir un verre, n'importe où, dans cette ville... Nous pourrions discuter ensemble. Au chaud.

Il tendit la main.

— Je m'appelle Vahl.

— Yves Barray.

— Je suis enchanté, dit l'homme. Je connais votre nom : c'est moi qui vous ai téléphoné hier. Vous n'avez pas aujourd'hui reconnu ma voix? Non? Venez.

Le contact de la main de Vahl n'était pas désagréable.

— Vous préféreriez peut-être entrer à la maison? dit Yves.

Il hésitait. Il n'avait aucune envie de s'éloigner de Sigrid. Vahl hocha la tête.

— Non. Nous serions mieux sur un terrain neutre, en sirotant un bon café. Venez, monsieur Barray. Je veux espérer une solution, pour peu que vous ayez l'esprit ouvert. Peut-être êtes-vous l'homme coopératif dont nous avons besoin.

Ils traversèrent le jardin. Yves se retourna vers la maison et chercha à apercevoir, à travers la fenêtre, la silhouette de Sigrid. Il eût aimé lui faire un signe, la rassurer d'un geste, lui expliquer, d'un regard, qu'il s'en allait comme un messager, qu'il essayerait de la servir...

Quand ils arrivèrent devant la voiture noire, le conducteur se retourna vers Yves et le dévisagea. Saisi par une sorte de malaise moral, celui-ci était prêt déjà à abandonner ses élans chevaleresques. Il aurait volontiers déclaré qu'aucun lien ne l'attachait à Mlle Dusz. Que, au besoin, il laisserait le passage libre jusqu'à la petite chambre. Il fallait seulement que Hélène n'apprenne rien. Hélène... Il se mit à sourire. Le visage étonné d'Hélène!...

Vahl regardait Yves sans comprendre. Il ouvrit la portière.

— Après vous. Je suis ravi que vous soyez de bonne humeur.

Vahl, poli, afficha à son tour un petit sourire accessoire, mais celui-ci resta collé sur sa lèvre supérieure. Il s'adressa dans une langue inconnue au chauffeur.

— Où m'emmenez-vous? demanda Yves.

— Dans un café...

— Il ne faudrait pas la laisser seule, dit Yves. La voiture démarra.

— Elle n'est jamais seule, expliqua Vahl. Ce matin, j'ai deux hommes chez vos voisins.

La voiture roulait sur le boulevard Cornuché désert.

— Dans les deux villas, celle à droite et celle qui se trouve juste derrière, j'ai posté deux hommes. A cette époque, continua Vahl, c'est commode; il n'y a personne à Deauville. Ils sont soigneux, mes hommes. Ils ne fument pas. Ils ne laissent pas de mégots, par oubli, dans les cendriers. Jamais nous ne laissons la moindre trace après un passage. Nous violons, de temps à autre, certains domiciles, mais avec soin. Notre métier n'est pas facile, monsieur Barray.

La voiture passa devant l'hôtel Normandy.

— J'étais, je crois, le seul client cette nuit, dit Vahl. Me sachant entouré de centaines de chambres vides, dans mes rêves je poursuivais Mlle Dusz tout à mon aise. Si j'étais un homme moins équilibré, elle serait déjà devenue une obsession pour moi... Savez-vous que vous avez bouleversé nos plans, monsieur Barray. Vraiment, ce n'est pas gentil!

La voiture s'arrêta aux alentours de la place Morny. Vahl jeta un mot au chauffeur et quitta l'auto. Pendant que Yves descendait, il tint la portière ouverte. Les deux hommes entrèrent dans un café vide. L'odeur du vin bon marché les accueillit.

— Ils ont ici un percolateur, précisa Vahl. Vous pouvez boire un café dans n'importe quel petit bistrot : sorti d'un percolateur, il est buvable. Evidemment, en Italie, on est beaucoup mieux servi. Connaissez-vous le café italien, son arôme incomparable?...

Ils s'assirent dans un coin.

— Il était vraiment temps de nous réchauffer, continua Vahl.

Il tâtait la grille qui cachait le radiateur encastré dans le mur.

— Tiens, il est froid.

Une femme apparut. Incertaine, elle venait vers

eux, lentement. Des clients à cette époque! Elle n'en croyait pas ses yeux.

— Bonjour, dit-elle.

— Deux doubles expresso, demanda Vahl, avec beaucoup de lait brûlant et des croissants ou des petits pains. Votre radiateur ne marche pas, madame.

La femme devint agressive.

— S'il n'est pas assez chaud pour vous! s'exclama-t-elle, je ne sais vraiment pas ce qu'il vous faut.

Elle s'éloigna en grognant.

— Je crois, dit Vahl légèrement froissé, que dans ce cas-là, on dit qu'elle a un culot énorme, non? Touchez donc le grillage du radiateur, monsieur Barray.

Yves posa sa main sur la grille froide. Une puissante envie de rire monta en lui.

— Oui, dit-il, avec ce rire involontaire au bord des lèvres. On appelle ça un culot monstre.

— Vous ne vous sentez pas bien? demanda Vahl.

Il était soucieux. La femme s'affairait autour de son percolateur.

— Si, répondit Yves. Seulement, j'ai envie de rire; je ne sais pas de quoi; ce doit être nerveux.

— C'est probablement nerveux, acquiesça Vahl, parce que, vraiment, il n'y a pas de quoi rire. Vous connaissez Mlle Dusz seulement depuis hier, n'est-ce pas?

— Cela vous regarde?

— Et comment! Elle vous a dit que nous la suivions depuis de longues années? Vous, vous n'êtes pas sur nos fiches. Votre photographie ne figure pas dans l'« album de famille » de notre amie commune.

Maussade, la serveuse déposa devant eux deux tasses et une corbeille avec quelques petits pains. Elle s'éloigna.

— De quelle famille parlez-vous?

— C'était adressé à la serveuse, dit Vahl. La déformation professionnelle... Le camouflage inutile pour des phrases insignifiantes. Une forme d'obsession aussi.

Visiblement ravi de sa plaisanterie, il se pencha avec volupté sur sa tasse. Il dut enlever un instant ses lunettes recouvertes de buée.

— Ah, le sucre! Elle a oublié le sucre.

Il remit ses lunettes sur son nez. Il cria fort :

— Mademoiselle!

Yves découvrit soudain ses possibilités de violentes colères.

— Du sucre!

La servante revint et posa, sans un mot, le sucrier sur la table.

— Alors, dit Vahl, maintenant, nous aurons la paix. Servez-vous.

— Vous êtes de quelle nationalité? demanda Yves.

— Israélienne.

— Sigrid m'a raconté hier comment elle avait appris, à l'âge de quatorze ans, les activités criminelles de son père. Moralement, elle est infirme. Je peux bien vous le dire, entre hommes; je croyais avoir décroché une petite aventure qui aurait duré un après-midi. Je me suis trompé!

Vahl trempa un petit pain dans le café.

— Vous avez couché avec elle?

— Quel intérêt?

— Un intérêt certain. Nous ne pouvons compter que sur une éventuelle défaillance physique pour la sortir de son silence. Et encore! Elle supporte les émotions comme personne. Elle est solide comme un blockhaus. C'est une vraie Allemande, la petite Sigrid. Elle aurait pu vous donner certaines indications concernant son père, désigner, par hasard, l'endroit où il se trouve actuellement.

Yves s'accouda sur la table.

— Si j'avais fait l'amour avec elle, nous aurions parlé d'amour. Vous me voyez avec une femme de

68

passage bavarder de crimes de guerre? Le nommé David s'est heurté déjà à un mur quand il a voulu l'avoir. Pourtant, lui, c'était son métier. Je ne suis qu'un amateur.

Vahl enleva quelques miettes de son revers.

— Elle n'aurait pas dû vous parler de cette triste histoire. Elle vous a tout dit?

— Suffisamment pour que j'en aie assez.

— C'est une masochiste, expliqua Vahl. A Sankt-Anton, c'est elle-même qui s'est fait souffrir. Durant ces trois jours d'interrogatoire dans un chalet isolé, c'est elle qui a demandé à être malmenée! Elle recherchait sans doute une compensation dans des souffrances physiques qu'elle provoquait; elle aurait voulu expier pour le père en s'offrant elle-même à certaines tortures. Par exemple, elle a demandé à être suspendue, nue, à une poutre et battue. Dans ce style-là... Imaginez la suppliciée qui invente les supplices, qui présente un choix de raffinements pervers à un bourreau étonné. Il nous est impossible de nous abaisser au niveau de ceux que nous poursuivons. Le résultat fait pardonner les moyens, mais nous ne devons jamais être pris à ce jeu. L'esthétique d'un duel compte aussi. Les avoir élégamment, les juger dans le cadre d'un vrai procès, tel est notre luxe.

— Tout cela est très beau, dit Yves. N'empêche que le nommé David ne s'est pas privé. Il faisait l'amour avec Mlle Dusz sans se soucier de l'esthétique.

— Cher monsieur, l'interrompit Vahl, vous simplifiez le problème. L'affaire est infiniment complexe. David, un agent parfait, avait la mission de faire parler Sigrid Dusz par tous les moyens, sauf la torture. Il l'a séduite par devoir et, séduit lui-même, il s'est mis à l'aimer. David est membre de notre Organisation depuis des années. Il a à peu près l'âge de Sigrid. Toute sa famille a été exterminée. Il a survécu. Alors qu'il avait quatorze ans, on a découvert, sur un monceau de squelettes, un squelette qui bougeait encore. C'était lui. Après avoir passé un an dans un hôpital américain, il est redevenu un être humain. Il s'est consacré à la guerre secrète. Il est devenu, au nom des siens, justicier.

» Au début, son dégoût physique à l'égard de Mlle Dusz était si violent que, malgré notre discipline de fer, il avait refusé la mission. Il se trouve que David est très beau. Nous l'avions choisi pour sa beauté. Un don magnifique de la nature : un squelette qui se transforme en une fleur splendide, somptueuse. David a des yeux noirs étincelants, des cheveux noirs, un nez très fin, des lèvres, paraît-il, extraordinaires : ce sont les femmes qui le disent. David aurait pu faire carrière à Hollywood.

La beauté de David déplut à Yves.

— Alors? demanda-t-il, impatient.

— Au bout de quelques semaines de travail, il a voulu qu'on le remplace. Il nous a exposé ses sentiments pour Sigrid. Il n'a plus voulu être qu'un simple mortel qui désire la réconciliation humaine. Mais on ne se réconcilie pas sur les cendres de millions de morts. Nous l'avons littéralement obligé à continuer son travail. Nous l'avons réconforté et armé moralement. A partir de ce moment, David s'est mis à souffrir. Il était partagé douloureusement entre deux sentiments qui ne pouvaient se concilier : faire parler en faisant semblant d'aimer, ou reconnaître son vrai amour et abandonner sa tâche. Il avait aimé Mlle Dusz dans de grands tourments. Leurs corps étaient unis aussi bien dans la haine que dans l'amour. Poursuivis par leurs souvenirs d'enfance, ils souffraient. Rien ne prouve que Mlle Dusz n'était pas contaminée, malgré elle, par le racisme de son père. Rendez-vous bien compte, monsieur Barray : se faire aimer par un juif, prêter son corps à un juif, quand on est Sigrid Dusz; mais voyons...

Pour David, le problème était aussi redoutable. Il devait s'avouer à lui-même qu'il éprouvait un plaisir certain auprès de la fille du Dr Dusz.

— C'est insupportable, répondit Yves. Je ne peux plus vous écouter.

— Nous ne saurons jamais, continua Vahl, imperturbable, si Mlle Dusz s'est taillardé les poignets par amour ou par dégoût.

— Elle a voulu se tuer? demanda Yves.

Une immense angoisse l'envahit à l'idée qu'il aurait pu ne pas connaître Sigrid.

— On l'a sauvée de justesse, confirma Vahl. Quand elle a repris connaissance, elle a injurié les médecins et les infirmières. Après une autre tentative de suicide, ils l'ont fait dormir pendant quelques semaines.

— Peut-être a-t-elle vraiment voulu se suicider par amour, dit Yves.

Vahl fit un petit geste.

— Cela se peut, mais rien ne le prouve. Deux cognacs, mademoiselle.

— Moi, je ne...

— Si. Il fait trop froid...

La serveuse revint, un peu plus détendue. Elle posa deux verres sur la table et versa avec attention le cognac. Elle s'éloigna en rebouchant la bouteille.

— Jusqu'à la ligne, dit Vahl. Cette serveuse est certainement plus intéressée par les petites lignes de démarcation qui courent à l'intérieur des verres de cognac que par l'Histoire ou par la vie même. L'horizon s'est rétréci pour elle; il n'est pas davantage que le fond d'un verre.

— Que voulez-vous exactement de Sigrid?

— Beaucoup de choses, monsieur Barray, beaucoup de choses. Nous voulons retrouver son père. Selon nos déductions, elle doit connaître le pays de l'Amérique du Sud où il se trouve actuellement au milieu d'une colonie de complices initiés. Selon nos renseignements, elle doit être contactée, à Cherbourg, par quelqu'un qui la connaît, ou par quelqu'un qu'elle connaît, elle. Elle devrait être alors amenée vers son père. Sachant que nous la suivrons, elle devrait le reconnaître, afin de nous le signaler.

— Elle ne peut pas trahir son père, dit Yves.

— Si elle le considère encore comme son père, c'est qu'elle a l'âme d'un complice. Si elle est capable de le renier, elle devient un élément primordial de notre justice... Elle doit détenir aussi dans un carnet que nous n'avons jamais pu découvrir, les noms d'anciens « collaborateurs » qui vivent, florissants, en différents pays occidentaux, le nom de certaines gens qui ont travaillé secrètement avec des nazis, qui ont fait fortune, non moins secrètement, pendant l'occupation allemande. Par Mlle Dusz, nous pourrions démanteler quelques réseaux de l'organisation nazie qui demeurent actifs. Aidez-nous, monsieur Barray. Vous pouvez garder Mlle Dusz en contrepartie, si cela vous fait plaisir, jusqu'à lundi prochain. Il n'est plus absolument nécessaire qu'elle aille à Cherbourg aujourd'hui. Vous avez renversé notre plan. Nous essaierons de rétablir l'équilibre, mais il faut que vous nous aidiez. Lundi prochain, il faudrait qu'elle aille volontairement à Cherbourg, qu'elle prenne le bateau de son plein gré et, surtout, qu'elle donne l'impression aux autres d'être seule. Vous avez détraqué le mécanisme, monsieur Barray, en l'accostant. Mais peut-être était-ce utile...

— Lundi prochain, on va démolir ma maison, dit Yves.

— C'est très bien, répondit Vahl, distrait. C'est très bien... Comment? se rattrapa-t-il. Pourquoi va-t-on la démolir?

— On va faire un building à la place de notre maison, avec des appartements en copropriété.

Vahl se mit à sourire.

— Un building, ce n'est pas plus mal. C'est plus juste. Il viendra une époque où les anciens propriétaires seront ravis d'avoir pu garder une seule chambre de bonne mansardée pour y loger toute leur famille! Dans trente ans, une seule chambre donnant sur la mer aura les dimensions d'un château. Gardez Sigrid Dusz jusqu'à lundi, comme cadeau. Mais faites-nous un cadeau aussi.

— Je n'ai pas de raison de m'occuper de cette affaire, dit Yves d'une voix sèche. Je n'ai perdu personne du fait des nazis. Je considère que je me suis tiré de la guerre honorablement. J'ai une femme, j'ai des enfants. Fonctionnaire, je ne veux pas m'occuper de politique, ni de vengeance. Cette question ne me concerne pas. Je reconnais qu'on a commis des crimes; j'en condamne les auteurs sans les avoir approchés. Le maximum que je puisse offrir, c'est ma condamnation de principe. Je suis venu à Deauville pour me reposer, pour me promener, pour dire adieu à la maison de mon père. Votre guerre froide ne me concerne pas. Toute réflexion faite, je dirai tout à Mlle Dusz, je lui demanderai de partir et de me laisser tranquille. Après, vous vous arrangerez avec elle comme vous voudrez. Vous avez l'habitude; pas moi.

— Je serais infiniment heureux si vous pouviez reconsidérer le problème et ne pas vous laisser égarer dans une mauvaise direction. Vous permettez?

Il prit une enveloppe dans la poche de son pardessus et la posa délicatement sur la table qu'il avait essuyée auparavant de sa paume.

— Qu'est-ce que c'est?

— Des photos. Regardez-les.

Méfiant, Yves effleura du doigt l'enveloppe. Le regard de Vahl ne le quitta pas un instant. Yves sortit une liasse de photos. Ayant vu la première, il comprit. Il détourna la tête et voulut les remettre dans la pochette.

— Vous avez le droit de nous refuser un service, dit Vahl, mais vous n'avez pas le droit de fermer les yeux devant l'Histoire. Vous auriez pu être l'un de ceux qui sont accrochés là. Observez le rictus sur ce visage. N'essayez pas d'éviter leur regard. Le Dr Dusz les faisait photographier pendant leur agonie et il envoyait les photos, avec ses commentaires écrits, au Führer.

Derrière le bar, la serveuse s'était mise sur la pointe des pieds. Elle aurait tellement aimé apercevoir ces photos. « Ces étrangers, quand même, quel monde! Ils se montrent déjà le matin des photos cochonnes. Ils ont dû les acheter dans une boîte de nuit à Pigalle. »

— Tout cela ne me concerne pas, je vous le répète, dit Yves.

— La note, demanda Vahl d'un ton bref.

— L'addition, rectifia Yves.

— Je ne suis qu'un étranger de passage, répliqua Vahl. Je parle cette langue comme il me convient. La note!

La serveuse revint.

— Voilà la note, répéta-t-elle, ironique.

Elle chercha les photos. Elles avaient déjà disparu dans la poche de Vahl. Celui-ci laissa un pourboire excessif sur l'assiette en matière plastique rouge.

— Le service est compris, dit Yves machinalement.

— Jamais en France, dit Vahl, sans bienveillance. Il y a toujours un supplément à payer, en France. En tout : dans la politique aussi; a fortiori dans un café.

Ils se levèrent. Yves se sentit soulagé. Il sortirait donc indemne de l'affaire. Le chauffeur ne détourna pas le regard quand ils arrivèrent auprès de la voiture.

— Votre chauffeur a dû avoir froid, dit Barray.

Vahl l'observait.

— Quel âge avez-vous, monsieur Barray?

— Quarante-trois ans.

— Vous êtes père de famille, vous avez un emploi, vous avez l'âme tranquille. Et votre retraite des cadres est assurée.

— Je cotise.

Il eût aimé se mordre la langue. Soudain, il se sentit humilié. Il tourna la tête vers Vahl.

— Vous n'avez pas le droit.

— Non, admit celui-ci, c'est vrai : je n'ai pas le droit de vous retenir. Je ne vous retiens pas.

— Je déjeunerai avec Mlle Dusz chez moi, dit Yves. Ma maison est inviolable. Je ne peux peut-être pas vous empêcher de me suivre, mais, en cas de viol de domicile, je peux être défendu, je peux alerter aussi la police en signalant la présence de vos hommes dans les villas voisines.

— La police ne trouvera rien, nulle part. On vous prendra pour un farceur. Vous avez l'esprit petit, monsieur Barray, très petit. C'est moi qui paie l'addition et c'est vous qui chicanez sur le service!

Dans une autre langue, il jeta un mot et s'assit sur la banquette arrière. Presque instantanément, la voiture démarra.

6

Yves regarda sa montre. Il était 11 h 30. S'il voulait trouver le Prisunic ouvert, il fallait qu'il se dépêche. Pourtant, il resta sur le trottoir quelques instants. Il éprouvait une sorte de gêne, dont il n'aurait pas pu définir exactement les sources.

Il avait eu, jadis, au lycée, des sensations semblables quand les autres le laissaient à l'écart et partaient par petits groupes en lançant des mots crus dont l'intonation même le blessait. Ses camarades avaient découvert assez tôt qu'il n'aimait pas se battre, que les jeux violents l'intimidaient.

Lorsqu'ils répétaient des obscénités, alors qu'il lui aurait fallu rire avec les autres, sa gorge, desséchée de nervosité, le faisait tousser. Aussi vite que possible, il rentrait chez lui avec le sentiment d'avoir échappé à un grand danger.

A l'époque, il y avait aussi, évidemment, la bataille sournoise et quotidienne avec Armelle. Celle-ci, épaisse et souvent couverte de boutons, supportait difficilement les plaisanteries du petit frère, ou les lui rendait copieusement. Pourtant, en définitive, il avait eu une enfance plutôt heureuse. Et, dans ses souvenirs sagement cultivés, cette enfance joyeuse — par moments, il parlait d'elle comme d'une personne chère et morte — était devenue, peu à peu, assez encombrante. Elle avait pris la place d'une maîtresse. Dès qu'il parlait de la maison de Deauville avec Hélène, celle-ci s'installait dans une attente paisible et allumait l'une après l'autre des cigarettes. Elle écoutait, les yeux ouverts et l'âme vagabonde. Son instinct féminin lui dictait une prudence aussi exceptionnelle. Elle avait déjà tout enlevé de Yves; elle savait qu'il fallait lui laisser son enfance.

Dès le début de leur mariage, Hélène avait pris ses précautions. En sortant de l'église — devant l'autel, il paraît qu'elle n'avait pensé à rien — elle avait décidé de réussir sa vie et son mariage. Elle était parfaite. Personne n'aurait pu lui faire le moindre reproche : économe à souhait et fofolle jusqu'avant la première grossesse, gentiment tendre pendant la seconde, elle lavait, astiquait, rangeait, frottait, berçait et préparait ce qu'on appelle de gentils petits plats. Plus tard, sûre d'elle-même, elle était devenue plus distraite à l'égard de Yves et avait consacré en revanche beaucoup de temps aux enfants.

Sa meilleure amie avait été abandonnée par un mari qui avait pourtant donné l'impression, pendant des années, d'être docile et calme. Pour Hélène, cet accident avait semblé aussi lointain qu'un fait divers relatant l'écrasement d'un avion à Porto-Rico. Cependant, l'événement l'avait travaillée et elle avait parlé souvent à Yves de cet homme abominable qui, d'un jour à l'autre, sans crier gare, était parti avec une hôtesse de l'air danoise. Yves connaissait bien l'homme en question. Il s'était mis à s'intéresser à lui. Lors du procès en divorce, Hélène avait témoigné pour son amie. Elle en était revenue hagarde et affolée. C'est la première fois qu'un tel événement entrait dans sa vie. Elle avait commencé à surveiller Yves. Désormais, les horaires de travail de son mari avaient été contrôlés. Dans son bureau, il avait dû mettre un portrait d'Hélène. Il avait été gêné, pendant quelque temps, par cette photo agrandie. Plus tard, il ne la voyait plus. Il avait pris l'habitude de la subir sans s'en apercevoir...

Perdu dans ses pensées, Yves avait dépassé le Prisunic. Il était déjà midi moins le quart. Il ne lui restait que quelques minutes pour ses courses. Il fit demi-tour et se hâta vers le magasin. Il prit un chariot et passa d'un rayon à l'autre. Sa corbeille se remplit de café, de charcuterie sous emballage de cellophane, de sucre en morceaux numéro deux, de confiture. Il acheta même un pain d'épice, deux bouteilles de rosé d'Anjou et arriva juste au comptoir voulu pour obtenir encore l'essentiel : quatre biftecks, deux salades et un camembert extra. Il se trouva un peu ridicule avec quatre biftecks : l'Allemande partirait après le déjeuner; il lui en resterait deux, il faudrait qu'il les mange seul. Pourtant, il aurait préféré dîner au restaurant.

Sorti du magasin, il revint vers le boulevard Cornuché. Il cherchait, sur le visage des passants, un signe d'amitié. Il eût été heureux si quelqu'un lui avait adressé un regard complice. Deauville semblait s'être repliée sur elle-même. Cette ville d'été souriante souffrait l'hiver. La plupart des magasins étaient fermés. Yves entra chez le marchand de journaux. Celui-ci était toujours présent; il ne quittait son poste ni en été ni en hiver.

— Vous voilà, monsieur Barray! s'exclama-t-il en lui tendant la main. Et Mme Barray, elle va bien?

— Très bien, merci, répondit Yves.

— Et les enfants?

— Vraiment bien, merci.

— Ils sont grands, maintenant.

— Oui, ils sont grands maintenant.

— Ça leur fait quel âge exactement?

— Quinze et dix-sept ans.

— Oh! la, là, monsieur Barray, le temps passe! Et Mlle Armelle?

— Elle va très bien aussi.

Il avait soudain envie de tout casser. Perdre ce temps, tandis que Sigrid était poursuivie par une Organisation... Elle était déjà peut-être partie de la maison.

Le regard de Yves effleura le rayon des romans policiers. Sur ce plan-là, il était intraitable. Hélène avait voulu lui inculquer sa passion pour les romans d'espionnage. Il avait résisté comme un naufragé se cramponne à un radeau pour ne pas se noyer. Il lisait des biographies d'hommes célèbres ou le récit de leurs fouilles par des archéologues. Quand on pense que la calme Hélène lui avait un jour mordu la main lors de la projection d'un film d'espionnage! Dans la salle de cinéma obscure, il avait poussé un cri de douleur. « Je t'ai fait mal? » avait demandé Hélène. Les spectateurs avaient protesté : « Chut... Chut... » et Yves s'était senti tout aussi ridicule que ce type sur l'écran, qui mangeait des escalopes de requin pour son petit déjeuner.

Yves prit deux journaux, les paya, tout en répondant docilement au marchand. Lorsqu'il se retrouva dans la rue, il n'avait plus aucune idée de

78

leur conversation. Quelqu'un lui dit bonjour. Il répondit à un homme sans visage.

Soudain, le soleil éclata sur l'horizon. Yves se trouvait maintenant sur le boulevard Cornuché et il ne put résister à la tentation d'aller à la rencontre de la mer. Il passa à côté des tennis. Il vit un cavalier qui s'éloignait en direction de Trouville, sur la plage même. Il longea la promenade le long des cabines vertes, dépassa le *Bar du Soleil* désert et se retrouva sur les planches. La mer, d'un bleu métallique, frémissait au loin. Elle avait découvert l'immense plage semée de coquillages. Yves déposa son lourd filet sur les planches et descendit sur le sable mouillé. D'un geste distrait, il ramassa même quelques coquilles. Plus loin, des mouettes, grasses et graves, attendaient, groupées. Pur et transparent, l'air étincelait comme du cristal.

De nouveau sur sa balançoire intérieure, Yves était soudain au plus bas de lui-même, dans le désespoir. Il aurait souhaité être débarrassé de Sigrid. Il eût aimé marcher sans souci, sans préoccupation, le nez au vent, vers Bénerville, n'avoir aucune contrainte, déjeuner quelque part d'un sandwich et d'une bière. Il eût aimé aussi se promener dans l'arrière-pays, voir les maisons-spectres de Canisy, contempler les vallées douces cachées derrière des collines tendres.

Quittant le sable, il remonta sur les planches, reprit son sac à provisions et se dirigea vers la villa. D'ici, on voyait bien que le toit était à refaire, mais, avec un peu de bonne volonté, si toute la famille l'avait voulu, ils auraient pu la sauver. Combien de fois il avait rêvé de gagner de fabuleux millions à la loterie. Il s'était vu chez le notaire, rachetant la maison de sa propre famille. Avant la vente, il avait vécu comme un somnambule. Dans ses songes, il jouait, il gagnait, il payait, il restaurait. Il aurait même invité les autres pour un week-end! Il aurait allumé le chauffage neuf afin de leur bien fendre le cœur. Une fois, il avait été remboursé du prix de son billet : trois cents francs anciens... Mais le décor d'une ferme basse et longue pour y brouter, avec Hélène, leurs maigres souvenirs, tel était le seul avenir qui lui était réservé.

Le portail en bois était resté ouvert. Yves, avant d'entrer, jeta un coup d'œil sur les villas voisines dont les volets étaient fermés. « C'est complètement insensé, se dit-il, des types cachés qui nous regarderaient! Vraiment, ils exagèrent avec leur poursuite grotesque! » Poussant la porte de la maison, il se retrouva dans le hall.

— Mademoiselle Dusz! cria-t-il.

Il n'eut pas de réponse.

Jurant entre ses dents, il déposa son filet et entra au salon pour remonter les stores. Il traversa la grande pièce obscure et se donna beaucoup de mal avec la manivelle rouillée. La lumière éclatante envahit enfin la vieille salle à manger et, à la suite de Yves, pénétra à son tour au salon et au fumoir. Il poussait des soupirs et se parlait en même temps à lui-même : « Ils verront bien que je n'ai pas peur. Bandes... de... » Le mot « gangsters » lui paraissait convenir. Il n'osa pas. Il savait d'ailleurs très bien que ce n'étaient pas des gangsters. Et l'autre, la fille d'un criminel! Joli monde! L'idée qu'il pouvait peut-être la perdre après le déjeuner l'angoissait pourtant. « Encore faudrait-il qu'elle soit là pour qu'on puisse déjeuner ensemble! » Il monta les marches en courant. Le soleil giclait par la lucarne cassée.

— Sigrid, prononça-t-il à mi-voix. Mademoiselle Dusz. Sigrid...

Le troisième appel était presque confidentiel. Il entra dans sa chambre, Sigrid était encore là, tapie dans un fauteuil, le manteau boutonné jusqu'au cou, le col méchamment remonté. Elle se tenait pliée en deux.

— J'ai mal à l'estomac.

80

Aussitôt après, sans aucune transition, elle lança :

— C'était Vahl ou Thorenfeld?

— Vahl, répondit Yves.

Et un grand mécontentement l'envahit. Au lieu de protester, de s'indigner, il entrait dans ce jeu douteux, en parlant des protagonistes de la poursuite comme d'anciennes connaissances. Furieux, il s'assit sur le lit. Il examinait Sigrid. Elle avait l'air d'avoir vraiment mal. On peut, à la rigueur, aimer la fille d'un criminel de guerre, mais pas une femme qui a des crampes d'estomac.

— Vahl est mieux que Thorenfeld, continua Sigrid. Vahl est humain. Pour Vahl, la vengeance est une aventure sublime qui ressemble aux croisades. Thorenfeld est beaucoup plus systématique. Si Vahl est un poète, Thorenfeld est le mathématicien de la vengeance. J'ai l'impression que Vahl, dans sa tendresse, est plus logique. Thorenfeld s'emballe. Moi, je n'ai eu que des contacts corrects avec Vahl.

— Vous lui avez parlé personnellement?

Sigrid bâilla.

— En vingt ans, dit-elle en s'étirant, on en a eu l'occasion!

Comment prendre dans ses bras une femme qui souffre et dont le manteau est boutonné par d'innombrables boutons! Il se leva, énervé.

— Bien ou mal, je crois avoir fait mon devoir.

Sigrid l'interrompit :

— Il n'y a pas de devoir pour vous, du moins en ce qui me concerne. Qu'est-ce qu'il voulait, Vahl? Répétez-moi donc votre conversation.

— Je ne suis pas un envoyé spécial, dit Yves, ni un philanthrope ni un messager.

— Vous êtes quoi?

« Dès qu'elle ne pense plus à son mal, elle devient impertinente », pensa Yves. Il lui répondit brutalement :

— Je suis un père de famille.

— Ce n'est pas un emploi!

Sigrid le provoquait volontairement.

— Je ne peux pas me permettre de...

— Vous êtes déjà mêlé à ma vie, fit Sigrid, impitoyable. Soyez beau joueur. Vous avez tiré la mauvaise carte : gardez le sourire quand même. D'ailleurs, si vous désirez coucher avec moi, si vous estimez que je paye ainsi ma pension complète, quand vous voudrez; je n'ai presque plus mal à l'estomac. Donc, je suis disponible.

Elle se leva et déboutonna son manteau.

— Voulez-vous que je me déshabille ici ou dans la salle de bains? C'est une question de goût personnel. Vous savez, c'est comme dans les restaurants : on peut très bien voir le caractère des gens, celui qui décortique seul sa sole grillée ou celui qui laisse faire le garçon.

Son regard était vide. Elle ressemblait à un automate.

— Non, fit Yves, malheureux. Non. J'aimerais... Mais pas comme ça!

Elle s'arrêta et le regarda avec une fausse attention.

— Auriez-vous des habitudes spéciales? Cela m'étonne de vous, mais on ne sait jamais avec l'espèce humaine. Vous avez besoin de...

Il haussa les épaules.

— D'un sourire, d'un regard doux.

— *Ach! Sie wollen auch Gefühle!*

— Comment?

— Je dis que vous voudriez des sentiments aussi. Alors, c'est trop. Vous voudriez presque qu'on vous aime, n'est-ce pas?

— Oui, dit-il. Je préfère de loin la conquête à un corps en location. Je n'ai jamais pu coucher avec une prostituée parce que, justement, j'aurais dû la payer. Je me serais senti vieux et moche.

— Vous êtes ni jeune ni beau, dit Sigrid.

— J'ai quarante-trois ans, dit Yves. Chez un homme, c'est...

— La fleur de l'âge, dit-elle sans humour.

Elle le regardait de nouveau attentivement.

— Je ne vois pas du tout vos qualités. Sauf, peut-être — ça, je peux l'imaginer — que vous êtes bon. On vous a déjà dit que vous étiez bon?

Yves réfléchit.

— Comment voulez-vous que je réponde? Je n'en sais rien. Forcément, on m'a dit que j'étais bon.

— Non, pas forcément.

— On m'a dit que j'étais gentil, mais bon... Cela fait, d'ailleurs, un peu ridicule d'être bon.

D'un regard dur, elle le dévisagea.

— Alors, parlons de l'essentiel. Qu'a-t-il dit, Vahl?

— Il aurait voulu que je vous fasse parler, que je vous convainque d'aller à Cherbourg prendre le bateau. Il aimerait que vous acceptiez de reconnaître votre père.

— Ah! ils ont donc remis le vieux disque, dit Sigrid. Pour avoir le droit de survivre, il faudrait que je trahisse mon père. Enfin, mon père... Le Dr Dusz. Qu'est-ce qu'il faisait, le vôtre?

— Il était inspecteur des impôts.

Sigrid soupira.

— Vous n'êtes peut-être ni beau, ni bon, ni jeune, mais vous êtes, en tous les cas, un veinard. Etre le fils d'un inspecteur des impôts, quelle chance insolente, quel bonheur... Evidemment, ce monsieur gentil, cet inspecteur des impôts, qui le trahirait? Comment pourrait-on le trahir? Primo, il n'a jamais rien fait de mal. Secundo, on ne trahit pas son père quand il est inspecteur. Mais quand il est bourreau, papa, qu'est-ce qu'il faut faire avec le bourreau, hein, monsieur? S'asseoir sur ses genoux et lui demander de vous raconter un conte de fées?

Yves fit un geste d'incertitude.

— Je ne sais vraiment pas ce que je dois faire.

J'aimerais que vous restiez là. J'aimerais aussi que vous soyez une autre.

Sigrid était près de lui. Yves sentait son haleine.

— Il est impossible que je ne vous tente pas. Moi, comme je suis, telle que je suis, j'intéresse profondément les hommes, monsieur Barray. Ils espèrent tous des sensations diverses, des raffinements étranges.

Elle ferma les yeux.

— Souvent, dit-elle d'une voix atone, j'imagine que, dans leur subconscient, se réveille, à ma seule présence, une déformation maladive. Ils doivent se dire : « Probable que si le père inventait des tortures aussi insolites et inhumaines, la fille doit être douée pour le vice. Elle est certainement conçue pour le plaisir, cette fille-là. » Ils pénètrent en moi et tremblent dans l'attente d'un dégoût sublime. Alors, on essaie?

Il la gifla. Elle ne broncha pas. Elle avait la joue droite rose. Elle serrait si fort la mâchoire que ses tendons ressortaient sur la peau entre les oreilles et la bouche.

Timidement, Yves regarda sa main. Il n'avait pas le souvenir d'avoir battu quiconque dans sa vie.

— Je m'excuse, dit-il en bredouillant. Je ne pouvais plus vous laisser vous enfoncer dans ces terribles phrases. Je ne peux pas supporter de voir quelqu'un qui s'humilie... Pas à ce point. Pardonnez-moi, mais je voulais vous aider. Venez en bas. Je vais faire du feu dans le fourneau à charbon. Vous aurez chaud à la cuisine. Il y a du soleil aussi, du côté cour. Le soleil vient de là-bas. Nous allons déjeuner.

Il la prit par la main. Ils descendirent dans le hall. Sigrid aida à transporter les provisions.

— C'est lourd, dit-elle.

Ils pénétrèrent dans la cuisine glaciale.

— Venez, dit Yves en déposant le filet. Par cette porte, on descend dans la cour. Je vous montrerai où j'avais mon petit jardin quand j'étais gosse.

Ils sortirent et Yves désigna un carré invisible.

— Là, dit-il, j'avais même fait pousser des bégonias.

Son regard s'arrêta sur la villa voisine.

— Vahl a dit aussi qu'ils avaient des hommes dans cette maison. Je trouve ça absolument ridicule.

— Des hommes, fit Sigrid, c'est beaucoup dire. Mais il y en a peut-être un pour voir si je m'en vais par ici. C'est tout. D'ailleurs, ils me font surveiller presque par politesse ou par habitude. Il n'y a aucune possibilité de me perdre et je n'ai pas le courage de me tuer; c'est cela qui est le plus embêtant.

— Si nous parlions d'autre chose? dit Yves.

Ils revinrent à la cuisine. Dans une vieille corbeille, se trouvaient des branches sèches. Yves les enfourna avec de vieux journaux dans la cuisinière.

— Si elle fume, dit Yves, on abandonne tout et on va au restaurant. Il y a une chance sur dix que ça marche.

Il gratta une allumette et mit le feu.

— Venez, dit-il. Nous allons redescendre d'en haut la poêle à frire. Il y a tout un tas de trésors dans les cartons.

Ils montèrent en courant. Sigrid fouilla dans l'armoire de la kitchenette.

— Avez-vous acheté de l'huile et du vinaigre pour la salade?

— Non, dit-il, navré. J'ai pensé à tout, sauf à la salade. Mais j'ai un citron dans le filet.

Sigrid découvrit une vieille bouteille avec un fond d'huile avachi.

— On utilise ça?

— Non, dit Yves. C'est bon pour la poubelle.

Il était chargé de cartons et de casseroles. Il ajouta :

— Nous saurons déjà au premier étage si nous pouvons manger à la cuisine. Quand il y a de la fumée, elle remonte.

Pareils à des éclaireurs, ils s'arrêtèrent sur le palier du premier étage.

— On ne sent rien, dit Yves.

Sigrid, prise au jeu, fit semblant de se concentrer.

— Non, dit-elle, il n'y a pas de fumée.

Ils se retrouvèrent à la cuisine où la cuisinière à charbon, bienveillante, émettait déjà des vagues de chaleur. Yves la chargea de combustible. Le grésillement se tut, mais repartit aussitôt.

Ils se mirent à travailler. Sigrid ouvrit les paquets, poussa les assiettes sous l'eau.

— On n'a pas de torchon, dit-elle. Comment vais-je essuyer les couverts?

Yves était en train de glisser le beurre dans la poêle à frire.

— Dans ma valise, j'ai deux serviettes propres. Attendez : je vous les apporte. Ne disparaissez pas en attendant. Je compte sur vous.

Il escalada comme un gamin les escaliers. La maison en parut rajeunie. Au premier, les portes entrebâillées ne découvraient plus que des gouffres noirs. Une lumière jaune s'infiltrait par les fentes des volets. Yves jeta un coup d'œil dans la chambre à coucher de ses parents. Son regard distingua dans l'obscurité lardée de rayons de soleil, le lit 1900 et la coiffeuse qui avait servi de petit bureau à sa mère. Quand ses produits de beauté avaient été remplacés par le papier à lettres, cela avait été la démission de sa jeunesse. Les tables de chevet, Armelle les avait emportées. Elle leur avait trouvé une place utile dans la chambre de bonne où elle logeait un silencieux couple portugais. « Ces gens qui font la cuisine chez eux le dimanche, avait-elle dit, ils sont vraiment insupportables. Ils m'abîment tout. Je ferai monter ces deux petites horreurs chez eux. Qu'ils les brûlent avec leur réchaud électrique! » Sur l'une d'elles, leur mère avait autrefois conservé sa Bible, et leur père, sur l'autre, posait sa montre à gousset.

Le vieux matelas agonisait encore sur le lit. Aucune poubelle n'était suffisante pour l'accueillir. Le brocanteur devait l'enlever.

Armelle avait revendiqué le lustre, une curieuse boule en opaline avec des fleurs peintes tout autour, accrochée au plafond par quatre chaînes noircies. A la fragile limite du hideux, la lampe pouvait être considérée comme ayant un charme désuet. Le brocanteur y tenait. « J'emporte bien le lit invendable, mais en compensation, laissez-moi les curiosités. Par exemple, cette lampe... Les marchands de Paris les recherchent... » Pareille à une mouche folle, Armelle avait voltigé autour du lustre. Elle s'y était cognée en bourdonnant. On l'avait surprise même, hissée sur un escabeau, la main plongée dans la boule. Avait-elle imaginé que leurs parents se seraient servis de la lampe pour y cacher des pièces d'or?... La discussion provoquée par le lustre avait dégénéré en bataille serrée.

Ils s'étaient proposés d'envoyer la totalité des affaires dans une salle de vente. Le transport coûteux étant à leurs frais, ils s'étaient méfiés et avaient craint de perdre la mise. Alors, Armelle, l'âme fissurée de rancune, avait renoncé à la lampe.

S'arrachant à ses souvenirs, esquissant un petit sourire indulgent, Yves referma la porte de la chambre des parents et se dirigea vers le second étage. Entré dans sa chambre en sifflotant, il prit deux serviettes de sa valise et, l'âme presque légère, redescendit à la cuisine.

— Les voilà, dit Sigrid. Merci...

En guise de tablier, elle mit une des serviettes devant elle, en en nouant les deux extrémités autour de sa taille.

— Vous avez la taille fine, dit Yves.

— Ce n'est pas un mérite, dit-elle. Je n'ai pas pu, comme on dit si délicatement, m'épanouir. Je n'ai jamais eu d'enfants... Les femmes de mon âge, plus épaisses peut-être, sont mères.

La surface noire de la cuisinière à charbon avait rougi. Le beurre fondait dans la vieille poêle, les biftecks se gonflaient, se déformaient, laissant apparaître de minces filets de sang.

— Je le voudrais saignant, dit Yves.

Il leva son verre.

— Voulez-vous?...

Sigrid fit oui de la tête et retourna de sa fourchette un des biftecks.

Elle revint vers la table et goûta le vin. Au bout de quelques instants, elle présenta la viande à Yves sur son assiette.

— Et le vôtre? demanda-t-il.

— J'attends encore... Je ne peux pas le voir saignant... Ne m'attendez pas...

Yves planta son couteau avec plaisir dans la viande molle. La moutarde l'incitait à boire. Le pain frais aspirait, avide, la sauce mêlée au sang. Calfeutrés dans un silence apaisant, ils se regardèrent.

— Le Dr Dusz...

— Non, dit Yves avec lassitude.

— J'aurais voulu devant vous l'analyser, attention, non pas le comprendre, l'analyser seulement... Le cerner, le retrancher dans son cercle d'enfer... Le faire reculer au tréfonds de lui-même, le faire souffrir à ma manière; je lui aurais parlé de maman...

Elle avait maintenant un pauvre petit visage. Gêné par ce chagrin presque enfantin, Yves détourna la tête. Il lui remplit son verre.

— Buvez...

Elle regarda le vin, l'ombre d'un dégoût assombrit ses traits.

— L'alcool, je le connais, dit-elle... Après le départ de David, je me saoulais... Enfermée chez moi, les fenêtres closes, les rideaux tirés, les lumières allumées, je buvais. Sans que j'aie pu protester, ma vie a été bâtie sur de sordides souterrains. On plaint un enfant trouvé dans une poubelle, mais on l'en sort, on le lave, on le place à l'Assistance publique... Personne ne m'a sortie de la poubelle... Personne... Dès que je voulais lever la tête, je me suis heurtée au couvercle, et moi, le nez enfoncé dans les détritus, je me terrais... Poussée par l'alcool, je suis, dans cette période, redescendue vers les bidonvilles de mes origines... L'oubli n'est pas donné à tout le monde... L'oubli est une grâce... Affreusement lucide, rendue plus réceptive encore par la fatigue, j'étais comme une spectatrice dans un cinérama de terreur. Des souvenirs marchaient sur moi. La tête baissée, ayant la nausée à force d'épuisement, je me mettais à quatre pattes et je me cachais sous la table. Mon cinérama dégoulinait de sang; une armée de morts se dirigeait vers moi, ensevelie sous les images intolérables, je voulais m'étouffer moi-même pour m'empêcher de crier au secours...

— La mourtarde? demanda Yves.

— Non, merci...

Elle grignotait comme un chat suralimenté. Elle coupait la viande en tout petits morceaux. Elle prit enfin une feuille de salade, la déposa sur son assiette, et elle n'y toucha plus.

— Je ne peux pas vous répondre, dit Yves... Vous pataugez dans l'horreur... Au lieu d'essayer de vous détacher de votre passé, vous courez après.

— Vous n'avez absolument rien compris, dit Sigrid. Cela ne fait rien... C'est comme si j'avais parlé seule... A vous, ou aux murs? Quelle différence... Si vous étiez malin, vous me feriez parler facilement... Mes confessions... Le joli butin... On pourrait se faire un bon argent de poche avec mes souvenirs... « La fille du monstre m'a parlé. » Je vois d'ici le titre...

— Je ne suis pas malin, reprit Yves. J'ai cru que le malheur rendait humble. Vous êtes arrogante et méchante...

— Cela fait partie de mon charme, lança-t-elle et, furieuse, alluma une cigarette.

Yves haussa les épaules.

— Tant pis... Je vous préparerai quand même une montagne de frites pour ce soir... Vous serez beaucoup plus conciliante après...

Il changea les assiettes, et posa le camembert dans sa boîte au milieu de la table.

— Il est bien fait... Vous aimez le camembert? Elle eut un mauvais sourire.

— Aimer le camembert... Et quoi encore?... Utiliser le mot « aimer » pour un fromage! Dérision...

Yves se servit.

— Si vous ne coupiez pas les cheveux en quatre. Vous êtes comme une droguée avec votre passé... Dès que vous ne tremblez plus suffisamment, vous vous administrez une bonne dose d'horreur...

— Vous m'êtes presque sympathique, dit-elle d'une voix glaciale. Votre incompréhension ôte tout élan vers une éventuelle pitié. Obtus et borné, vous êtes reposant.

Yves prit une cigarette à son tour.

— Vous voudriez que je perde mon sang-froid? Que je vous prenne gentiment par le bras pour vous conduire dehors? Non. Vous m'amusez... Alors, à vous...

— Excusez-moi, dit-elle soudain en se retranchant derrière une douceur douteuse. Vous m'avez mise hors de moi en prétendant que je cherchais la souffrance. C'était injuste. J'en crève... Faire ça exprès!... Non, avouez que cela ne serait pas vraisemblable...

7

Après un instant de silence, Sigrid reprit :

— Pourtant, par moments, je m'amuse... Oui, un jour, je me suis mise à m'amuser vraiment. Je l'ai choisi puissant et riche, mon jouet... C'est par un numéro de téléphone éprouvé pour sa rentabilité que j'ai eu la filière : une adresse dans une banlieue parisienne résidentielle. Enfin, je voulais voir un de ces types que je faisais chanter, vous le savez bien, pour le plaisir!

» Arrivée par le train, je me suis attardée sur le quai. Par avance satisfaite de moi-même et de mon exploit, je contemplais la petite gare. Je jubilais. J'étais le goinfre qui se préparait au grand repas. L'air doux collait sur mes narines; ces instants précieux et honteux avaient un goût de printemps, et j'accueillais cette odeur saturée de miel comme un baiser sur mes lèvres. La peur de l'autre, que j'imaginais, me rendait physiquement heureuse. L'insecte qui vivotait sous les talons, qu'on aurait pu écraser — et avec quelle volupté — à n'importe quel moment, cette fois-ci, ce n'était plus moi.

Eclairée par son récit, l'Allemande ressemblait maintenant à une statuette en verre de Murano. Elle n'était qu'en apparence fragile et froide. Une chaleur intérieure, couvée par des souvenirs et réveillée par l'évocation de ceux-ci, était tombée en elle. Profondément intéressé par cette présence irritante et stimulante, à la limite d'une injure à fleur de peau, au bord d'un désir qui l'aurait porté plutôt à un geste de caresse, Yves, pour s'assurer de la présence réelle de Sigrid, lui tendit la main.

— Je vous écoute...

La main de l'Allemande était molle et tiède.

— Affublée d'un château envahi chaque dimanche par les visiteurs, la petite ville paresseuse s'étirait sous le soleil. Paisible touriste allemande, je déambulais, l'œil vague et les talons écorchés, dans les petites rues, sur les pavés historiques. Le patron d'un café m'avait indiqué le chemin. « Vous tournerez à droite, après, à gauche, vous bifurquez et vous reprenez votre droite. » L'imbécile... Il m'avait fait un clin d'œil gros comme un ballon. « On se promène? avait-il lancé. On se promène? » Comment allais-je m'y prendre? En les apercevant, quels seraient mes sentiments? Certains prétendent se connaître. Moi, je ne me devinais même pas... Plutôt novice dans l'abaissement, je tremblais de trac.

Yves lâcha la main de Sigrid.

— Revenons un peu sur terre, voulez-vous? Votre imagination est débordante... Si on chauffait l'eau pour laver la vaisselle...

— Vous ne me croyez pas?

— Si.

Il se leva et commença à organiser le travail. Il désirait plutôt que Sigrid reste. Il ouvrit un placard. A l'intérieur, le papier à petits carreaux était déchiré. Yves choisit une casserole imposante et la remplit d'eau. Il cherchait des phrases anodines pour détendre l'atmosphère. Pourtant, prudent, il se méfiait des mots. La statuette en verre risquait de se briser. Un seul geste maladroit l'aurait pulvérisée.

— On faisait les moules marinières dans cette casserole, avec du céleri en branches, des oignons coupés en rondelles et des feuilles de laurier.

Il posa la casserole sur le feu. Des gouttelettes d'eau, tombées sur la plaque brûlante, s'évaporèrent avec un grésillement violent.

— Les rares homards que nous mangions, nous les faisions aussi cuire dans cette casserole. On a beau être au bord de la mer, le homard coûte cher.

— Avec une maison pareille, vous prétendez ne

pas être riche? demanda Sigrid. Quand on a trois étages et un jardin, on peut s'acheter un homard sans pleurer sur le prix!

— Nous étions des gens aisés, répondit Yves. Les gens aisés mangent plus rarement du homard que les gens riches.

Sigrid repoussa son assiette.

— Je vous assure que ces gens dans la petite ville, mes insectes du jour, auraient pu avoir leurs cinq repas de homard quotidiens.

Soudain, elle ordonna :

— Asseyez-vous donc. Si je parle à quelqu'un qui est debout, j'ai l'impression qu'on m'interroge...

Yves s'assit.

— Vous plaisantez? Vous interroger? Je préférerais ne pas vous entendre.

Il se versa le reste du vin.

— Vous n'en voulez pas un peu? J'ouvre l'autre bouteille?

— Non, merci.

— Alors? demanda Yves.

— Détendue, je me promenais dans une rue où les maisons étaient à l'écart de la chaussée, elles étaient presque toutes préservées du monde extérieur par le jardin qui les entourait. Je me délectais. Comme un gosse, pour m'amuser je frottais mes semelles sur le pavé; ce petit bruit me tenait compagnie. Il fallait trouver mes gens... Ces maisons-là ne portent pas de numéros. Les propriétés ont des noms... Je vous dirai ou je ne vous dirai pas celui que portait la belle maison, style Ile-de-France, qui, sur son rez-de-chaussée surélevé, avec son perron et ses portes-fenêtres à la française, me défiait. Je me suis installée sur un banc. J'attendais. Une mignonne petite voiture apparut, un jouet de luxe avec quatre roues, et s'arrêta. Une femme plutôt élégante en descendit, laissant tourner le moteur, et ouvrit elle-même la grille. Quand elle reprit sa place dans la voiture, et disparut au tournant d'une petite rue, je me suis posé la question : était-elle au courant du passé chargé de son mari? Pouvait-elle soupçonner que leur gravier si bien soigné cachait une nappe de fumier? Le fumier ressemble au pétrole; le bon terrain pourri, il suffit de l'effleurer, c'est connu, et le secret, le fumier jaillit...

Yves se leva et plongea le doigt dans l'eau.

— Tiède... elle n'est que tiède. Je n'aime pas vos histoires. Je suis fonctionnaire; je ne dois pas être mêlé à une affaire politique. Les ex-nazis, je ne les connais pas, je ne les ai jamais connus. Vos menaces, vos récits de chantage me répugnent.

— Etes-vous sûr de trouver tout cela répugnant? Vous êtes intéressé plus que vous ne voulez l'avouer. Et pourquoi « ex-nazis »? Ceux qui l'étaient le resteront jusqu'à la fin de leur vie. Ceux qui nous ont aimés et admirés continuent à nous aimer et à nous admirer secrètement, et, douloureusement, ils voudraient nous revoir avec eux. Evidemment, ils en parlent moins qu'il y a vingt-cinq ans.

— Pourquoi dites-vous « nous »? dit Yves.

— Je suis en tout cas allemande... En doutez-vous?

— Je ne suis pas concerné, répéta Yves.

— Vous ne voulez vraiment pas vous faire passer pour un héros, ni pour un être tourmenté qui se penche avec pitié sur l'humanité... Non, l'Histoire, monsieur Barray, ne vous concerne pas? Homme heureux que vous êtes... L'autre, celui que j'ai vu passer plus tard dans le parc, lui, il était concerné par l'Histoire. Il avait une robuste voiture de luxe. J'ai reconnu une marque allemande célèbre. Pour lui, une sorte de fidélité.

— C'est idiot, l'interrompit Yves. Mon oncle a une voiture allemande. Et il n'a jamais été en Allemagne. Il n'a pas connu de nazis pendant la guerre. En ce temps-là, il a passé trois ans dans un sanatorium, en montagne. Il a choisi une voiture allemande parce qu'elles sont robustes.

— Quel trésor de famille! s'exclama Sigrid. Même pas des innocents, de vrais saints. Un inspecteur des impôts et l'oncle pulmonaire... Miraculeux comme souche. Ah! ça, c'est une famille!

— Vous êtes très désagréable, dit Yves. Quelle envie pourrais-je encore avoir de vous prendre dans mes bras?

Elle eut un petit sourire amusé.

— J'ai toujours réussi à rebuter. J'existe, donc je rebute. Ma victime de ce dimanche était un homme aux cheveux blancs. Il était très élégant auprès de sa voiture. C'était une « victime » au visage dur. Il portait des gants. Je le voyais poser des clubs de golf sur la banquette arrière. Pendant ces innocentes occupations de fin de semaine, sans que, instinctivement, il envoie le moindre regard dans ma direction, il semblait anodin et paisible. Je pensais à ses enfants et à ses petits-enfants. Que faisaient-ils? Jouaient-ils comme des anges, surveillés par une nurse anglaise? En quelques secondes, j'aurais pu démonter le mécanisme de cette fausse sécurité. Pendant la guerre, cet homme si respectable avait été l'un des correspondants du Dr Dusz. Il se sentait lui aussi supérieur aux Juifs, comme le Dr Dusz. Avec l'aide des Allemands, il avait ramassé une jolie fortune. Il avait survécu à votre Libération. Seulement, son passé, en me déléguant, le tenait. Les « anciens » sont périodiquement rançonnés. S'ils occupent une situation politique, on les sauvegarde, on les couve, on les pousse même en avant, en les maintenant sous pression. Lors d'une décision importante, internationale ou nationale, ils sont téléguidés par leurs anciens complices. Je les appelle les crypto-nazis. S'ils sont simplement riches, ils paient sans broncher. D'ici qu'ils arrivent à faire déduire les rançons de leurs impôts... L'argent file entre leurs doigts. Leur vie est une vraie table de baccara : quand la boule s'arrête sur leur couleur, quand elle annonce le chiffre, il faut payer.

» Les ayant contemplés à ma guise, le soir même, en rentrant à Paris, juste avant la fermeture des postes, je les ai appelés d'une cabine publique. Il arrive que certains de ces « innocents » soient branchés sur les tables d'écoute. J'ai préféré que, en cas d'enquête, la police ne remonte que jusqu'à la poste et ignore l'existence de mon studio. Il y avait du monde chez lui : j'entendis rire; une femme s'esclaffait. Avec douceur j'ai annoncé mes cartes. Le grand type en est devenu presque aphone. Il faut dire aussi que ses signes extérieurs de richesse lui avaient coûté cher; j'avais forcé un peu le tarif. Il encaissa le coup avec sang-froid. L'habitude... « C'est qui, chéri? » demanda une voix de femme. « Ce n'est rien, ma petite », répondit-il.

— Et l'argent? demanda Yves, dégoûté.

— Le lendemain, j'ai eu le gros paquet. J'ai expédié le tout, dans une grande enveloppe, à l'ambassade d'Israël pour leurs œuvres sociales. J'espère qu'ils n'ont pas envoyé mon cadeau, sans l'avoir ouvert, à la poubelle.

— Comment pouvez-vous être en possession de ces adresses, de ces numéros? demanda Yves avec une certaine anxiété.

— Le Dr Dusz m'avait laissé un carnet.

— Donc, vous avez menti aux Américains.

— Non, je n'ai pas menti. Grâce à mon ignorance des faits, j'ai toujours pu leur dire la vérité. Après ma sortie de l'hôpital, avant que je sois comme la prisonnière d'une institution d'Etat, les Américains m'avaient tacitement obligée à revenir à la maison. Attachée à une longue laisse invisible, gosse effrayée et convalescente que j'étais, comment aurais-je pu deviner que, jour et nuit, j'étais surveillée? « Ils » m'avaient donné des conserves, du chocolat. Moi, le poisson-appât, je mangeais dans mon vivier. Abrutie encore par les calmants qu'on m'avait administrés après la maladie nerveuse qui m'avait terrassée à Dachau, seule dans la grande maison, je cherchais des souvenirs, des indices. Je survivais dans une tristesse profonde. Le bonheur était pour les autres. Je n'aurais même pas osé vouloir être heureuse. Je voulais simplement, modestement, ralentir un peu le rythme de mes souffrances. L'idée du suicide me tenta. Pas longtemps. Je l'avais rejetée. J'aurais voulu vivre dans un pays peuplé d'amnésiques. J'imaginais souvent — c'était mon rêve préféré — être née dans un milieu neutre, n'avoir fréquenté que des gens insignifiants. L'Allemagne saignait : et moi, peut-être la plus blessée de tous, je rêvais...

» Je me voyais fonder une famille. Je vivais dans l'unique pièce restée habitable d'une maison démolie par les bombardements. Je faisais sécher le linge sur des fils de fer tordus et je disais à mon enfant pendant qu'il apprenait à marcher : « Hans! attention, il n'y a pas de mur, mon chéri, ne tombe pas, mon trésor. » Alors, Hans, l'enfant de mes rêves, reculait vers moi et s'asseyait, obéissant, sur un tabouret. Nous n'avions pas de plafond non plus. On s'offrait, paupières baissées, à la pluie. Je voulais vivre pour être un jour aimée. Des inconnus sans visage me prenaient dans leurs bras et affrontaient police militaire, difficultés présentes, souvenirs pénibles, spectres, pour m'amener dans un endroit où il y aurait eu le soleil et la mer. Je m'asseyais au bord d'une mer par moments presque blanche. Nous nous tenions, l'inconnu et moi, par la main. Je me tournais vers le soleil.

— Ici, à Deauville, la mer est souvent blanche, dit Yves, d'une voix rauque.

Il sentait obscurément qu'un moment rare et précieux venait de les effleurer. Ce moment étincelant les avait illuminés. Il en eut presque de la tendresse pour Sigrid.

— Chacun a ses chagrins à sa mesure. Moi, l'habitude m'a tué. L'habitude est pire que la mort, dit Yves.

— Ce n'est pas vrai, répondit Sigrid. L'habitude n'est pas pire que la mort. Rien n'est pire que la mort. La mort, vous en parlez facilement : vous ne l'avez jamais côtoyée. Vous parlez de la mort comme on distribue aux amis, en paroles seulement, l'argent qu'on gagnera peut-être à la loterie. La vérité, c'est que vous êtes content rien qu'en regagnant la mise. Vous êtes content de vivre. Il vous semble même que rien n'est plus lointain et plus invraisemblable que la mort. Et puis votre mer, ici, n'est pas blanche; elle est grise ou bleue. C'est la mienne qui était blanche.

Yves se recroquevilla sur lui-même. Avec la mer blanche, il avait lâché un secret de son enfance. Il s'était livré à l'Allemande. Mécontent, il ajouta qu'il avait plaisanté et qu'il ne voulait pas faire concurrence à la mer blanche de Sigrid.

— Mais le carnet, dit-il, découvrant en lui-même une parcelle de méchanceté. Le carnet si vous l'avez, c'est que...

— Le carnet, je l'ai eu; je ne l'ai plus. Un mois après la capitulation de l'Allemagne, je me suis retrouvée à la maison. J'allais souvent à l'Englischer Garten. C'est un beau parc, calme et harmonieux. Cela me changeait. C'était le seul endroit à Munich où la verdure régnait encore. Je traversais notre jardin la tête baissée, notre jardin où même l'herbe était...

— L'herbe était?...

— Rien, dit-elle. Je ne peux pas. Laissez-moi. Dans ce parc où tout était vraiment vert, je lisais des après-midi entiers. J'avais ma paix, mon herbe, mon soleil et même un oiseau ami qui venait me regarder. Mon ami l'oiseau savait que je lui apportais fidèlement les miettes des biscottes américaines. L'oiseau m'aimait. Enrobée dans un soleil doux, paresseuse et heureuse sur mon banc, un jour je lisais Goethe. Je m'étais arrêtée depuis longtemps sur un poème. Je me sentais trop bien pour avoir envie de bouger, ne fût-ce que pour tourner une page. Soudain, j'ai entendu prononcer mon nom. Saisie, j'allais tourner la tête vers la voix quand j'entendis : « Continue à lire. Je suis près de toi. Tu ne me verras pas. Tu es suivie. Mes hommes m'ont amené vers toi. Je ne pouvais pas te joindre autrement. Nous attendions que tu viennes ici. Je quitte l'Allemagne; je la laisse dans sa désolation. Je lutterai ailleurs pour la gloire de nos idées. Ici, les juifs ont repris leur pouvoir : c'est la fin de l'Allemagne. Plus tard, je te ferai venir en Amérique du Sud. Ne bouge pas : feuillette ton livre. Il y a une haie derrière toi. Tu la contourneras dans un moment. Dans l'herbe, tu trouveras un carnet à la hauteur de ton banc. Les codes expliqués à ton intention, les chiffres et les numéros de téléphone s'y trouvent. Essaie de survivre. Deviens indépendante. Souvent on t'écorchera. Ceux qui seront à ta disposition grâce à ce carnet te serviront. Demande-leur de l'argent : d'abord pour toi, pour vivre; plus tard, pour nous. Le moment venu, nous t'utiliserons. Tu as une mémoire fabuleuse; tu apprendras par cœur les indications. Ce carnet, tu le brûleras. Tu seras toujours fouillée, dépistée, suivie; ils ne pourront jamais enlever les chiffres de ton esprit. Une fausse ambulance américaine me conduira hors de la ville ce soir. Garde ton sang allemand dans sa pureté. Qu'aucun juif ne te touche. »

» Le carnet y était. Voilà...

Sur la cuisinière à charbon, l'eau bouillait dans la casserole. Sigrid se leva.

— Je vais faire la vaisselle. N'auriez-vous pas des gants de caoutchouc? Je ne voudrais pas m'abîmer les ongles.

Yves se leva à son tour. Il vint près d'elle.

— Non, je n'ai pas de gants de caoutchouc. Vous avez appris les numéros par cœur?

— Oui, fit-elle.

De sa main droite, elle s'effleura la tête.

— Ils sont tous là. J'ai une mémoire comme personne. Cela me sert. Je n'ai pas de cœur. Alors, il faut bien que j'aie quelque chose qui le remplace.

Yves l'embrassa. Sigrid, les yeux grand ouverts, le dévisagea.

— Si nous rangions?

Yves se mit à l'embrasser de nouveau. Une impatience difficilement supportable le gagna. Maladroitement, avec sa voix un peu rouillée, il dit :

— Supposons que je sois quelqu'un de vos rêves d'adolescente et...

Elle le repoussa.

— Laissez en paix mes rêves. Vous n'êtes pas l'homme dont j'ai rêvé. Vous êtes comme n'importe qui. Ni beau ni jeune.

Yves lui tourna le dos, avala sa rage et se mit à faire la vaisselle. Il bouillonnait de colère. Cette ruine, ce débris d'humanité, cette clocharde de l'Histoire se permettait... Pourtant, avant son mariage, il avait plu aux femmes et, plus tard, au bureau, il aurait pu avoir certaines dactylos au cœur désœuvré. Il fréquentait un sauna. En sortant, il se trouvait mince, grand, net, ridé un peu, mais élégant. Il avait une situation sociale bien assise. Il faisait, avec sa famille, un voyage par an. Par exemple, il était déjà descendu jusqu'à Gibraltar, au mois d'août passé. Depuis des années, il louait le même appartement dans un gratte-ciel, près de Torremolinos. Ce n'était qu'un pied-à-terre : ils sillonnaient le sud de l'Espagne.

— Je vous ai froissé, hein? dit Sigrid, en chassant une mèche qui lui retombait sur l'œil droit. Aidez-moi, c'est lourd.

Ils prirent ensemble la bassine et versèrent

l'eau sale dans l'évier. L'eau s'en alla en gargouillant, mais finit par se stabiliser à un certain niveau et se calma. Une pellicule de graisse se forma aussitôt à sa surface.

— C'est toujours bouché, dit Yves.

Sigrid, muette, se lava les mains dans l'eau courante.

— Mais non... vous allez remplir l'évier encore plus.

D'un geste brusque, il ferma le robinet.

Sigrid s'exclama :

— Vous êtes tatillon comme une vieille fille. Je ne peux tout de même pas me promener avec les mains qui collent. Votre évier sera démoli avec la maison. Alors...

Elle s'essuya les mains dans la serviette qu'elle détacha de ses hanches.

Yves la détestait. Elle n'était pas supportable.

Intelligente, sachant qu'elle était à la limite du possible, Sigrid se mit à sourire.

— Allons voir d'en haut votre mer blanche. On fait un partage équitable, voulez-vous? Chacun a la sienne. D'accord?

Il se laissa vite amadouer. Il ne demandait qu'une trêve. Il aurait aimé rétablir un fugitif contact physique. Il la prit par la main. Sur le palier du premier étage, il se mit à expliquer :

— A cet étage, de tous les lits on voyait la mer.

Elle se fit polie.

— Ah!...

Yves ne se contenta pas de si peu.

— On prenait le petit déjeuner au lit en regardant la mer.

— J'ai compris, répliqua-t-elle d'une voix sèche. Comme à un enfant retardé, vous m'expliquez tout plusieurs fois. J'ai compris le système : le petit déjeuner au lit et la mer pour s'amuser. Parfait.

Ils entrèrent dans la chambre de Yves. Avec ses fils usés à l'extrême, le radiateur éteint ressemblait à un étrange objet venant d'un autre monde.

— Il est branché et il ne marche plus.

Yves sortit et remit plusieurs fois la prise, secoua désespérément l'appareil.

— Il est crevé. Il me ressemble : il n'est ni beau ni jeune.

A demi couchée sur le lit, Sigrid fumait.

— Les hommes sont bêtement vaniteux, dit-elle, pensive. Ils épluchent les compliments, ils les soupèsent. Ils ne les trouvent jamais assez gros. Je ne suis plus délicate avec les hommes, je ne les ménage plus.

— Vous en avez connu beaucoup?

Une brûlure intérieure croissante énervait Yves. Après un accident de ski, une fracture, il y a quelques années, on lui avait administré des piqûres de calcium. « Ça va chauffer », disait, à chacune, l'infirmière. Maintenant, sa gorge était sèche. D'un geste rapide, qu'il espéra naturel, il posa sa main sur une cheville de Sigrid.

— Vous en avez connu beaucoup?

Sigrid le regardait avec l'intérêt amusé d'un bactériologue qui joue, même à ses moments perdus, avec les microbes.

— Cela vous regarde?

— Vous avez les jambes fines, continua Yves.

— Cela fait partie de mes biens terrestres, dit Sigrid. Avouez que vous êtes ennuyé. Vous ne savez pas comment, et par quel moyen, en utilisant quels mots... N'est-ce pas? Je ne vous rends pas la tâche facile.

— Merci... dit-il.

Il eût aimé paraître ironique.

— Merci pour votre nature désagréable. Franchement, j'aurais eu des regrets de tromper ma femme. Sur le plan esthétique des bourgeois bornés, dont je suis, j'aurais été navré de la tromper avec vous. L'adultère dans son état pur ne me tente guère.

— Parce que vous voudriez enrubanner l'aventure, dit-elle, mettre des petits nœuds roses sur les vices, les camoufler. Gourmand... Vous voulez tout : l'adultère, ses plaisirs, et vous voulez l'oubli aussi... Ne parlons même pas de vos faux-semblants : vous auriez presque dû me faire l'amour par charité. En sacrifiant ainsi une parcelle de votre intégrité. Pour me consoler...

— C'est presque exact, répondit-il, chauffé à blanc de colère. Vous n'avez guère le choix. Donc, ma charité aurait été bienvenue.

— Et vous? s'exclama-t-elle. Je n'ai peut-être pas le choix, mais vous n'avez pas d'horizon. Vous n'avez jamais rien décidé dans votre vie. Résistez donc...

Elle tira Yves vers elle. Celui-ci se pencha sur Sigrid et ses lèvres rencontrèrent les lèvres de l'Allemande. Il fit un très grand effort pour ne pas se trahir. Il se détacha. Il la regarda. Rien n'était plus facile que de recommencer, de nouveau se pencher sur elle avec un air impassible. A ce moment-là, il croyait encore que l'aboutissement lui était égal. Assis sur le lit, il s'inclina et s'arrêta à la hauteur du visage de Sigrid. Elle n'avait pas une peau parfaite. La femme, nacrée de loin, portait de fines rides autour des yeux. Par défi, elle ne baissait pas les paupières, et lui, il la regardait aussi. Très lentement, comme quelqu'un qui boirait d'une source par politesse sans être talonné par la soif, il l'embrassa. Jusqu'ici, ses rapides baisers étaient accueillis par des lèvres presque fermées et inertes. La bouche chaude de Sigrid, sa langue tendre et curieusement impertinente provoquèrent en lui un moment de terreur. Il restait soudé à ces lèvres agiles et douces. Comment ne pas se livrer. Comment se faire passer pour un habitué du plaisir? Surtout, camoufler jusqu'à l'extrême limite cette forme d'innocence honteuse qui l'enveloppait comme dans un cocon. Surtout camoufler la peur, surtout ne pas passer pour un amateur en fait d'aventure. Retenir son

103

souffle tant qu'il le pouvait... Ne pas s'abandonner...

Ses amours imaginaires, ses festins somptueux d'une multitude de corps nus et beaux avaient toujours été, même dans son propre esprit, soigneusement cachés. Sur ce terrain, il ne vagabondait qu'avec pudeur. Il se méfiait d'Hélène. Pour se livrer la nuit à une femme, il faut que celle-ci soit le jour aussi complice. Hélène n'était pas une complice. Elle était une associée. Comment chercher les zones délicates susceptibles d'appeler l'amour sur le corps d'une associée? Leur seul vice commun était un livret de Caisse d'épargne.

Ne pas se montrer sous son vrai jour... En aucun cas...

Sigrid se dégagea. Yves se sentait surveillé. Il n'espérait plus revenir dans l'interminable paradis d'un baiser. Il dominait sa respiration. Et, mollement, il se tourna vers le mur. Les yeux fermés, il fit semblant de dormir. L'attente se prolongeait. Gagné par une désolante lassitude, il s'abandonna dans le désespoir. Il fallait sortir indemne de cette affaire. Donner à tout prix l'impression que, lui, homme gâté, saturé de plaisirs quotidiens, submergé par les délices d'un amour conjugal, avait simplement rejeté, par ennui, cette petite Allemande...

Il lui sembla que Sigrid bougeait. Il se retourna sur le dos, bâilla et ouvrit les yeux.

— Vous m'avez abandonné; j'ai failli m'endormir.

Elle était en train de se déshabiller. Elle pliait et rangeait ses vêtements sur une chaise. Elégante et fine, nue, elle était à son aise.

— Voulez-vous que je vous déshabille? demanda-t-elle avec un ton de curiosité dans la voix.

Il regardait les petits seins de Sigrid. Celle-ci se mit à genoux près du lit et enleva les mocassins de Yves. Il se souvint que ses chaussettes classiques, munies d'une flèche brodée qui montait de chaque côté, étaient impeccables. Sa propreté physique, sa manie délicate qu'il avait de se soigner lui donnaient, en ce moment, un sentiment de paisible sécurité. Quand il sentit l'air froid sur ses pieds, une impatience intolérable le gagna. Il bondit du lit, éparpilla ses vêtements par terre et prit Sigrid.

D'un relatif délire, il ne lui resta que l'inquiétude. Alpiniste imprudent, il aurait pu se trouver ainsi au fond d'une crevasse recouverte d'ombre. Il aurait préféré rester seul, faire le bilan de ses sensations. Désorienté, plutôt fier de lui, légèrement énervé, il était presque heureux de ses impressions toutes neuves. Pourtant, tout cela aurait pu être meilleur, plus compliqué, plus lent, plus proche de l'agonie que d'un plaisir banal.

— Embrasse-moi, dit-il machinalement.

Sigrid, déjà habillée, répondit à peine aimable :

— Je ne veux pas être tutoyée. Je m'en vais, j'ai une affaire à régler. Je reviendrai; ne vous inquiétez pas.

Il était incapable de s'inquiéter.

8

Sigrid mit son imperméable, saisit son sac et descendit rapidement. Elle sortit de la maison, referma soigneusement la porte derrière elle et poussa un soupir.

Il était 4 heures et demie. A l'horizon, le soleil rouge n'attendait qu'un signe pour se laisser basculer dans un autre monde.

Sigrid traversa le jardin et, le dos calé au portail, se mit à attendre.

Distraite, elle suivait du regard les grues jaunes dessinées sur le canevas gris et bleu du ciel, ces grues qui se balançaient au-dessus de la future piscine.

Venant du côté de Bénerville, la voiture de Vahl apparut. Elle s'arrêta silencieusement devant l'Allemande.

— Comme d'habitude, la perfection, dit Sigrid. Plus rapide qu'un radio-taxi. Les instincts ou les jumelles vous guident... Qui le sait?

— Alors, dit Vahl, en ouvrant la portière, tu n'en as pas encore assez d'être si bien servie?

— Non, fit-elle, impertinente. Et puis, par périodes, vous me lâchez. Mes petites libertés, je ne les en apprécie que mieux. Après Cherbourg, vous m'accorderez de grandes vacances, non? de vraies vacances...

Le chauffeur regarda Sigrid avec intérêt. L'Organisation changeait souvent de chauffeur et ils regardaient tous Sigrid avec intérêt.

— Monte, dit Vahl. Tu nous as mis dans un drôle de pétrin avec ton escapade à Deauville.

Elle haussa les épaules et s'assit à côté de lui. La voiture se mit à rouler. Elle respectait méticuleusement les « stop » aux croisements des rues larges et calmes qui débouchaient sur la mer et faisaient ressembler le boulevard à un estuaire.

— Ce Français ne sait rien, dit Sigrid. Il ne saura rien. Il faudra le laisser en paix. Il m'a prise pour une vraie femme : c'est mignon?

Elle avait retrouvé avec plaisir sa langue maternelle.

— Au bout, dit Vahl au chauffeur, nous tournerons vers la plage.

Sigrid prit un air moqueur :

— J'avais cru m'être débarrassée de vous. Vous avez eu aussi vos échecs, ne le niez pas. A Lisieux, j'ai filé en quittant le train au dernier instant. Je suis arrivée à Deauville, tranquille et heureuse, en me promettant deux heures de solitude. Sur les planches, j'ai vu un type un peu gauche; les pans de son manteau flottaient... Quelle tempête, hier!

106

La mer était somptueuse. Vous avez eu le temps de l'admirer? Je suis passée près de lui. Il me sourit. Il avait l'air intimidé comme un adolescent qui court à son premier rendez-vous.

— Au bout, tourne, répéta Vahl au chauffeur. Nous marcherons un peu. Il faudrait aérer les idées de Mlle Dusz.

Sigrid le provoqua :

— J'ai même pensé que le pauvre type faisait partie de votre équipe. Je l'imaginais endoctriné. Par vous. Je l'ai injurié. Il avait l'air affolé.

— Il s'en est tiré plutôt bien, dit Vahl. Il t'a amenée chez lui; pour un séducteur moyen, timide, comme tu dis, il est plutôt efficace. Tu ne t'es pas fait prier longtemps.

— Ça m'a plu. Le premier dans ma vie qui m'ait prise pour une douce aventure... C'est marrant, non? Selon lui, je ressemble à Marlène Dietrich : à mourir de rire!

— Pour nous, c'est moins drôle, dit Vahl, infiniment moins drôle. Tu sais bien que, selon nos conventions, tu aurais dû passer une semaine à Cherbourg pour leur donner l'impression que tu t'y installes, que tu prendras le bateau sans rancune, que tu as rompu tes liens avec Paris, pour faire croire que nous ne t'y obligeons pas...

Sigrid pâlit :

— Il faut que je sorte de cette voiture. J'aimerais descendre. J'ai un peu mal à l'estomac. Un de ces jours, les nerfs me lâcheront.

— Avant de t'effondrer, préviens-nous, veux-tu? répondit Vahl.

Ils quittèrent la voiture. Le vent soulevait la jupe de Sigrid et s'engouffrait dans le manteau de Vahl. Comme un couple mal assorti et lié par l'habitude, ils avançaient sur les planches.

— Tu as de la chance de ne pas avoir Thorenfeld sur le dos. Il te ménagerait moins. Il paraît qu'il ne veut plus entendre parler de toi. Quand on prononce ton nom, il devient blême. C'est une autre nature, il est moins patient que moi. Depuis cinq ou six ans, tu le mènes par le bout du nez... Allons, lâche deux ou trois numéros, Sigrid.

» Sigrid. Donne-moi les bas morceaux, cela m'est égal, et je te laisse avec ton type jusqu'à lundi.

— Je ne l'aime pas, dit-elle. Pourtant, j'aimerais rester quelques jours avec lui. Je suis, avec cet homme, une autre... une autre femme...

— Qui t'attend à Cherbourg? demanda Vahl.

— Je ne le saurai qu'au moment du départ. On me contactera sur le bateau quand celui-ci aura quitté le port.

Ils marchaient contre le vent.

— Retournons. Le vent dans le dos fatigue moins.

— Est-il vivant?

— J'espère que non... Je ne sais pas.

— Comment leur donnes-tu l'argent?

— Je ne leur donne pas d'argent.

— Tu mens.

— Non, je dis la vérité.

— Tu mens avec talent. Tu es une routinière du mensonge.

— Je vous mens souvent, mais je vous jure que je ne leur donne pas d'argent.

— Si tu les fais marcher, tu vas y laisser ta peau.

— Tant mieux. Que cela arrive! Sans que je le sache... Et le plus vite possible...

— Tu seras prévenue... Et tu auras peur...

Vahl éternua trois fois.

— Vous êtes presque humain quand vous éternuez, dit Sigrid. Eternuez encore.

Vahl rangea son mouchoir.

— Il fait très froid; reprenons la voiture.

De nouveau assis dans l'auto, il se tourna vers l'Allemande :

— Que vas-tu faire maintenant?

— Acheter des pommes de terre, un radiateur électrique, et, pendant quelques jours, vivre comme une femme et non plus comme une bête.

— Cinq jours? dit Vahl.

— Oui, cinq jours de trêve. Si vous m'amenez de force à Cherbourg, je ne prendrai pas le bateau. Je ferai un scandale à l'embarquement. Je protesterai. On appellera la police du port. Je ne suis que la fille d'un criminel; moi-même, y suis-je pour quelque chose? Si vous m'énervez trop, je pourrais me tuer et, par moi, vous n'auriez plus rien.

— Si tu en avais eu le courage, tu l'aurais fait depuis longtemps, ma petite. Tu t'es tailladé les poignets à Sankt-Anton : c'était sincère, un moment de vrai égarement. Mais depuis...

Elle haussa les épaules.

— En sortant de l'hôpital, j'étais contente de vivre. C'est fou comme j'étais contente de vivre. J'aime vivre, répéta-t-elle, enragée.

Vahl remonta son col.

— Tu as vu beaucoup de morts. Tu préférerais les éviter dans un autre monde. Tu risquerais de continuer d'être poursuivie par des ombres.

Fiévreuse, à la limite d'une confession, Sigrid se tourna vers lui, frissonnante :

— Vous ne me connaissez pas. C'est exprès que je me laisse humilier. Quand on me jette dans la boue, je suis satisfaite et je m'imagine, le crâne rasé, derrière les barbelés. Lorsque, après une perquisition, je retrouve mes objets intimes, souvent chéris, mes pauvres secrets éventrés, éparpillés, je pense aux déportés humiliés qu'on faisait accroupir, nus, pour pouvoir fouiller l'extrême intimité de leur corps avant qu'ils meurent. Souvent, je suis la proie de cauchemars. Des forces invisibles me bousculent. Mes membres se raidissent. Je me contracte comme un animal pris au piège et qui voudrait se libérer. Je passe mes nuits dans la sueur. Je me soulage en me tournant à droite et à gauche. Chaque mouvement amène quelques secondes de soulagement. Pour me punir, je m'oblige, au comble de la souffrance, à rester immobile. C'est l'enfer. Je souris...

Vahl la regardait, intéressé.

— Tu es allemande, Sigrid Dusz, allemande jusqu'à la moelle des os, allemande dans la perpétuelle recherche d'un plaisir douteux si proche d'une torture. Des générations droguées de vices naîtront après ce siècle d'horreur...

— Vous êtes plus raciste que moi, constata Sigrid.

— Autant. Et c'est déjà trop, dit Vahl, d'un ton coupant. Au lieu de te contempler dans tes souffrances, de t'enfoncer dans ton masochisme, livre-moi plutôt la filière vers le réseau sud-américain et donne-moi ton réseau européen. Ton père, nous l'aurons. Je te jure que nous l'aurons. Et comme je te connais, fille fidèle et aimante, tu viendras témoigner en sa faveur lors de son procès. Tu auras la justification, toi, tu la clameras : tu n'as jamais rien su. Tu décriras le doux mélomane, le gentil docteur, l'homme sans histoire. Pourtant, tu ne seras pas fière pour cela, Sigrid Dusz : je te regarderai.

Le visage de Sigrid se durcit :

— Faites arrêter la voiture devant une épicerie. Je dois faire les courses. J'ai eu tort...

— D'oublier que je suis ton meilleur ennemi?

Vahl donna des instructions au chauffeur.

Recroquevillée sur elle-même, Sigrid brûlait de colère.

— Vous êtes moins intelligent que je ne l'aurais cru, monsieur Vahl. Vous auriez pu m'avoir. Vous m'avez ratée. La haine à ce degré n'est pas rentable.

— Je ne peux pas avoir pitié de toi, Sigrid. Il faut que tu le comprennes, dit-il, très calme. Tu ressembles à ton père. Alors, moi, quand je te vois, je souffre aussi.

— Vous n'auriez pas dû dire cela, reprit Sigrid.

Tout m'est égal, sauf ça. Vous devenez méchant, comme Thorenfeld.

— Non, impatient : le temps passe trop vite, Sigrid. Parle.

La voiture s'arrêta devant une épicerie. Sigrid porta son regard vers la vitrine.

— Je vais acheter des clémentines et du champagne.

Tremblante, elle était au bord de la crise de nerfs.

Vahl l'attrapa par le poignet. Ses mains, plutôt courtoises, étaient fermes :

— Donne-moi un numéro, un seul, et je te laisserai en paix jusqu'à lundi.

Elle prononça une phrase et y ajouta un numéro. Vahl desserra son étreinte.

— Répète.

Elle le répéta. Il avait déjà tout inscrit dans son carnet. Il ouvrit alors la portière à Sigrid.

— Va acheter tes clémentines. Si tu as menti, tu auras rapidement de mes nouvelles.

Elle se glissa hors de la voiture, titubante, faillit oublier son fourre-tout et le prit au dernier instant. La voiture démarra. Elle demeura seule sur le trottoir. La rue tournait lentement devant ses yeux. Profondément abattue, elle fit quelques pas, et entra dans la boutique.

Comme un automate exagérément remonté elle parla encore en allemand.

— Je ne comprends pas, dit la patronne.

— Excusez-moi, je suis distraite.

Elle reprit son français impeccable :

— J'ai besoin de beaucoup de choses. Pourriez-vous livrer rapidement, madame?

— Mais oui, affirma la patronne.

Alors, Sigrid se promena parmi les rayons chargés de produits, comme un enfant qui se serait aventuré dans un pays enchanté. Elle n'oublierait jamais l'odeur paisible de l'épicerie.

Une fois revenue dans la maison de Yves, accompagnée par un livreur qu'elle congédia sans que celui-ci eût à franchir le seuil, elle rangea d'abord ses richesses à la cuisine. Elle souriait. Puis, avec des gestes nets et précis, elle se mit à éplucher des pommes de terre.

La sonnette du téléphone retentit. Au bout d'un temps apparemment interminable, là-haut, Yves décrocha. « Sa femme l'appelle », pensa Sigrid. Tout en continuant sa besogne, elle s'énervait. Elle se découvrait jalouse d'une autre vie.

Emergeant à peine d'un monde cotonneux et douillet, Yves savait qu'il devait répondre. D'un geste brusque il décrocha le combiné.

— Allô! dit-il.

— Allô, Yves...

Hélène n'était pas impatiente. Elle continua :

— Comment vas-tu?

— Je vais bien. Bonjour, Hélène.

— Il fait froid à Paris. Hier soir, nous avons cru qu'il allait neiger. M'entends-tu?

Il n'aimait pas le ton enjoué d'Hélène. Au bout du fil, elle apparaissait plus que jamais celle qu'elle était réellement : une femme plutôt meilleure que les autres, une gentille femme confiante, une femme simple.

— Je t'entends très mal, se plaignit-elle.

Il improvisa un mensonge :

— Moi aussi, la ligne n'est pas bonne. Pourquoi m'appelles-tu?

— Pour avoir de tes nouvelles et pour t'en donner. Tu vas frémir; figure-toi que, hier soir, Armelle est passée à la maison. Elle m'a dit qu'elle avait eu envie, elle aussi, de s'offrir quelques jours à Deauville. « Elle en aurait eu le droit, souligna-t-elle, avant que la maison disparaisse. »

Tout à fait réveillé, Yves cria au téléphone :

— Je n'accepterai jamais une intrusion. Si elle vient, je m'en vais. Qu'elle ne m'embête pas!

— Ce n'était qu'une boutade pour nous agacer, reprit Hélène. A tout hasard, je lui ai dit que tu mourais de froid et que tu t'éclairais avec des bougies. Tu reviens lundi à quelle heure?

— Je ne sais pas encore.

Il se sentit dépossédé de son royaume, privé de ses quelques jours d'évasion. Aurait-il fallu qu'il soit reconnaissant parce qu'elle le surveillait à distance? Il aurait dû peut-être déjà envoyer des cartes postales : une à sa femme, une aux enfants et une au patron. Un énorme compte débiteur se dressa à côté de son nom... parce qu'on lui donnait une semaine de liberté!

— Tu te reposes bien?

— Oui, dit-il. Je me repose. Bien, c'est trop dire. Je me repose.

Au bout de cette semaine, elle allait l'accueillir à Paris comme s'il revenait d'un hôtel de luxe des Bahamas où il aurait passé un mois. « Tu te reposes bien »... Le câble invisible qui l'attachait à Hélène était tendu à craquer entre Paris et Deauville. En téléphonant, Hélène vérifiait si le câble n'était pas rompu.

— As-tu payé les taxes de la télévision?

— Oui, avant mon départ.

— Merci. J'ai failli être inquiète. Je te manque?

Elle jouait maintenant avec le câble. Elle le tirait avec délicatesse pour essayer sa résistance.

— Vous me manquez tous, dit-il sans conviction.

— Depuis hier, Gérard a le nez bouché.

Encore le nez bouché!... Depuis qu'il était né, Gérard et son nez se maintenaient comme sujet de conversation. Gérard avait dix-sept ans.

— Nous devrions liquider ses végétations. Il faudrait le faire opérer.

En quoi les végétations de Gérard le concernaient-elles? Tout en subissant Hélène, il guettait d'une oreille attentive les bruits de la maison. Il crut entendre des pas. Il se sentit soudain plus proche de Sigrid que d'Hélène. Il était impatient de revoir Sigrid. Déjà plus heureux, physiquement, qu'avant de la connaître, il la désirait. Ce soir, peut-être serait-elle plus douce et lui, il oserait proposer... Encouragé, détendu, il retrouverait sa vraie nature. Il devrait peut-être mentir moins... ne plus mentir au lit.

— Comment? demanda Hélène.

— Tu as raison, dit-il.

Elle s'exclama :

— Pourquoi dis-tu que j'ai raison? J'étais en train de t'expliquer mes incertitudes au sujet des végétations de Gérard.

— Parce que tu as toujours raison, ma chérie. Même en cherchant une vérité, avant de la trouver, de la saisir, tu la connais déjà. Alors, tu as raison.

Il aurait dit n'importe quoi. Il se serait encore plus abaissé, s'il l'avait fallu, pour qu'elle se taise.

Hélène jubilait :

— Tu es gentil, mon Yves. Mais je ne prendrai pas de décision sans t'avoir consulté. Rien ne nous presse.

« Si, si, se dit-il. Tout nous presse : la maison sera démolie, Sigrid s'en ira et, après, le monde tournera à l'envers. »

— Tu as raison, répéta-t-il, désespéré.

Il la désira morte. De honte, il se mordit la lèvre.

— Lundi soir, lança la morte, on ira au cinéma.

Elle n'aurait pas pu être plus prévenante avec un gardien de phare qui aurait été séparé du continent depuis des mois. Elle lotissait déjà chaque parcelle de sa vie pour après son retour.

Il dut prendre sur lui-même :

— Bien sûr, on ira au cinéma... Cependant, Hélène, pour être franc, je n'aime pas tellement quand tu organises notre existence. Tu es vraiment gentille, mais, tu sais, je voudrais ce petit repos, cette seule petite semaine : je la voudrais exclusivement pour moi. Je voudrais lire certains livres. Si je dois penser que, déjà, tout le monde

114

m'attend, que les problèmes s'accumulent, cela m'énerve. Ce soir, Hélène, je t'avoue tout à fait franchement que j'ai faim. J'avais déjà mon manteau sur le dos. J'avais envie de dîner. Je m'en vais; j'ai peur que le bistrot ferme. Je vais dîner.

— Je voulais simplement que tu saches qu'on t'aime bien. C'est tout, dit-elle.

Sa voix était incertaine.

— Tu as raison, dit Yves. Embrasse les enfants pour moi. Au revoir.

Il raccrocha.

Il se leva, tourna le commutateur. Sa chambre lui apparut hideuse... Il alla dans la salle de bains, ouvrit le robinet au-dessus du lavabo et constata avec plaisir que l'eau était chaude. Il se lava longuement les mains. Il était là, penché sur ce lavabo fêlé, en évitant, dans la glace tachée, son propre regard. Il s'essuya les mains, se lissa les cheveux et sut qu'il allait maintenant affronter Sigrid.

Pendant qu'il s'habillait, il récapitula la situation. Il craignait les phrases cinglantes de Sigrid. Pourtant, avide, il voulait la reprendre pour la redécouvrir à son aise. « Ni jeune ni beau », se dit-il. Mais la violence malveillante de l'Allemande le stimulait plus qu'il ne l'avait jamais été par aucun mot d'Hélène.

Hélène, la gentille Hélène : elle utilisait les mêmes expressions pour définir des sentiments invariables. Chaque situation classique était marquée par une phrase-cliché. Le registre allait de « bonjour, mon Yves » à « mon grand vilain garçon ». Il ne haïssait aucune de ces phrases plus qu'une autre; il haïssait l'ensemble et seulement par moments.

Un « bonjour, mon Yves » le rapetissait au niveau d'un cannibale converti qui aurait humblement compris que manger ses proches n'était pas un geste admissible. Un « au revoir, mon Yves » lui ordonnait d'exister dans une grisaille uniforme. Quand il s'en allait vers son bureau, dans des vêtements choisis par Hélène, il était plus qu'un trophée, le symbole de la douce victoire de sa femme.

Le « mon grand vilain garçon » était utilisé au cours de leurs rares soirées de débauche autorisées par Hélène, sinon suggérées. L'événement se situait en période de classes de neige des enfants. Il était annoncé le matin par : « Qui aura une surprise ce soir ? » « C'est peut-être moi », répondait-il invariablement. Ainsi prévenu, il revenait automatiquement avec un bouquet de fleurs.

Coiffée et maquillée, Hélène l'attendait dans l'entrée. Elle lui annonçait qu'ils iraient dans une boîte de nuit où elle avait déjà réservé une table. Ils y arrivaient toujours trop tôt. Leurs têtes de non-initiés attiraient l'attention ironique du maître d'hôtel. Celui-ci les dirigeait vers la seule table réservée. Dans ce néant silencieux, ils étaient seuls. Avec quelle humilité insidieuse le maître d'hôtel leur proposait alors la carte des boissons. L'orchestre arrivait généralement après eux...

Ces soirs-là, une fois revenus à la maison, Hélène, comme par hasard, demandait qu'il défît la fermeture Eclair de sa petite robe du soir. « Si je voulais, disait-elle avec une coquetterie qui lui allait assez mal, je pourrais te faire moi-même le strip-tease. » C'était le moment d'admirer sa ligne encore juvénile. « Je suis un homme heureux », constatait Yves.

Leur fête anémique achevée, Hélène s'éloignait un instant puis, sans un mot, revenait se coucher. Elle avait pris son aspect d'Après. Hermétiquement fermée à toute conversation, elle s'enfonçait, avec un plaisir visible, dans la lecture d'un roman policier. Tout son visage proclamait : « J'ai mérité ma liberté : j'ai accompli mon devoir. »

Dans leur prudent silence réciproque, ils formaient ce qu'on appelait un bon couple.

Yves s'apprêta à descendre au rez-de-chaussée.

9

Arrivé au premier, Yves fut accueilli par une agréable odeur de cuisine. Il précipita ses pas. Il se mit à siffler. Il se sentit porté par une sensation qui devait ressembler vaguement au bonheur. Il entra dans la pièce où Sigrid l'attendait en souriant.

— Le dîner est prêt, j'allais vous chercher.

— Vous avez fait des courses? demanda-t-il, ébloui.

— Oui, et j'ai tout préparé. Vous aurez des pommes frites et tout un tas de bonnes choses.

Elle était rose et détendue. Elle vint vers lui. Il la prit dans ses bras.

— Sigrid, dit-il, étonné, Sigrid, si vous pouviez m'aimer un peu...

— Les frites vont brûler, dit-elle à voix basse.

L'huile grésillait sur le feu.

Avec impatience, il retrouva les lèvres de Sigrid.

— Je vous aime, murmura-t-il ensuite, le visage dans les cheveux de Sigrid. Je t'aime, s'entendit-il dire.

Elle se dégagea.

— Je vous demande de ne pas me tutoyer. Vous ne m'aimez pas; vous me désirez. Il vaut mieux ne pas confondre une sensation et un sentiment. Enlevons les frites, voulez-vous?

Ils se retrouvèrent devant leurs assiettes chargées de pommes frites et d'énormes biftecks.

— Je ne suis pas très au courant des marques de vin. Voulez-vous le goûter?

Yves but une gorgée.

— Merveilleux, fruité, velouté, chatoyant, simplement merveilleux.

— Deux francs quatre-vingts la bouteille, ce n'est pas cher pour un vin aussi exceptionnel.

— Je vous dois de l'argent, dit Yves.

Elle se mit à rire :

— Je dépense l'argent du ménage. Si nous étions mariés, vous m'auriez donné une somme pour tout le mois.

— Mais aussi je vous tutoierais, répliqua Yves.

— Et peut-être m'aimeriez-vous, fit-elle... Vous m'aimeriez sans me désirer.

Un silence épais les assombrit.

— On peut concilier les deux, dit Yves.

— Avec une chance immense, anormale, oui.

— L'idée que je puisse vous reprendre dans mes bras me tourne la tête. Je ne crois pas qu'on puisse cesser de vous désirer.

Elle alluma une cigarette.

— Vahl me laisse tranquille jusqu'à lundi prochain. Je resterai, si vous voulez. Mais il ne faut pas que vous en éprouviez du remords après. C'est votre femme qui a téléphoné?

— Oui, dit-il, c'est ma femme.

Soudain, il aurait presque eu envie d'appeler lui-même Hélène, de la mettre au courant, de lui demander son avis. Il aurait aimé partager son trésor avec quelqu'un. Il n'avait pas l'habitude d'avoir des secrets.

— Elle ne nous surprendra pas ici? Et si elle venait?

— Elle ne viendra pas; elle n'aime pas Deauville.

— Elle est peu prudente, dit Sigrid. Vous êtes effrayant : on vous laisse aller dans la maison de votre enfance et vous réussissez à trouver une aventure dans une ville déserte.

Elle vida son verre et reprit :

— C'est le principe qui est en cause. Un homme en liberté... Ne croyez pas que je serai meilleure qu'une autre... Nous serons ensemble et, soudain, je le sens, le téléphone sonnera...

— J'arracherai le fil du mur, dit Yves, content d'avoir découvert cette pensée sauvage.

— Vous n'arracherez pas les fils avant que, moi, j'aie une robe de chambre munie de plumes de cygne. Rêvons... Pourtant, vous n'aurez jamais le courage d'arracher les fils et je n'aurai jamais ma robe de chambre.

Il la prit au sérieux :

— Vous croyez qu'on peut trouver une robe de chambre, avec des plumes de cygne, à Deauville, hors saison?

Elle haussa les épaules.

— C'est mon humour noir. Je plaisante. Ça ne se voit pas?

Un peu plus tard, ils fermèrent partout les portes au rez-de-chaussée. Yves s'assura aussi que la porte-fenêtre, du côté de la grande terrasse, était close.

— Un de ces jours, je vous ferai un bon feu, dit-il. La cheminée marche bien et on a encore beaucoup de bois au garage.

Au milieu de la grande pièce noire, Sigrid semblait petite et fragile.

— Demain, c'est déjà mercredi, dit-il. Après, il nous restera juste quatre jours.

Il vint près d'elle et lui tendit la main.

— Venez, dit-il.

Elle résista légèrement. Il avait presque l'impression de la porter.

— Vous n'en avez pas encore assez de mon accent? Bientôt, vous le trouverez peut-être agaçant.

— Non, je n'en ai pas assez de votre accent, répondit-il. En revanche, je vais vous préparer un bain. Vous vous détendrez. Je vous frotterai le dos.

Ils entrèrent dans la chambre. Yves tourna le commutateur et tira les vieux rideaux. Puis, sans perdre un instant, il alla à la salle de bains, fit couler l'eau, prépara le lit et mit, sur l'oreiller, sa veste de pyjama que Sigrid avait déjà utilisée la nuit passée.

— Savez-vous que j'ai également acheté un radiateur électrique? dit Sigrid. Vous n'avez pas vu le grand paquet, dans l'entrée? Vous voulez le monter?

— J'y vais, répondit Yves.

Il était joyeux.

— Je vois que mes dettes s'accumulent.

Sigrid se déshabilla dans la salle de bains et se regarda dans la glace. Recouvert d'une petite buée, le miroir lui renvoya le portrait flou d'une jeune femme. Elle s'enfonça dans l'eau chaude et, la tête appuyée contre le bord de la baignoire, paisiblement attendit.

— Je suis là, annonça de l'autre côté, Yves. Il est formidable, le radiateur. Je le branche.

— J'espère qu'il va marcher. Le vôtre, le vieux, soufflait un peu trop fort. J'ai demandé un radiateur silencieux.

Au bout de quelques instants, elle ajouta :

— Ça marche?

Yves apparut dans l'embrasure de la porte.

— Oui. Nous aurons chaud.

Leurs regards se croisèrent. Sigrid demeura étendue, immobile, dans le bain. Yves s'agenouilla près de la baignoire et s'accouda sur le bord. Il la regardait avec crainte et curiosité.

— Vous êtes maigre, dit-il. Comme vous êtes maigre!

— Non, je suis mince, reprit-elle.

Paresseuse, elle ferma les paupières.

— Vous avez des jambes fines, des hanches étroites. Vos seins sont ravissants. Ils sont plus aimables qu'ils ne l'étaient ce matin.

Il fit glisser sa main droite dans l'eau et la posa sur la poitrine de Sigrid. Il sentit que sa manche de chemise était trempée.

— Quand j'étais enfant, on me lavait dans cette baignoire. Il fallait me mettre debout et je devais subir sans résistance un gant de toilette rude. Le tissu éponge vieillit mal et nous avions toujours des gants de toilette très vieux.

Sigrid ouvrit les yeux.

— Pauvre malheureux!

Attachés en chignon avec quelques mèches hu-

120

mides sur le front, ses cheveux avaient un reflet doré.

— Passez-moi une serviette et laissez-moi.

Yves obéit. Il alla attendre Sigrid dans sa chambre. Quand elle y revint à son tour, c'est la gorge sèche et le cœur violemment nerveux qu'il l'accueillit. Sigrid, ni hostile ni trop aimable, se prêta à ses approches avec une patience complaisante. Elle constata le bouleversement physique de Barray.

— Vous ne devez pas être très heureux, dit-elle. Vous ne trompez pas votre femme avec insouciance et allégresse. Vous attachez une très grande importance à cet adultère.

— Je ne crois pas être malheureux, dit Yves. Mais ma vie est creuse, vide. Vous ici, c'est un espoir de survie qui, pourtant, ne durera que cinq jours. Je considère notre rencontre comme un présage. Vous êtes, pour moi, le cadeau d'adieu qui m'est offert par ma vieille maison. Je me demande pourquoi vous m'acceptez. Je ne représente rien pour vous.

— Vous avez eu une enfance heureuse, dit-elle. Vous êtes gentil. Vous êtes d'un autre monde. J'explore aussi, moi, cet autre monde. J'aime les gens équilibrés et contents. Votre mère est morte de vieillesse, la mienne est morte de dégoût...

Sigrid reprit :

— Oui, d'un jour à l'autre, un monde, le sien, s'est transformé tandis que tout autour d'elle c'était un immense dépotoir de corps mutilés et de chairs sanglantes. Peut-on imaginer à quel point elle a pu être asphyxiée de dégoût en regardant son mari? L'homme que j'appelais, à l'époque, mon père, revenait de son « pied-à-terre » campagnard à la maison pour dîner. Vous me suivez... vous comprenez : son « pied-à-terre » campagnard... Quand la porte se refermait sur lui avec un bruit spécial, ma mère, toujours en train de tricoter, s'immobilisait. Les aiguilles, figées, restaient braquées en l'air. Ma mère avait le regard vide. Sa paupière gauche se mettait à trembler. J'imaginais un petit ressort caché sous ses paupières mortes, un ressort dont le mouvement aurait été déclenché, chaque soir, par le bruit de la porte. Quand nous entendions les pas de mon père, quand ses pas se rapprochaient, ma mère se mettait à humecter ses lèvres; toujours au même moment sa langue parcourait sa lèvre inférieure. Elle évoquait une grosse et triste chatte malade qui aurait léché un lait invisible. Elle perdait régulièrement les mailles dans ses tricots de couleur livide. Elle les laissait couler... Je baissais la tête, je supportais à peine la tension. « Bonsoir », prononçait mon père. Nixe, la chienne, suivait mon père. Son regard sévère parcourait le salon. Nixe nous trouvait superflues; elle aurait aimé vivre seule avec le Dr Dusz.

Yves mit sa tête sur l'épaule de Sigrid.

— J'aimerais vous consoler. Mais je ne peux rien : tout cela est trop pénible.

— Moins pour vous que pour moi, fit Sigrid, agacée. En tout cas, je ne suis disponible qu'avec mes souvenirs. C'est à prendre ou à laisser.

— Vous trouverez un jour...

Elle l'interrompit brutalement :

— Je ne trouverai rien du tout. J'agonise en étant vivante. Je manque de courage pour mourir. Mes hantises m'empêchent de dormir. Personne ne peut m'aimer, et Allemande pur sang, j'aime un juif qui me méprise. Répondez à ma devinette : où est la solution pour moi? Que faut-il faire?

— Passez cinq jours de vacances avec moi.

— Dans une maison qu'on va démolir, sous la surveillance de Vahl, divertie par les coups de téléphone de l'épouse.

— J'offre ce que j'ai, dit Yves.

— C'est peu.

Elle quitta le lit, s'approcha de la fenêtre et entrouvrit le rideau.

— La mer est phosphorescente, dit-elle.

Baignée dans la lune, la mer s'étirait en tournant un dos huileux et brillant, presque argenté, vers le ciel.

— Regardez donc la mer de votre lit; vous avez l'habitude J'aurais pu vivre à Deauville, continuat-elle. Ici, la mer a réussi à se faire respecter. Partout ailleurs, les gratte-ciel auraient déjà tout envahi jusqu'au bord des planches.

Elle se retourna vers Yves :

— Etes-vous antisémite? demanda-t-elle, curieuse.

— Vos coq-à-l'âne ne sont pas du tout divertissants, dit Yves. Même dans vos plaisanteries, la politique intervient. Je ne sais pas ce que c'est qu'un antisémite.

— Voulez-vous que je vous renseigne? Celui qui jauge d'un coup d'œil un être humain, celui qui croit reconnaître en quelqu'un les traits caractéristiques des juifs en l'effleurant d'un regard et qui s'est déjà fait son opinion avant que l'autre ait ouvert la bouche, celui qui condamne, qui éloigne, et qui se méfie; celui-là, c'est un antisémite.

— Vous êtes bizarre avec votre obsession, dit Yves. Pourtant, vous avez vécu en France. Vous devriez savoir que nous ne sommes pas racistes. Vous n'avez jamais vu la quantité de Noirs à Saint-Germain-des-Prés? Ils viennent ici parce qu'ils savent que nul ne leur en veut à cause de leur couleur. Les nègres sont heureux à Paris.

— C'est beau, dit Sigrid : les nègres sont heureux à Paris... Le paradoxe dans son état pur. Votre innocence m'enchante.

Elle vint près de lui, s'assit sur le lit et l'embrassa.

— Enfin un homme simple, sans complications et sans préoccupations métaphysiques. Parfait! Un vrai repos pour moi!

Elle s'allongea près de Yves. Il chercha ses lèvres. Parce qu'elle tournait la tête d'un côté à l'autre, sa bouche se dérobait. Enfin il put l'embrasser. Pour la première fois, la présence de ce corps fragile lui promettait une aventure qui ressemblerait à ses rêves.

— Je...

— Ne mentez pas...

— Je suis bien avec vous, Sigrid. Vous devriez peut-être...

Elle le laissait s'embrouiller dans son obscure explication. Mais, bientôt, impatiente, elle coupa court.

— Mon ventre est vide. Je n'ai plus peur d'un enfant qui me demanderait : « Où est grand-père? Qu'est-ce qu'il faisait, grand-père? » J'aurais dû répondre : « C'était un monstre, mon petit. » Et j'aurais chantonné une berceuse. « C'est quoi un monstre, maman? » aurait-il continué et, en lui caressant les joues, j'aurais répondu : « On te l'expliquera à l'école. Va donc, mon petit, va à l'école. Et dis simplement que tu t'appelles Dusz. Sous les regards que tu sentiras, tu deviendras toi-même un monstre. » Quand mon enfant aurait étripé un crapaud, enlevé une patte à une mouche ou écrasé un crabe dont il aurait arraché d'abord lentement les pinces, j'aurais été bouleversée de dégoût...

» Du jour où j'ai connu Dachau, quand j'ai su ce qu'était Dachau, depuis ce jour-là les êtres humains portent un masque de mort sur leur visage. Depuis Dachau, le monde s'est transformé autour de moi en un univers peuplé de squelettes.

» Pendant mes douze heures de bonheur avec David, avant que je comprenne la vérité, même dans les instants de ce bonheur imaginé que j'ai vécu auprès de lui, le sentiment de terreur ne m'a pas épargnée. J'étais soudain une morte au crâne rasé. Je ne voulais pas que David me voie. Je me suis couvert le visage. J'ai quitté le lit, avec les mains tendues qui cachaient mon front. Je suis allée à la salle de bains et je me suis regardée dans la glace. J'ai vu le sourire édenté de mon propre crâne. Il y avait, sur une petite tablette, une bouteille d'eau de Cologne; je l'ai prise et je l'ai envoyée dans la glace; la glace s'est décomposée en éclats. D'innombrables et minuscules crânes me fixaient dans ces parcelles de miroir brisé. De partout l'eau de Cologne ruisselait. J'ai pris une serviette de toilette et, mes mains ainsi protégées, je me suis acharnée contre les fragments de verre. J'ai réussi à me dégager ainsi de ma propre image. Soulagée, je suis revenue dans la chambre et j'ai retrouvé les bras de David. Je les ai embrassés avidement. Puis j'ai parcouru tout son corps en le couvrant de baisers. Chacun de nos mouvements était une preuve que nous vivions. Mes lèvres, joyeuses, fêtaient chaque instant. Nous avons même ri. Il avait un beau visage, David.

— Vous l'aimez encore, fit Yves, mécontent.

— Peut-être, répondit-elle. Dans les limites qui sont les miennes, certainement je l'aime. L'amour n'est pas forcément mon domaine. On ne m'a jamais aimée pour moi. Même pas vous : vous cherchez votre plaisir, votre satisfaction, votre aventure. Vous oubliez que j'existe. Je suis une revanche plutôt qu'une femme ici, auprès de vous. On dirait que vous êtes pressé, que les minutes vous poursuivent, que vous avez peur qu'on vous prenne en flagrant délit. Vous avez peur de m'aimer.

— En revanche, répliqua Yves — et il découvrit qu'il était capable d'être méchant — je ne vous demande pas, moi, l'adresse de votre père. C'est déjà un avantage. Evidemment, je n'ai pas eu l'entraînement sexuel des agents spécialisés dans les confessions intimes. Vous vous considérez comme un cadeau royal que le destin m'aurait offert. Vous donnez l'illusion d'être une femme, mais dès que vous ouvrez la bouche, vous devenez un automate.

Sigrid avait déjà quitté le lit. Elle allait et venait entre la salle de bains et la petite chambre.

125

Elle s'habillait. Yves l'observait avec inquiétude. Il aurait aimé lui faire mal pour se montrer fort.

— Je vais marcher un peu, dit Sigrid. L'air... j'ai besoin d'air. On étouffe ici. L'odeur de nos corps et l'odeur de moisi qui se dégage de vos murs décrépis me font tourner la tête. Il est temps qu'on démolisse cet asile pour spectres. Les bulldozers sont en retard de vingt ans. Tout est pourri ici; une odeur fétide sort des robinets dès qu'on fait couler l'eau. La maison est morte et vous n'êtes qu'un fantôme. Je reviendrai chercher mon sac. Je prendrai le train de 8 heures pour Cherbourg. A tout à l'heure et bon sommeil!

Elle ferma durement la porte derrière elle.

A la lumière de la lampe de chevet, Yves regarda sa montre. Il était 3 heures. Il détestait Sigrid. Il se sentait menacé par elle. Cette étrangère détraquée serait bien capable de prévenir Hélène. Ruiner son foyer à cause d'une malade, cela n'en valait pas la peine.

Il fallait dormir, mais le sommeil le fuyait. Il devint lucide et réceptif. Il ne se sentait plus aucune pitié pour Sigrid. Pourtant, elle aurait pu se laisser consoler. Il aurait sorti, de ses réserves de tendresse, un certain nombre de bonnes paroles. Les origines de Sigrid ne le rebutaient pas; il était capable de la considérer en tant qu'être moral et physique indépendant. Mais il n'admettait pas de n'être pas admiré. Comparé à Sigrid, il avait tout : situation, famille, présent limpide, avenir assuré. Il l'avait recueillie : il voulait l'aider. En échange, il se faisait injurier, aussi bien par Vahl que par l'Allemande, comme s'il avait commis un crime à l'envers. Son innocence les agaçait. Le justicier lui en voulait parce qu'il se désolidarisait des victimes inconnues. La fille du criminel lui reprochait de n'être qu'un bourgeois insignifiant. La position solide de l'homme intègre et irréprochable en était ébranlée. Du plus fort, il était devenu, à leurs yeux, le plus inutile. Yves eut, un instant, presque honte de n'avoir jamais souffert d'événements collectifs. Il avait vingt-trois ans en 1944, et Dieu sait qu'on trouvait des héros plus jeunes que lui. Sa mère l'avait couvé avec un frémissant et tendre égoïsme. Il n'avait jamais eu peur en voyant un uniforme allemand. Il n'avait jamais rien eu à cacher devant l'occupant.

Une nervosité insupportable le fit sortir de son lit. Il commença à s'habiller. Quand il fut prêt, il voulut chercher son cache-col. Il se cabra moralement. Il décida de tuer l'Habitude. « Tuer, étrangler l'Habitude. Pas de cache-col. »

Il descendit l'escalier. Il crut entendre la voix d'Hélène. « Tu as dépassé l'âge des aventures. Quand tu seras à la retraite »... Il traversa le jardin en courant et se retrouva sur le boulevard. La chaussée luisante brillait sous une fine pluie. Une considération inutile se heurtait aux parois de sa conscience : « Il ne fait pas si froid que cela. Si on pense que nous ne sommes qu'en février... Il ne faut pas oublier que nous ne sommes qu'en février. On n'a pas à se plaindre. »

Il arriva jusqu'à la terrasse du *Bar du Soleil*. En été, les gens lézardaient ici, sirotant des boissons glacées et décortiquant les crevettes roses et chaudes. Le *Bar du Soleil* était devenu, pour Yves, le Bar de la Lune. Devant lui, le désert de sable argenté semblait s'étendre à l'infini. Une ligne de vagues blanches se créait périodiquement sur la surface lisse de la mer lointaine et venait, écumeuse, s'évanouir en respectant une frontière invisible.

Il appela, désespéré :

— Sigrid... Sigrid...

Il se dirigea du côté de Trouville. Placides, les lumières du Havre scintillaient en éclairant l'horizon noir. Chaque cabine se révélait comme un ennemi. Où était Sigrid? A tout prix, il fallait la retrouver. Il voulait lui parler, l'amadouer. Yves allait fiévreusement d'une cabine à l'autre. La rangée semblait interminable. Il voulait surprendre et reprendre Sigrid.

Autrefois, avant qu'on lui ait parlé, au catéchisme, de l'éternité, il avait fait des efforts pour comprendre la durée sans fin, sans limite. Il avait cherché à comprendre la dimension de l'éternité. Un jour, à l'âge de neuf ans, il était allé dans le bureau de son père et lui avait déclaré qu'il avait peur de l'éternité. Ses parents l'avaient conduit, le lendemain, à M. le Curé, et celui-ci lui avait expliqué que l'éternité de ceux qui l'avaient méritée était le paradis, le bonheur sans fin; donc, l'éternité au paradis représentait un avantage certain. Il n'y avait que les méchants qui souffriraient toujours. On l'avait cru consolé. Il avait été terrorisé. Qui trancherait, un jour, s'il avait été méchant ou s'il était mûr pour le paradis? Mais il n'avait plus rien osé dire.

Aujourd'hui, sa poursuite ressemblait à l'idée qu'il avait eue, jadis, de l'éternité : chercher quelqu'un sans que cette recherche puisse avoir une fin prévisible; chercher le salut, l'autre être; chercher l'autre monde; chercher la paix; chercher la réconciliation avec soi-même.

Il poussa un cri de soulagement quand il aperçut Sigrid. Celle-ci, tapie contre la porte fermée d'une cabine, grelottait. Il la prit dans ses bras. Il se mit à lui frotter le dos. Le tissu rugueux de l'imperméable crissait sous sa paume. Et puis, il prit le visage presque inanimé près du sien. Il l'embrassa. Il couvrit même les yeux fermés de Sigrid de petits baisers tendres. Que c'était bon d'être le plus fort, de se sentir, pour quelques jours, le protecteur!

— Regardez-moi, dit-il. Je suis là; tout s'arrangera maintenant. Revenez. Je ne voulais pas vous faire de peine.

Elle ouvrit les yeux.

— Qu'est-ce qui s'arrangera? demanda-t-elle, hostile. Rien n'a changé... du moins pour moi.

Il en fut agacé. Ses rêves, sa tendresse presque vraie, son bonheur intérieur provisoire s'effondraient.

— Il faut revenir, répéta-t-il.

Elle se dégagea de lui :

— Je ne suis pas un chien qu'on récupère avec un os. « Reviens toutou; je ne vais pas te battre, toutou; tu auras de la bonne soupe, toutou. » Toutou se rebiffe. Toutou s'en va sur la plage.

La colère envahit Yves :

— Il ne reste plus qu'à vous baigner, pendant que vous y êtes; l'eau est chaude!

Elle s'engagea sur le sable. Il la suivit.

— Vous ne riez pas?

Elle se retourna :

— Je devrais rire? Pourquoi? Vous n'êtes pas drôle.

— Bravo! s'exclama-t-il. Ça y est. Je crois que plus une parcelle de moi ne reste intacte; vous avez tout balayé. Je ne suis ni beau ni jeune, et mes plaisanteries sont idiotes.

— Vous n'êtes gentil avec moi que par intérêt. Alors, pourquoi ne chercherais-je pas à vous faire mal, gratuitement?

— Par intérêt? Allons, mademoiselle Dusz, vous exagérez. Les petites femmes, celles qu'on appelait faciles en 1920, on les trouve. Les aventures se présentent, on les accepte ou on les repousse. Moi, je voulais vous rendre service.

Violente, elle se retourna vers lui :

— C'est beau! Faire l'amour par charité...

— C'est certainement mieux que par intérêt, cria Yves. On ne vous a jamais aimée sans une raison précise. Pourquoi me reprochez-vous, à moi, d'être franc?

Elle lui fit face comme un animal blessé :

— Elle est fameuse, votre langue française : pour n'importe quelle bassesse, on utilise le mot « aimer ». Je refuse ce mot en ce qui me concerne. L'acte physique entre nous n'a rien à voir avec l'amour. Combien de fois, depuis que je vous connais, je vous ai déjà renvoyé ce mot dans la figure? Combien de fois? Je n'ai jamais marché dans la combine des faux sentiments. « Je vous aime... » Quel mensonge! Vous n'êtes personne. Vous n'avez jamais rien fait dans votre vie : ni de bien ni de mal. Alors, continuez à ne pas exister. Bonne chance!

Cette fois-ci, c'était fini. Yves tourna le dos. Il ne voulait plus faire attention à Sigrid. Le sable crissait sous ses pas. Dans le silence, on n'entendait que les vagues qui se heurtaient mollement à la plage. Il mettrait le fourre-tout de la bonne femme devant la porte. Il dormirait seul, et très bien, dans son lit. Il appellerait Hélène demain. Peut-être rentrerait-il plus tôt que prévu.

En s'avançant sur les planches, il se réinstallait déjà dans son ancienne vie. Hélène et les enfants semblaient proches et amicaux. Il se revit au bureau dictant des lettres à sa secrétaire. Cette secrétaire avait un grave défaut : elle se partageait au service de deux personnes; elle devait se tenir à la disposition de Yves et d'un autre. Il avait essayé de cacher à Hélène ce détail qui lui semblait humiliant. Une secrétaire coupée en deux par l'administration aurait diminué son prestige. « La secrétaire de mon mari est brave, disait souvent Hélène à ses amies; elle a son caractère comme tout le monde, mais elle est très dévouée à Yves. » Pourquoi aurait-il détrompé Hélène?

— Pardon, dit Sigrid en le rejoignant.

Elle fit glisser sa main dans la main de Yves.

— Continuez à être charitable. On doit aimer ses ennemis. Je vous bombarde de pierres, je vous envoie des lames acérées... Si vous êtes un bon chrétien, vous me renverrez de gentils baisers. Pardon.

Elle alignait maintenant ses pas sur ceux de Yves.

— Je ne peux rien contre ma nature. Dès qu'on

est gentil avec moi, je deviens infernale. D'instinct, je suis mauvaise avec les plus faibles. Vous me désiriez, donc vous m'étiez inférieur. C'est cela, dit-on, l'hérédité. Le Dr Dusz infectait les bras et les jambes des Juifs pour voir en combien de temps la gangrène les gagnait. Moi, j'infecte tout autour de moi, sans discrimination sociale ou raciale.

— Vous êtes complètement détraquée, dit Yves.

— Oui, fit-elle, docile. Je me sens chargée de responsabilités. Je suis incapable de m'en dégager. Je lis souvent des discours où l'on explique que notre génération n'est pas en cause. Depuis que le monde existe, jamais on n'a tué des êtres comme on l'a fait pendant cette guerre. Le crime, ici, est sans précédent, unique dans l'horreur. Je suis la fille d'un des criminels les plus célèbres de cette atroce entreprise de génocide. Et le poids du monde m'écrase.

Elle grelottait. Presque à contrecœur, Yves la prit par les épaules et ils se dirigèrent vers la maison. Soudain, elle était devenue molle et docile. Elle se laissa conduire, sans force.

Pour la réchauffer, Yves lui prépara un verre de vin brûlant. Elle le sirota avec plaisir. Yves la regardait, pensif, en fumant.

— Ma mère m'a raconté, reprit Sigrid, que, lors d'un voyage qu'ils avaient fait aux Canaries, son mari avait souffert d'être, en une certaine circonstance, humilié. C'est bien avant que je sois née qu'ils avaient entrepris une croisière au soleil. Maman était une jeune femme élancée et blonde, assez grande comme il se doit pour une Allemande. Mon père était plus petit. Sur les photos, il avait déjà son visage rond, son aspect d'homme propre et ordonné. Je me souviens de ses gestes inlassables quand il brossait lui-même ses vêtements en en chassant les moindres grains de poussière. Jeune médecin, il était ambitieux et sortait d'un milieu aisé. Il était né dans un de ces foyers de l'autre siècle étouffés sous les meubles massifs, où les dossiers de vilains fauteuils étaient décorés de multiples carrés de dentelle. Il aurait voulu être chercheur; pourtant, la vie des laboratoires le rebutait. Il avait préféré, en définitive, la médecine active, le contact direct avec la chair des autres.

» Ils étaient partis en première classe. « Il m'est indispensable de voyager en première classe, avait-il dit à ma mère; la clientèle riche, si on ne se frotte pas à elle, vous méprise et vous rejette. Pour être apprécié, il faut évoluer dans leur milieu. » Ils s'étaient ainsi installés dans une cabine luxueuse. « Nous avions même un balcon privé sur la mer », répétait depuis ma mère. C'était un souvenir somptueux : un balcon sur la mer... Ils participèrent à la vie du bateau, se promenèrent, prirent le thé, bavardèrent. Mon père devenait cependant de plus en plus nerveux. Pendant les dîners dans la salle à manger de première classe, il regardait tout le temps vers la table du commandant. Celui-ci, selon les habitudes d'un transatlantique, invitait, chaque soir, quelques passagers à sa table. Les invitations avaient été remises le matin aux élus. Un marin venait leur faire part de l'intention du commandant. Ils avaient toute la journée devant eux pour apprécier la distinction et se préparer à la fête.

» Malgré ses galons, impressionnants de loin, le commandant semblait avoir un visage anodin, éclairé, par moments, d'un sourire distrait, lorsque le maître d'hôtel passait avec de lourds plats en argent chargés de mets délicatement décorés. « Tu seras à la droite du commandant, je te le promets », disait mon père à ma mère. Celle-ci, paisible, appréciait déjà l'honneur. Les jours cependant passaient rapidement. Mon père avait consulté dix fois la liste des passagers et constaté qu'il devait être invité; il ne valait pas moins que les autres. Il s'impatientait. Il répétait souvent : « Quand nous dînerons avec le commandant... »

De sa table, il fixait ce commandant inaccessible. Il voulait capter son regard. Quand le commandant se tournait dans leur direction, le Dr Dusz se redressait. Il se levait presque pour saluer de loin le maître tout-puissant du bateau. Le commandant ne les aperçut jamais. Les matinées, d'abord si douces, se terminèrent désormais dans une atmosphère pénible. C'est qu'ils avaient attendu en vain le messager qui aurait dû leur apporter le salut.

» Le dernier soir, le commandant l'avait passé encore avec des invités. La liste des obligations étant épuisée, il semblait presque gai. Il avait fait son devoir; il était libre. « Ils vont entendre parler de moi », avait dit alors le Dr Dusz à sa femme. Il tremblait de colère. « Je te jure qu'ils connaîtront un jour mon nom. Je leur souhaite la pire humiliation : qu'ils soient obligés de se traîner à mes pieds. Et je les écraserai. Je te le jure. Ils sont certainement tous des francs-maçons et des communistes. Cette société contaminée, pourrie par eux, va forcément disparaître. J'y contribuerai. Je me demande si ce commandant, avec ses yeux globuleux et ses cheveux noirs, n'est pas juif. Je suis presque certain, en le regardant, qu'il est juif. »

» J'ai connu ainsi, par ce récit, le mot « juif ». Après ce voyage, le Dr Dusz était devenu taciturne et irritable. Le commandant n'avait pas voulu de lui; il s'était fait un ennemi mortel. A l'époque, en Allemagne, on brûlait déjà les livres interdits. Un soir, nous passions, avec ma mère, près d'une place où une foule houleuse encerclait un bûcher improvisé. « Ceux qui peuvent brûler des livres, brûleront un jour des hommes », dit ma mère. « Qui a dit cela, maman? Qui a dit cela? » Je m'étais mise à pleurer. « C'est un grand poète juif, Heine. Mais, je t'en supplie, ne parle pas de lui à papa, il nous... » Elle ne termina pas sa phrase. Qu'est-ce qu'il nous aurait fait, mon père?

Yves écoutait Sigrid attentivement. Elle parlait d'un ton confidentiel, convaincant.

A la fin, elle s'accouda sur la table.

— Je suis fatiguée. Je vais dormir ici.

— Venez, dit Yves. Vous dormirez mieux là-haut. Je reprendrai ma place dans la chambre de ma sœur. Je vous le dis fraternellement : venez.

Elle se leva et tourna son visage creusé de fatigue vers Yves :

— Je crois que vous êtes moins en dehors du monde que vous ne le laissez supposer.

— Fatiguée, vous êtes toujours plus douce, dit-il. Entre ceux qui font périr l'humanité et ceux qui tentent de la sauver, il faut réserver une place à la foule insignifiante, aux types comme moi. Que feriez-vous d'un univers peuplé uniquement de héros et de bourreaux?

10

Le lendemain matin, à 9 heures, Sigrid dormait encore quand Vahl apparut dans le jardin. Yves se trouvait au rez-de-chaussée, dans l'ancienne salle à manger. Traversant le hall, il alla vers la porte d'entrée et l'ouvrit brusquement avant que Vahl ait eu le temps de sonner.

— Ne vous inquiétez pas, dit Vahl. Je respecterai la trêve. Je ne demanderai rien de Mlle Dusz. J'aimerais simplement bavarder avec vous.

— D'ici que nous prenions le petit déjeuner ensemble! lança Yves, maussade. Je vous signale que j'ai encore quelques chambres disponibles. Si vous avez des hommes à caser, j'ouvrirai une pension de famille. Il me reste cinq jours pour faire, avec cette maison-ci, carrière dans le métier.

— Vous devez vous sentir mal dans votre rôle de sauveteur, n'est-ce pas? dit Vahl. Vous manquez de courage pour agir. Vous voudriez profiter de la situation, mais sans y laisser de plumes.

Il écarta Yves, pour passer directement au salon. Yves le suivit.

— Intimidé? dit-il. Oui, je suis intimidé. Ça se comprend. Je suis allergique aux criminels de guerre et je n'aime pas tellement fréquenter la police, quelle que soit son origine. Chacun a ses défauts.

Vahl parcourut la pièce du regard. Il fut frappé par les taches plus claires qu'avaient laissées, derrière eux, les tableaux déjà enlevés.

— En avez-vous gardé? demanda-t-il.

— Peu, fit Yves. Nous avions des natures mortes à foison. (Il désigna un emplacement au-dessus de la cheminée et prit le ton d'un guide de musée :) « Ici, mesdames et messieurs, comme vous voyez, c'est un faisan qui vient d'être abattu. Le maître de l'époque rend admirablement le mouvement de son cou tordu qui repose sur un plat d'argent. L'animal saigne abondamment. Il a l'œil vitreux et le bec entrouvert. Un vrai chef-d'œuvre de 1925. » C'est ma sœur Armelle qui a gardé le tableau. « Un faisan sur le mur, a-t-elle dit, cela fait cossu. Comme si chaque week-end on allait à la chasse... » Mais je crois que vous n'êtes pas venu uniquement, ce matin, pour vous renseigner au sujet de nos tableaux. Que désirez-vous?

Vahl désigna du doigt les bûches qui attendaient dans la cheminée.

— Si vous vouliez allumer ce beau tas de bois : nous parlerions tellement mieux dans la chaleur.

Yves avait préparé les bûches pour Sigrid.

— Je n'ai nulle envie de m'installer, ici ou ailleurs, avec vous.

Vahl haussa les épaules.

— Soit. Je suis moins attirant qu'elle. Et encore, c'est une question de goût.

Le ton de sa voix changea.

— Elle m'a donné un faux numéro de téléphone.. Nous sommes remontés facilement à l'adresse, trop facilement... Elle nous a désigné simplement un garage.

— Vous ne croyez pas qu'elle invente tout? suggéra Yves.

Une profonde lassitude l'envahissait. Il continua :

— Supposons qu'elle se soit créé un personnage imaginaire, qu'elle s'attribue des pouvoirs qu'elle n'a jamais eus, victime des circonstances, elle peut être devenue mythomane.

— Si toutes les mythomanes avaient autant d'argent qu'elle, interrompit Vahl, quelle inflation! Non. Les gens que Mlle Dusz menace paient; donc ils sont vulnérables; vulnérables parce qu'ils sont coupables. En conséquence, il faut les retrouver. Comment Sigrid utilise son argent, c'est une autre question.

Yves intervint.

— Supposons qu'elle fasse, l'art pour l'art, un simple chantage, et qu'elle jette ensuite l'argent, qu'elle...

Vahl l'interrompit :

— Ce sont peut-être ses tendances à la mythomanie qui se réveillent, lorsqu'elle vous raconte qu'elle distribue l'argent aux pauvres, en jouant un peu le rôle de Robin des Bois. C'est grotesque. Je n'en crois pas un mot. On ne jette pas et on ne distribue pas tant d'argent! Elle doit faire passer une fortune, par intervalles, vers l'Amérique du Sud. Mais comment et par qui? Elle fait peut-être vivre toute la filière sud-américaine. Obtenez-moi ce renseignement.

— Je n'entends pas me mêler à ces fabulations, que je trouve, pour ce qui me concerne, grotesques. C'est mon droit.

— N'empêche, dit Vahl, que vous êtes jusqu'au cou dans l'affaire. Quoi que vous en disiez, la présence de Mlle Dusz vous marquera pour le reste de votre existence. Dorénavant, vous êtes fiché, j'en ai la certitude, et pas seulement dans notre secteur. Le portrait-robot, psychologique et moral, que nous avons établi de vous, n'est pas très flatteur. Vous auriez dû prendre position, monsieur Barray, contre elle, contre son système de défense, contre ses mensonges perpétuels.

— Elle ment? dit Yves. Ce n'est même pas sûr. Vous voyez bien qu'elle a remis le rendez-vous de Cherbourg. Elle s'est accordé une semaine de vacances. Elle doit pouvoir agir librement.

— Dans la mesure où elle provoque tout le monde, c'est ce qu'elle fait, dit Vahl. Elle a promis aux uns de leur procurer cet argent, tandis que nous, nous lui courons après pour retrouver Dusz. Dusz vivant la protège ainsi de ses propres partisans fanatiques. Mais Dusz mort, ils la supprimeront : elle sait trop de choses; elle change trop souvent d'adresse; elle les agace. Il est même possible qu'elle ne fasse que promettre l'argent. Dans ce cas, où garde-t-elle d'aussi grosses sommes en liquide? Elle ne peut pas rompre avec eux; ils la relancent sans cesse. Veut-elle aller, cette fois-ci, en Argentine pour affronter Dusz? Fait-elle miroiter des sommes fabuleuses qu'elle ne donnerait qu'à Dusz en cas de rencontre? Dit-elle tout cela uniquement pour le retrouver? Nous l'ignorons, monsieur Barray. Prendra-t-elle le bateau, sachant que nous ne la quitterons pas un instant? Je ne le sais pas davantage. Vous non plus. Pourtant, elle est à bout de souffle. Elle n'ose pas se tuer. Elle est prise de plus en plus dans l'engrenage. Persuadez-la de monter à bord du bateau. Depuis vingt ans, nous cherchons Dusz : aidez-nous. Je compte sur vous. Vous ne pouvez pas être insensible à ce problème. L'indifférence me chagrine, monsieur Barray; elle me désarme. Je ne peux pas prévoir votre comportement, mais j'aimerais croire que désormais vous êtes un peu moins indifférent.

Ayant dit, Vahl s'éloigna très rapidement.

Dans le silence matinal, la maison parut à Yves presque amicale. Il alla à la cuisine pour faire chauffer un peu de café de la veille resté dans une cafetière ébréchée. Il versa le café froid dans une casserole et mit celle-ci sur le réchaud. Hélène faisait le café pour trois ou quatre jours : elle n'aimait pas qu'on la dérangeât le matin. Comme les enfants, Yves allait, à son tour, à la cuisine et chacun s'occupait de sa ration.

— Elle est bien gentille, Hélène, prononça Yves à mi-voix, comme s'il avait voulu se disculper.

Aujourd'hui, dans ces précieux moments d'attente, avant que les bulles apparaissent sur la surface du liquide noir, il se trouvait en paix avec lui-même. « Tu es si maladroit, disait Hélène. Tu le fais bouillir au lieu de le faire chauffer. Evidemment, bouilli, c'est mauvais. » Il versa machinalement le café dans la tasse, s'assit sur une chaise et prit la tasse dans ses deux mains. Il avait gardé cette habitude; pendant longtemps, ils avaient eu des bols.

Puis il monta le café à Sigrid. Quand il entra, il vit qu'elle revenait de la salle de bains. Habillée, elle s'installa au coin de la table de chevet. Il s'assit sur le lit et la regarda.

— Vous les avez fait marcher avec une fausse adresse. Vahl est venu.

Le visage de Sigrid prit une expression butée.

Il continua :

— Vous êtes comme une pyromane. Vous faites flamber deux incendies. Vous voulez être la plus forte. Donnez ce qu'ils vous demandent; rendez-vous. Vous deviendrez folle dans cette poursuite.

— Depuis que le monde va à l'envers, personne ne m'a fait du bien. Je ne veux aider personne. Les provoquer, oui. Alors, ne parlons plus d'eux. Si j'étais votre femme, que ferions-nous aujourd'hui? Supposons que nous sommes en vacances.

Si Hélène était venue, ils auraient dû se promener sur la plage.

— Nous aurions marché, dit-il, timidement.
— Alors, marchons, fit-elle.

Ils descendirent, assez gais dans le hall. Il décrocha son manteau, l'enfila. Elle reboutonna les vilains petits boutons de son imperméable. Ils sortirent, la main dans la main.

— Il n'y a jamais personne à Deauville ? demanda Sigrid.

— En été, il y a beaucoup de monde. En hiver, non.

— J'aime Deauville en hiver. J'aimerais vivre et revenir souvent à Deauville en hiver.

Leurs épaules se touchaient. Leurs pas s'accordaient.

— Votre femme a de la chance : elle a un gentil mari, deux enfants; elle a dû beaucoup marcher ici avec vous.

Il ne répondit pas. Jamais il n'aurait imaginé qu'on puisse, en marchant, ressentir un véritable bonheur physique. La mer était basse. Sur le sable mouillé, une multitude de ruisseaux violents couraient. La mer s'était retirée en laissant derrière elle ces minuscules rivières étincelantes qui sillonnaient la plage et s'enchevêtraient, entraînant des coquillages avec elles. Sur l'horizon bleu, s'avançait la ligne droite de Sainte-Adresse.

— C'est beau, s'exclama Sigrid. J'aime le soleil, j'aime la mer, j'aime presque votre main dans ma main... j'aimerais être votre femme...

« Si tu voulais que je sois franche, lui avait dit un jour Hélène, je t'avouerais la vérité : je ne suis pas faite pour le mariage. J'aurais nettement préféré être une femme d'affaires, un chef d'entreprise. J'aurais aimé acheter, vendre, organiser. Les enfants ont grandi; j'aimerais acheter un fonds de commerce, par exemple une librairie. Seule à la maison, je deviendrai hystérique. Il faudrait que tu me laisses travailler, que tu me donnes des possibilités de travail. »

Sigrid tendit les bras vers le ciel :

— *Es leuchtet die Sonne über Böse und*

139

Gute (1)... dit-elle en allemand. Moi, j'aurais tout fait à la place de votre femme pour garder la maison, continua-t-elle de nouveau en français.

Il ne voulait pas qu'elle parlât trop de Hélène. Pourtant, il n'osa pas l'interrompre.

— J'ai envie de toucher la mer, dit-elle.

Elle se débarrassa de ses chaussures, ôta ses bas.

— Tenez.

Elle les tendit à Yves :

— Gardez-les.

Yves resta avec les bas dans les mains. Sigrid courut vers la mer et s'aventura jusqu'au moment où l'eau lui arriva aux genoux.

— C'est de la glace pilée, cria-t-elle.

— Vous êtes folle, Sigrid, vous allez attraper froid.

Elle revint en sautillant et en pataugeant.

— Venez... venez... suivez-moi... suivez-moi pour le plaisir.

Ils s'assirent plus loin, sur le sable.

— Auriez-vous un mouchoir, s'il vous plaît?

Yves le lui tendit et Sigrid se mit à se frotter les jambes.

— Mes bas...

Yves lui rendit les bas.

— Et mes chaussures?

— Vos chaussures?

Ils échangèrent un timide sourire.

— Vous avez oublié mes chaussures? Je vais donc aller à Cherbourg pieds nus?

Son visage se ferma.

— Ne bougez pas, dit Yves. Je vous les apporte.

Il s'élança et courut sur la plage ensoleillée. Il se sentit lourd et un peu ridicule. Il retrouva les chaussures de Sigrid. Il les prit avec gentillesse et, en revenant vers elle, il l'imagina dans un petit appartement à Paris. « Pendant que Hélène sera

(1) Le soleil brille sur le méchant et le bon... (Goethe.)

dans la ferme longue et basse dont elle rêve, moi je passerai mes fins de semaine avec Sigrid, à Deauville, dans un petit hôtel que nous trouverons. »

— Elle veut acheter une librairie aussi, reprit Yves, en s'asseyant à côté de Sigrid.

Elle glissa les pieds dans ses chaussures.

— Cela nous donnera beaucoup plus de possibilités pour nous voir, continua-t-il, un ton plus bas. Hélène remplira sa vie avec son travail et moi avec vous.

Elle regarda la mer.

— Je ne crois pas que Hélène s'imagine que je puisse avoir une liaison. Pour elle, un homme de mon âge est un homme fini. Elle parle souvent de la retraite; j'en souffre. Je vous ai dit que ma vie était vide. Je pourrais la combler avec vous.

Elle leva sur lui un regard plein de curiosité. Et lui, emporté par son imagination, en oubliait de se méfier...

— Vous pourriez reprendre un autre travail de secrétaire bilingue, parce que, hélas! je ne pourrai pas vous entretenir. J'aimerais bien, mais ce n'est pas dans mes moyens. Ni vous acheter des manteaux de fourrure. J'ai des obligations vis-à-vis de ma famille. Je ne pourrai pas faire de folies. Pourtant, parce que vous êtes seule et moi aussi, nous pourrions peut-être nous créer, pour nous-mêmes, une petite seconde vie. Hélène, quand elle aura sa ferme, s'y rendra souvent le dimanche; alors, je viendrai vous voir.

Sournoisement, elle le provoquait :

— Ah? Et si elle ne va pas à la ferme?

— Dans ce cas, je resterai à la maison. Dans une famille française, Sigrid, le dimanche est sacré. Comme le jeudi : le jeudi est réservé aux enfants.

Avec douceur, elle l'entraîna plus loin encore :

— En aucun cas vous ne sortiriez le dimanche?

— Hélène s'en étonnerait.

— Elle s'en étonnerait?... Bien. Vous passez donc ensemble votre journée du dimanche, toujours?

— Il arrive que nous allions au cinéma ensemble.

— Au cinéma...

— Je ne pourrais pas, soudain, vous comprenez, avoir un programme particulier pour le dimanche.

Sigrid l'enfonça de plus en plus; il ne s'en rendait pas compte.

— Et le sport, monsieur Barray? Soudain, une passion violente éclate en vous pour le football. Des matches seraient un excellent prétexte, le dimanche.

— Elle ne me croirait pas. Elle sait que je ne me suis jamais intéressé au football.

— Vous avez tort : le football est intéressant. En tout cas, voyez-vous, je ne me vois pas très bien dans votre vie privée si équilibrée, si harmonieuse...

— Nous nous verrions souvent, dès que j'aurais un moment de liberté. Je crois que je vous aimerai. Je n'ose plus utiliser ce mot.

— Merci! s'exclama-t-elle, en perdant son sangfroid. Vous me prenez pour une idiote? Vous croyez que je me contenterai des restes de votre vie médiocre? Je n'ai connu que des gens d'envergure, des monstres internationaux, des policiers de grande classe, des événements atroces, des génocides incomparables, et des chagrins sans mesure. Alors...

Ils se levèrent.

— Avec moi, vous auriez pu connaître le bonheur, dit Yves. Je ne vois pas, d'ailleurs, pourquoi vous seriez si exigeante.

Ils étaient dressés l'un contre l'autre, comme deux fauves.

— Je suis exigeante, dit-elle. Moi, l'éclopée de l'Histoire, le débris, le déchet, qu'on ne ramasse même pas, je veux l'absolu. J'ai bien réussi à avoir la souffrance absolue. J'ai une hémorragie morale dans mon âme depuis l'âge de quatorze ans. Et je fais ce que personne au monde ne fait : je jette l'argent... je jette l'argent dans les poubelles. Je désobéis à tout le monde et ma désobéissance aussi est absolue. En amour, j'ai cherché le même absolu. David, quand il m'interrogeait, c'était pour moi la torture absolue dans l'amour absolu. Votre vie, je la ferais éclater en deux heures. Je patauge dans l'Histoire, et vous, le dimanche, dans vos pantoufles. Gardez-les donc!

Elle se mit à courir.

Yves, rouge de honte et de colère, se lança à sa poursuite. Il la rattrapa et la serra contre lui :

— Je ne suis pas un exalté, dit-il. Je n'offre que ce que j'ai. Ne soyez pas si sauvage, si injuste. Si vous permettez que je prononce le mot, je crois que je pourrais vous aimer.

— Je vous interdis encore une fois d'utiliser ce mot, répliqua Sigrid, essoufflée. Je peux le dire, moi, en ce qui me concerne, et je le dis mieux en allemand : *Ich liebe dich!* lança-t-elle, en dirigeant sa voix vers le grand large.

Le soleil lui fit fermer les yeux. Elle offrait son visage au vent. Elle répétait, fiévreuse :

— *Ich liebe dich... ich liebe dich!*

Yves la prit par les épaules et la tourna vers lui :

— A qui dites-vous cela?

Elle poussa un cri, comme un appel au secours :

— David, *ich liebe dich!*

Yves se tut. Epuisé, il devait reconnaître son échec. Il rentrerait à Paris, où son collègue Chamain lui taperait sur l'épaule et lui dirait ses vulgarités habituelles. Chamain était bienveillant, mais bête. Un solide manque de culture, une ignorance prétentieuse apparaissaient dans tous ses propos. « D'habitude, à Deauville, on n'est pas gâté. Pourtant, l'air n'est pas mauvais, bien qu'un peu énervant. A votre place, je serais allé à Malaga; avec le change avantageux, vous auriez pu avoir un hôtel de luxe, là-bas, au prix d'une pension de famille de chez nous. Et ces danseuses de flamenco! Mon vieux, je vous le dis : en vacances, je suis redoutable; je fais des ravages. Elles aiment ça, les femmes. »

Il revoyait Chamain, chauve et rubicond, les yeux injectés de sang et de sottise...

Yves n'avait pas d'amis. Dans le Paris morne, infesté d'occupants, où il avait fait ses études, les amitiés naissaient dans les réseaux souterrains de la Résistance. Lui, il avait vécu sans participer à rien.

Sur la plage, près de cette Allemande, il aurait aimé être l'homme des souvenirs nobles, au passé auréolé de souffrances. Il avait compris, au contraire, auprès d'elle, si sauvagement allemande, qu'il n'avait jamais été un assez bon Français. Comme il serait différent avec les siens, avec Hélène, avec ses propres enfants, avec Sigrid, s'il avait risqué sa vie, ou si même il avait été enfermé dans une prison d'où il serait sorti à la Libération, amaigri, pouilleux, mais l'âme en fête!

Le vent le faisait vaciller. Il se mordit les lèvres et dit d'une voix éteinte :

— J'aurais voulu être un autre homme.

— Il y a beaucoup de gens qui ne sont rien, répondit Sigrid. Ils sont nécessaires. Imaginez une foire sans public, peuplée uniquement de phénomènes : d'hommes-troncs, de filles à barbe, de mille-pattes avec des patins à roulettes, et de filles de criminels qu'on vient regarder. Je suis la fille d'un monstre. Vahl est le patron de la boîte : il me montre. On vient et on me regarde. Vous êtes parmi ceux qui regardent; c'est parfait. Applaudissez de temps à autre pour nous encourager; il faut applaudir les artistes.

Après la Libération, Yves avait vécu très solitaire dans un Paris effervescent de bonheur. Au cours d'une discussion, il avait fait un jour des reproches à ses parents. Il les avait accusés de lâ-

144

cheté. « J'aurais voulu être un résistant », avait-il lancé. « Imbécile! Tu ne serais peut-être plus vivant », avait répondu son père.

Peu de temps après, il était parti de la maison; il avait fait la connaissance d'Hélène et l'avait épousée. Ils s'étaient heurtés l'un à l'autre dans une exposition; ils s'étaient souri. Yves était devenu, comme prévu, un fonctionnaire précis et Hélène, une parfaite épouse. En été, ils retrouvaient les parents dans la maison de Deauville.

— A quoi bon vous en faire, dit Sigrid. Vous n'avez pas forcément le tempérament d'un homme capable d'actes héroïques.

— Si j'avais été un autre homme... reprit Yves. J'aurais pu me battre, vous savez...

Il apparaissait, disant cela, chagriné comme un enfant.

Elle le dévisagea.

— Peut-être ce vague à l'âme vous vient-il à cause de moi. Si l'adultère avec une Allemande fait de vous un patriote, je trouve cela amusant... amusant pour moi, pas pour votre femme. Elle préférerait certainement des remords personnels à un chagrin nationaliste.

— Non, dit-il. Vous savez très bien que cela n'est pas vrai. Vous lancez une boutade et vous en observez l'effet. Vous avez des phrases-pétards, vous les faites éclater comme un sale gosse qui veut faire peur avec du bruit. Rangez vos pétards et venez déjeuner.

Ils marchaient silencieusement.

— Yves, dit-elle, en prononçant pour la première fois le prénom de Barray, il y aurait pour vous un éventuel salut; mais encore faudrait-il accepter de vous sacrifier, en un certain sens, à cause de moi et pour moi.

— Comment? demanda Yves.

Elle s'arrêta, leva la tête et le regarda dans les yeux.

— Supposons que je m'abandonne, que je me

range parmi les... femmes faibles destinées à être protégées. Dans ce cas-là, je pourrais vous transmettre mes responsabilités. Supposons que je vous donne la liste et que vous en disposiez à votre guise... C'est vous qui seriez muni des pouvoirs et deviendriez justicier, si vous en aviez le courage.

— Le courage... Je n'ai personne à épargner, dit Yves. Recevoir ou ne pas recevoir une liste qui ne me concerne en aucun cas, où est l'héroïsme? Quelle importance pour moi?

Sigrid se mit à sourire :

— Vous n'avez pas bien saisi le vrai problème. Les anciens complices du Dr Dusz ont des enfants. Ces anciens tenants du nouvel Ordre, ces servant de l'hitlérisme, qui, tout en s'enrichissant pendant l'occupation, rêvaient d'un monde sans juifs, ont des enfants et des petits-enfants. Ceux qui trouvaient légitime qu'on exterminât les porteurs d'étoile jaune font maintenant, pour se couvrir, des voyages touristiques en Israël et proclament que, là-bas, la mer est chaude et les hôtels luxueux. Alors, voulez-vous faire souffrir leurs enfants innocents? Les marquer à jamais? Les marquer comme l'étaient, dans certains camps, les juifs en plein visage?

— Depuis quand vous faites-vous tant de soucis pour les autres? demanda Yves.

Il cherchait une porte de sortie. Le dos au mur, il se sentait livré aux forces inhabituelles d'un autre monde.

— Et puis, ces affaires-là, c'est fini, dit-il. Personne n'en parle, on a tout oublié. On ne peut pas ronger le même os pendant des générations.

— Ce n'est pas l'opinion des commandos israéliens, dit Sigrid. Pour eux, le drame s'est passé hier, et les noms que j'ai ont une importance capitale. Croyez-vous que ces gens paieraient avec tant de facilité s'ils n'avaient pas peur? Vous gémissez de n'avoir pas été un héros. Je vous offre

146

un tremplin et, au lieu de vous jeter à l'eau, vous vous mettez une serviette-éponge sur le dos et vous retournez à votre cabine. N'avez-vous pas eu une grand-mère suisse pour aimer à ce point-là la neutralité ?

— Venez déjeuner, dit Yves. Vous confondez un peu trop les Français et les Juifs. C'est pour cela que nous ne nous comprenons pas. J'aurais voulu être utile à la France, mais pas aux Juifs.

— C'est une chance que vous ne soyez pas raciste ! dit Sigrid, railleuse.

Puis elle ajouta :

— Vous, avec votre héroïsme à retardement !

11

Ils étaient attablés à la cuisine, gentiment, comme deux vieux amis qui se retrouvent après une longue absence, quand le téléphone se mit à sonner. Le visage de Sigrid se durcit. Elle déposa sa fourchette et, avec le geste de quelqu'un qui voudrait se préserver d'un bruit, d'une explosion, prit sa tête entre ses deux mains. Elle ferma les yeux et resta dans cette attitude de souffrance.

Saisi de colère, Yves se leva. Il sortit de la cuisine, traversa le hall, entra dans le salon inondé de soleil et décrocha l'appareil :

— Allô ! fit-il violemment. Allô !

— Chéri ?

La voix de Hélène était si proche qu'il eut soudain l'impression qu'elle se trouvait près de lui.

— Chéri, répéta-t-elle, tu m'entends ?

— Ah ! c'est toi ? dit-il, hagard.

— Mais qui d'autre pourrait t'appeler ?

La question parut saugrenue. « Qui d'autre pourrait l'appeler ? » Le monde entier, d'Israël à l'Argentine ; tout le monde.

— Tu m'écoutes? continua-t-elle pour se rassurer.

— Oui, je t'écoute. Le bruit me gêne.

— Quel bruit?

Il trouva le mensonge vraisemblable.

— La piscine... Il y a un remue-ménage incroyable avec la piscine. Mais ça avance : on s'y baignera déjà cet été.

— On : ce sont les autres, Dieu merci, et pas nous, reprit Hélène d'une voix très sèche. Je t'appelle parce que j'ai trouvé la ferme.

Yves revit un instant une scène d'un vieux film américain. Le héros franchissait le seuil de la prison; une immense porte se refermait sur lui et, sur les battants géants bardés d'acier, apparaissait le mot « fin ». Le héros était condamné à perpétuité à la place d'un autre.

Les souvenirs de Yves étaient très précis : les femmes étaient sorties de la salle en tenant leur mouchoir humide serré en boule dans leur paume. Elles reniflaient et certaines repoudraient leur nez rouge.

Aujourd'hui, le condamné, c'était lui, mais personne ne pleurait.

— Où? s'enquit-il.

— Près de Rambouillet. Elle est absolument merveilleuse. Ecoute : le bâtiment est en forme de L, comme je l'ai toujours voulu. Nous aurons toute la place pour installer les chambres des enfants et de leurs amis dans un superbe grenier. Nous-mêmes, nous aurons enfin la possibilité d'avoir des chambres à coucher séparées : j'en rêve depuis que nous sommes mariés. Cela va nous changer la vie; cela nous donnera une indépendance royale. Ton petit coin à toi, tu l'arrangeras comme tu voudras. Je donnerai le même droit aux enfants. C'est dommage que, à Deauville, vous ayez eu des meubles aussi énormes, aussi bêtes; on aurait pu réutiliser certaines choses. J'ai pensé, d'ailleurs, que tu pourrais garder ton lit de Deauville; tu l'amènerais à Rambouillet. C'est fou comme Napoléon III est à la mode et, en même temps, cela pourrait te faire plaisir.

Il raccrocha. Il resta devant l'appareil.

Sigrid apparut dans l'embrasure de la porte.

Le salon évoquait un vieux décor de théâtre longtemps oublié et qu'on aurait remonté juste pour un seul spectacle, à l'occasion de la fête du patronage.

— Ne vous en faites pas, dit Sigrid. Vous n'y pouvez rien. Votre femme aime téléphoner. De mon côté, il vaudrait mieux que je m'en aille. Cette précieuse Hélène me ferait souffrir! C'est drôle, non? Je suis jalouse à cause d'un homme que je n'aime pas... Je devrais me féliciter moi-même pour ce raffinement dans la bêtise.

Le regard de Yves fixait le téléphone.

— Elle va rappeler. Si je décroche, elle enverra les dépanneurs. L'abonnement du téléphone est encore payé pour deux mois. La maison sera déjà démolie depuis longtemps quand un téléphone-spectre sonnera encore, tenace, dans le vide, au milieu d'un terrain vague.

La sonnerie, rageuse, retentit. Yves devint blême.

— Non, dit Sigrid, ne vous emballez pas. Vous ne la changerez pas.

— Allô, fit-il. Oui, nous étions coupés. Tu as eu facilement le numéro?

— Oui.

La voix de Hélène était lointaine.

— Donc, je t'ai dit que nous allions conclure avec cette agence. Ils ne sont pas très gourmands. J'ai discuté le prix et, comme acompte, pour arrêter l'affaire, je leur ai donné un chèque de dix mille francs.

— Et si ta ferme ne me plaisait pas? Si je la trouvais étouffante, médiocre, horrible?

— Ce serait triste, mon chéri, répondit Hélène. Mais puisqu'il n'y a pas une ferme au monde qui soit susceptible de te plaire, autant en prendre une qui me plaît. Dès que tu ne vois pas la mer, tu deviens hargneux. Tu détestes la campagne. Si je t'écoutais, nous n'arriverions jamais à rien.

— Tu n'aurais rien pu acheter sans la vente de la maison de mes parents, cria Yves. C'est moi qui te l'offre, la fameuse ferme. Alors, j'aimerais voir le cadeau. Et comme tu voudras me traîner là-bas pour les week-ends, je veux savoir où je serai heureux les samedis et les dimanches! Il y a une vue?

— Quelle vue?

— Mais une vue... Des vallées, des rivières, des fleuves, des prairies... je ne sais quoi... la vue...

— Non, dit-elle. C'est clos de murs, pour qu'on ne nous voie pas. C'est l'idéal.

— L'idéal pour qui? cria-t-il. J'en ai assez, tu m'entends? Avec tes perpétuels coups de téléphone qui me rappellent les achats ou les catastrophes, les ventes et les végétations, tu me gâches mon séjour ici. Laisse-moi vivre seul quelques instants. Achète ce que tu veux, mais ne m'appelle plus jusqu'à mon retour. Au revoir.

— Voilà, dit-il en raccrochant. Peut-être aurons-nous la paix. Sauf qu'elle m'appellera pour me dire que je ne dois pas être fâché si elle téléphone.

— Vous lui avez dit : « Laisse-moi vivre seul », répéta Sigrid. Avec moi dans la maison, c'est un dédoublement de solitude. Enfin, ce n'est qu'une toute petite croix que vous traînez là. Elle vous énerve parce que je suis là. Au fond, par son intermédiaire, c'est moi qui vous énerve. Je la déteste... Pourtant, je ne suis pas amoureuse de vous. Je la déteste, par moments, parce que j'ai un surplus d'énergie à dépenser. Elle m'embête avec sa vie limpide, avec ses difficultés qu'elle se forge elle-même. Elle est assommante... Mais elle ou une autre...

Sigrid haussa les épaules.

— Ça reviendrait exactement au même.

C'était vrai qu'il aurait pu en épouser une autre. L'autre, la petite rousse, s'appelait Gisèle. Elle
était mignonne, mais, selon un camarade de Yves,
elle manquait de classe. Cette phrase jetée par hasard, dans un bistrot, lors d'une conversation,
avait décidé de la vie de Yves. Il avait épousé la
rencontre du musée : Hélène. Pour les amis, elle
avait « plus de classe ». L'enlisement progressif
dans la médiocrité n'était pas mentionné dans leur
contrat de mariage. Il avait été fourni en prime.

— Venez...

Sigrid le prit par la main.

— Venez. Terminons le déjeuner.

Sigrid disposa sur la table de petites assiettes
ébréchées pour le fromage.

— Je serais devenue aussi ennuyeuse qu'elle, fit
Sigrid, en coupant avec précaution la croûte du
camembert, avec un mari allemand, deux enfants
et une Mercedes pour les promenades du dimanche. J'aurais grossi; j'aurais eu une veste de vison
ou, peut-être même, le manteau. Ma mère n'avait
qu'un col de fourrure sur un manteau noir : pas
par manque d'argent, mais peut-être pour prouver
sa rigueur morale.

Sigrid s'arrêta un instant puis reprit :

— Enfant unique, je vivais dans l'ombre,
comme une hantise. Notre maison, celle où je suis
née, était aussi grande que la vôtre, mais moins
lumineuse. Nous n'avions pas la mer en face de
nous. Au printemps, par les soins de ma mère,
notre beau jardin devenait un luxueux petit parc.
Les lilas sauvages se penchaient au-dessus des
murs vers la rue tranquille. Je ne me souviens
pas que quelqu'un en ait jamais volé une branche... La pelouse verdoyante, parsemée de massifs
de fleurs et de marguerites solitaires, était soignée
par un homme de charge qui suivait les instructions de ma mère.

» C'est là que j'ai vécu blottie contre ma mère.
Les yeux gris du Dr Dusz devenaient verts quand

il se mettait en colère. Puissantes colères, plutôt silencieuses, qui nous faisaient trembler. Une seule phrase maladroite de ma mère pouvait déclencher, chez lui, une crise redoutable. Le dimanche, au déjeuner, nous écoutions ses discours politiques. Je crois, rétrospectivement, qu'il avait l'ambition de ressembler à Hitler. Pendant un moment, il s'était fait pousser la moustache. Il la rasa au bout de quelques jours, tellement elle lui allait mal. Apparemment, aucun signe ne le distinguait d'autres fanatiques de sa sorte. Pourtant le soir, souvent, il recevait des visiteurs. Le jour des réunions, dès 5 heures de l'après-midi, ma mère s'enfermait dans sa chambre. Une bonne, un peu grosse et aimable, me servait le dîner dans la salle à manger froide et partait rapidement, après avoir, avec beaucoup de bruit, lavé la vaisselle.

» Ces soirs-là, vêtue de ma longue chemise de nuit, avec les nattes qui me tombaient dans le dos, j'attendais, tremblante, assise sur mon lit. J'aurais dû vivre dans une insouciance relative puisque je me trouvais dans la maison de mes parents et il n'était pas normal que je sois saisie par la peur. Mais ces soirées mystérieuses changeaient les dimensions : tout s'allongeait ou s'élargissait dans les miroirs déformants de mon imagination. J'étais naine ou géante, je rampais ou je volais, selon l'instant. Le couloir qui traversait mon étage devenait un tunnel interminable. Ici et là, des points phosphorescents, en clignotant, me faisaient signe; c'étaient les yeux du couloir. Quelque part, dans l'obscurité, un être difforme, ni homme ni chien, tapi contre un meuble, attendait que je sorte de ma chambre. Il voulait me manger.

» Pourtant, le souffle coupé de peur, poussée par une curiosité aussi enfantine que féminine, il m'arrivait de m'aventurer de temps à autre sur le palier. Délicatement, avec des précautions infinies, je me penchais par-dessus la rampe de la cage d'escalier pour apercevoir les ombres qui circulaient au rez-de-chaussée. Les visiteurs frappaient à la porte d'entrée et mon père allait ouvrir lui-même. Je reconnaîtrais partout, même en enfer, le bruit de ces talons qui claquaient sur les dalles. Et ces claquements militaires pour saluer le Dr Dusz résonnent encore à mes oreilles. Ces visages blêmes, démesurément grands et pâles, ont ainsi peuplé mon enfance. Malgré ma volonté d'oubli, leurs traits sont encore imprégnés dans ma mémoire. Ces images, enregistrées comme par un déclic instantané, ne me quitteront jamais.

» Une seule femme venait à ces réunions. Ses pas, à elle, étaient souples. Elle rasait le mur du hall avant d'entrer chez le docteur. Avec son incomparable instinct de femme, un soir, elle perçut ma présence. Elle s'arrêta au milieu du hall et leva la tête vers les étages. « Il n'y a personne là-haut ? » demanda-t-elle à mon père. Elle devait avoir dans la hiérarchie un grade supérieur à celui du Dr Dusz. Celui-ci se hâta de la rassurer. « J'ai bien envie de contrôler », dit la femme, d'un ton sec. Même maintenant, j'entends encore sa voix. « Ma femme et ma fille dorment », répondit le Dr Dusz, gêné. Aux yeux des autres, s'il avait été célibataire, il aurait rempli sa mission plus librement; c'était évident. Nous étions de trop ma mère et moi. Je tremblais en retenant, comme je le pouvais, mon souffle. J'avais très peur. Je comprenais qu'ils devaient détenir ensemble un secret considérable. J'imaginais même que cette femme aurait pu décider qu'il fallait me tuer. Mon père discuta longuement. Il voulait dissuader la femme d'effectuer un contrôle. Elle eut l'air, à la fin, d'y renoncer.

» Quand ils disparurent dans le bureau de mon père, je rejoignis, à mon tour, ma chambre. Je me jetai sur mon lit; je tirai la couverture sur moi jusqu'au nez. Ma respiration était encore saccadée quand je perçus, venant de l'escalier, des bruits de pas. Je m'efforçai de donner à mon souffle un

rythme plus naturel. Les pas s'arrêtèrent devant
ma porte. Celle-ci s'ouvrit lentement. « Il ne faudrait pas la réveiller », murmura mon père. « Si
elle dort vraiment, dit la femme, elle ne se réveil-
lera pas. » Je fus indignée par la présence de
cette femme dans ma chambre. Comment mon
père pouvait-il me livrer à une inconnue? Comment avait-il pu accepter, dans sa propre maison,
cette inspection. Je serrai les paupières et respirai
assez régulièrement. La femme se pencha sur moi.
J'étais sûre que, si rien n'intervenait, elle comprend-
drait que je ne dormais pas. Je fis semblant
d'être gênée par la lumière dans mon sommeil. Je
me suis étirée et j'ai poussé un grognement. « Je
vous ai dit que vous alliez la réveiller », dit mon
père. Elle sortit de ma chambre comme à regret.

» Tortionnaire qui s'ignorait encore, elle avait
déjà le don de guetter la proie vulnérable. Elle
portait en elle comme un détecteur de peur, de la
peur animale d'autrui. Avec sa connaissance des
êtres, ses instincts féminins l'aiguillant avec certitude, prédestinée à être aussi psychologue que
bourreau, elle ne doutait pas de ma manœuvre.
Elle me haïssait pour ma résistance passive. Elle
aurait voulu me prendre en flagrant délit de curiosité. Cette nuit-là, je me fis une ennemie.

» Je fus inscrite à la *Hitlerjugend*. J'ai dû apprendre et comprendre que j'étais un être supérieur. Ah! la belle jeunesse que j'ai eue!... Bientôt
les hommes s'en sont allés, en chantant, vers la
mort. De tous les pays occupés, on a déporté les
juifs. Les Allemands savaient-ils que ceux-ci mouraient d'une mort atroce? Aujourd'hui, vous n'en
trouverez pas un qui accepte de dire qu'il était au
courant. C'est l'instinct de survie sous une autre
forme : nier pour croire que la vérité peut ainsi
disparaître.

« Ma pauvre génération à moi! Plus tard ressus-
citée, retapée, gavée d'argent, elle a dû — ce qui
en restait — rebâtir sur les cimetières. Villes ra-

sées, corps brûlés, âmes humiliées, sentiment national éventré... N'importe! Construisez donc un empire nouveau à l'emplacement des carnages anciens de toutes sortes!... Il nous reste Goethe et Beethoven intacts : c'est beaucoup... c'est peu.

» A cette époque, le Dr Dusz ne donnait plus de consultations à la maison. Et ma mère, vous le savez, comme une artisane devenue folle, teignait les fleurs...

» Un après-midi, j'ai été amenée par mon père dans un salon de thé. Ce salon se trouvait au rez-de-chaussée resté à peu près intact d'une maison en ruine. Juste au-dessus de l'écriteau « Pâtisserie », on voyait une chambre éventrée. Le lit était encore là; le mur derrière lui, aussi, mais, côté façade, il n'y avait plus qu'un grand vide ouvrant sur la rue. Assise à une table couverte d'une nappe grisâtre, une femme nous attendait. Je l'ai reconnue; c'était elle. Ses yeux étaient bleus, et ses cheveux blonds, serrés dans un chignon sur sa nuque, rendaient le personnage extérieurement austère. Ses mains osseuses et rougeâtres alourdissaient sa silhouette. Mon père la présenta habilement en réduisant son nom à une consonance, presque à une initiale. Dorénavant, je l'appelai Mlle Z...

» Le Dr Dusz la comblait d'attentions. Visiblement, il aurait aimé que je sois, aussi vite que possible, conquise par elle. Il était prêt à remplacer ma mère par Mlle Z... Si l'Allemagne avait vaincu, le Dr Dusz aurait vécu avec fraülein Z... Et ils auraient ensemble contribué à l'installation de succursales des camps de mort dans les pays conquis par nous.

Sigrid dirigea son doigt vers son front.

— A cause d'eux, ma tête ressemble à une tête de mort...

» Ma mère est décédée au début d'avril 1944, continua-t-elle. Nous l'avons enterrée, comme on dit, dans la plus stricte intimité.

» Quelque temps après son enterrement, un certain affolement se manifesta dans le quartier résidentiel où nous vivions. Les Allemands, habitués pourtant aux bombardements, disciplinés et organisés dans la catastrophe, ont eu soudain peur de nous. Il y avait de quoi...

» Un matin, en effet, j'ai ouvert les volets et je suis restée à la fenêtre, abasourdie, muette. Le jardin, notre jardin, était devenu noir. Le printemps, en une seule nuit, avait fait s'épanouir les bourgeons, éclore les lilas, sortir les jeunes pousses du gazon. Mais chaque brin d'herbe, chaque pétale timide, chaque bourgeon était noir.

» Pieds nus, en chemise de nuit, je suis descendue. Mon père apparut à son tour. Il était échevelé, blême de rage. Il se jeta sur les plantes. A pleines mains, il arracha les branches de lilas. Il piétina le gazon. « Aide-moi, hurla-t-il, aide-moi. » Je le regardais, immobile.

» Les oiseaux et les fourmis se sont enfuis. Sur les branches chargées de feuilles noires, les nids se sont vidés. Les oiseaux, affolés, s'étaient réfugiés dans les jardins voisins.

» Avant de mourir, ma mère avait pris soin, dans un ultime sursaut, d'empoisonner la terre qui entourait notre maison. Elle avait voulu protester ainsi contre le massacre qu'elle n'avait pu ignorer.

» D'autres feuilles et fleurs noires apparaissaient d'une aube à l'autre. Mon père tenta de les arracher. Elles repoussaient, vigoureuses et splendides, noires...

» Avez-vous vu le jardin noir du docteur? » s'interrogeaient les gens. Par petits groupes, ils venaient subrepticement. Ils s'attardaient prudemment sur l'autre trottoir. Des gens de passage, avertis par ouï-dire, se camouflaient en touristes. A leur tour, ils venaient en bandes pour apercevoir le jardin en deuil.

» J'étais devenue une pestiférée à l'école à

cause du jardin noir. Les filles s'écartaient de moi. Pleine de honte, j'étais empoisonnée, moi aussi.

— Venez, dit Yves.

Et il se découvrit les yeux en larmes.

— Venez, oubliez tout cela. Venez... Nous allons faire des courses. Oubliez les monstres et les jardins morts. Je vous achèterai un cadeau; je ne sais pas quoi... N'importe... Ce qui vous fera plaisir... J'ai envie de vous offrir tout ce qui est beau du monde... de vous voir devant une vitrine comme un enfant qui regarde les jouets. Venez.

— Et votre femme?

— Tout m'est égal. On ne me connaît presque plus ici. Mon enfance est devenue la vieillesse des autres. Il faut, en revanche, que vous vous prêtiez au jeu. Supposons qu'à partir de cet instant, je vous considère comme ma femme. Eh bien, j'achèterais à ma femme un manteau gai. Nous allons jeter votre vilain imperméable.

— Où va-t-on? demanda-t-elle, un instant illuminée.

— A la conquête des magasins de Deauville.

Yves ferma la maison et ils s'engagèrent sur le boulevard qui s'étendait devant eux dans sa solitude somptueuse. Ils passèrent devant les grandes façades fermées, repliées sur leur richesse silencieuse. Les tennis déserts apparurent. Sigrid se vit, comme en un rêve, virevolter dans une petite jupe blanche, une raquette élégante à la main. Avec aisance, elle renvoyait à un inconnu les balles difficiles. Sigrid flottait. Ses longs cheveux, retenus par un ruban, se balançaient en vagues légères et lui retombaient sur le dos quand elle redescendait à terre.

— A quoi pensez-vous?

— Je jouais, fit-elle. Le tennis est un beau sport. Je jouais...

Leurs pas s'accordaient. Marcher ensemble les rendait presque heureux.

Yves s'arrêta devant un magasin de modes au centre de la ville.

— Alors... Regardez... Choisissez.

— Non, protesta soudain Sigrid. En définitive, je ne peux pas... Je ne suis pas la petite femme qu'on habille de la tête aux pieds pour la rendre sortable. Non. Ce serait humiliant.

Yves l'observait, étonné.

— Regardez ce petit tailleur, dit-il. N'oubliez pas que vous étiez d'accord à la maison.

Il désigna un ravissant ensemble de couleur tendre qui, dans la vitrine, faisait concurrence à un manteau blanc ainsi qu'à un pantalon et à un chemisier en soie naturelle. Ces vêtements, savamment présentés, donnaient l'impression que trois femmes s'étaient allongées afin de bavarder sur un fond en velours marron.

Elle se cabra :

— Non. Décidément, non. Regardez... La vendeuse nous dévisage déjà... Elle a l'œil critique.

— Que voulez-vous qu'elle fasse ? dit Yves. Il faut bien qu'elle regarde. Ce sera pire si vous résistez. Elle nous prendra pour des clochards... Venez. Allons...

— Je ne veux pas.

En regardant autour d'elle, elle découvrit, à quelque distance, un café.

— Je vous attendrai là-bas, au café-tabac. Je vous laisse faire vos folies.

Il eut peur. Tout ce qu'elle possédait, elle le portait sur elle. Elle avait le fourre-tout, ses vieux gants et son écharpe grisâtre. Il la rattrapa par le poignet.

— Sigrid, vous n'allez pas partir sans me prévenir ? Je voudrais vous emmener en croisière. Je le sais, maintenant... Et j'ai compris comment, pendant quelques jours, je pourrai vous rendre heureuse. Je vous offre une cabine avec balcon sur la mer.

Elle ne comprenait pas.

— Quelle cabine ? demanda-t-elle.

Gêné, il voulut se taire, mais son désir d'évasion avec Sigrid fut plus fort.

— Nous allons imaginer que la villa est un transatlantique. Quand j'étais adolescent, chaque nuit j'allais ailleurs : l'Irlande, l'Angleterre et l'Amérique étaient à ma portée.

— Nous ne sommes pas des adolescents, dit Sigrid. Et puis, je préfère rêver d'un pays chaud. Je serais plutôt tentée d'aller à Marrakech.

— Rien n'est plus facile.

Yves avait accepté la proposition avec joie.

— Allons à Marrakech!

C'était le premier espoir d'entraîner Sigrid dans le jeu.

Elle haussa les épaules :

— A Marrakech... pourquoi pas?

— Lors de cette croisière, dit Yves avec un certain trac, le commandant vous invitera à sa table!

Elle devint maussade.

— Tout cela est très beau... Mais, au lieu de jeter votre argent par la fenêtre, je préférerais que votre imagination porte aussi sur les vêtements. Puisque tout est faux, pourquoi voulez-vous m'habiller pour le faux, pour le mensonge? Votre femme vous demandera des comptes. Moi, je n'ai rien... je n'ai qu'un million à jeter. D'ailleurs, je dois le plus tôt possible jeter ces billets. Ils sont depuis trop longtemps dans mon sac. On pourrait peut-être essayer la mer?

— Les vagues ramèneront les coupures, dit Yves.

— Alors, je m'en débarrasserai, comme d'habitude, dans quelque égout.

— Nous le jetterons ensemble, votre million! fit Yves.

Il était presque gai. L'impossible était devenu son pain quotidien.

— Sigrid, ne discutez pas. Laissez-moi rêver. Attendez au café mais ne m'abandonnez pas, ça ne serait pas chic. D'accord?

— Bien, dit-elle. Je joue.

Ses yeux, habitués à couvrir les alentours d'un seul regard, repérèrent la voiture de Vahl.

— Jurez que vous ne vous sauverez pas, dit Yves.

— Je vous attendrai au café, répéta-t-elle. Je ne jure pas. Je désire rester encore avec vous. N'est-ce pas suffisant?

Elle s'élança vers la rue.

Yves entra dans le magasin et s'y sentit dépaysé.

— Le tailleur, dans la vitrine... dit-il, hésitant.

Il faillit demander le prix, mais étouffa aussitôt son instinct d'économie.

— Oui, monsieur. Ce petit tailleur-là est vraiment parfait. La personne est de quelle taille?

— C'est pour ma femme, dit-il en rougissant... Une surprise pour ma femme.

La vendeuse battit des cils.

— Je comprends. Madame prend en général un quarante-deux ou un quarante-quatre? Un quarante-six, peut-être? Elle est grande, moyenne ou petite? Elle est un peu comme moi?

Deux silhouettes semblaient se superposer sur les contours dociles de la vendeuse. L'ombre boudeuse de Hélène disparut aussitôt. Hélène était de taille moyenne. Sigrid était si mince qu'elle paraissait petite.

— Voulez-vous que je passe la veste?

Elle passa la veste et se mit devant Yves.

— Ça dépend si Madame est forte de poitrine ou non. La mode est aux poitrines plates. Il faut être étriquée dans un vêtement. Si Madame n'est pas très forte, la veste ira à Madame.

— Je crois que oui.

— Elle est brune ou blonde, Madame?

— Plutôt brune.

— Vraiment, c'est une couleur pour une brune. Et puis, il est aussi pratique à Paris qu'à Deauville; c'est le vrai petit tailleur de voyage.

— D'accord, d'accord : je le prends, dit-il.

Il se rendit compte qu'il n'aurait pas pu décrire Sigrid... Au moment même où elle s'était éloignée, son souvenir était devenu imprécis.

— Je voudrais aussi le pantalon et le chemisier, continua-t-il, affolé.

— Pour ceux-là, il faut vraiment qu'elle soit plus mince que moi, s'exclama la vendeuse.

— Elle est plus mince, beaucoup plus mince que vous, mademoiselle.

La vendeuse devint silencieuse. La femme inconnue si mince, si facile à habiller, l'agaçait.

— Je voudrais aussi ce caban bleu, là. Vous voyez? Et puis ce petit bonnet en laine.

— Il retient bien les cheveux.

— Et aussi, ajouta-t-il à brûle-pourpoint, j'ai failli oublier : j'aimerais un joli imperméable féminin, sans trop de boutons.

Elle lui montra un trench-coat. Il fut rebuté par l'aspect trop strict. Son regard revint vers le manteau blanc.

— Celui-ci, dit-il. Voulez-vous l'essayer, mademoiselle?

La vendeuse prit le manteau dans la vitrine et le mit sur elle.

Yves tâta le tissu moelleux.

— Est-il assez chaud?

— C'est un manteau de demi-saison, monsieur. Je dois vous prévenir qu'il est relativement cher, pas pour ce que c'est. La qualité est parfaite.

Elle tourna deux fois devant Yves.

— Il est beau, n'est-ce pas?

— Il est très beau, répondit Yves. Voilà, je le prends. Je voudrais encore un pull-over blanc et une écharpe très gaie, avec toutes les couleurs possibles, une écharpe qui ressemblerait à un arc-en-ciel.

La vendeuse posa sur lui un regard vide.

— Une écharpe qui ressemblerait à un arc-en-ciel?

— Oui, dit Yves. Colorée, quoi... Alors, qu'est-ce que j'ai à payer?

La somme lui parut astronomique. Il sortit son carnet de chèques...

La vendeuse l'ayant bien vérifié, retourna le chèque et le fixa, de son ongle pointu, sur la table :

— Votre adresse ici, au dos, monsieur, s'il vous plaît.

Yves rougit comme un gamin et indiqua l'adresse de la maison familiale du boulevard Cornuché.

— Ah, vous habitez Deauville! s'exclama la vendeuse. Pourtant, je ne vous ai jamais vu.

— Nous faisons nos courses à Paris, avec ma femme. Aujourd'hui, c'est exceptionnel : c'est son anniversaire, j'ai eu envie de lui faire plaisir. Je reviendrai chercher mes paquets dans un quart d'heure. Emballez le tout avec précaution. Attention au manteau...

Il quitta le magasin tout heureux. Il lui restait à aller à la recherche d'une robe de chambre ornée de duvet de cygne...

Au café, Sigrid ne sirotait plus son Coca-Cola. Un fragment de paille était resté collé sur sa lèvre inférieure.

— Notre discussion dure depuis vingt ans, dit-elle à Vahl. A quoi bon recommencer?

Vahl se pencha vers elle :

— Le matin, j'ai pensé que tu partais enfin pour Cherbourg.

— J'ai le temps, dit-elle. J'irai lundi. Ou je rentrerai simplement à Paris; je reprendrai un autre travail. Et voilà, tout recommencera.

— Tu es devenue trop impertinente, dit Vahl. Ils te tueront. Tu leur avais promis de l'argent, n'est-ce pas? Des sommes considérables que tu aurais dû leur remettre le jour où, malheureusement, tu es descendue à Lisieux au lieu d'aller à Cherbourg? Où est l'argent?

— Je n'en ai pas, dit-elle. Parfois, je leur ai fait

croire que j'en avais beaucoup. Mais en vérité, je n'ai rien.

— Nous devons récupérer Dusz, dit Vahl. Il est vivant. La preuve, c'est que tu es vivante. Il te protège. Il attend de toi l'argent... Peut-être, également, espère-t-il un peu de fanatisme! Il voudrait être fier de toi, t'utiliser pour les contacts en Europe. Mais supposons qu'un jour il ait un accident : tu mourras très vite après lui. Tu es encombrante pour ses disciples. Dusz change de nom et de domicile sans cesse. Nos hommes se heurtent à la complicité nazie ou à l'ignorance prudente des habitants. La trace disparaît, réapparaît; elle ressemble à une piste dans le désert que le vent efface et que le mirage ramène. Nous tournons en rond. Le cercle que nous décrivons autour de lui est de plus en plus serré. La peur le tenaille. Il sait que nous l'aurons. Déjà il sue de peur.

» J'ajoute, pour ta documentation personnelle, continua Vahl, un fait divers intime de l'Organisation. Les journaux n'ont pas inventé l'histoire. Un de ces criminels moins important que le Dr Dusz, a été trouvé, il y a peu de temps, par nos hommes. Il avait vécu en solitaire dans une cabane qui tombait en ruine. La végétation est exubérante dans cette région peu connue. Des lianes sauvages, des plantes géantes, une sorte d'herbe folle, avaient littéralement mangé l'habitation. Une véritable forêt vierge avait tout rongé, tout envahi. La végétation s'était même, tant la chaleur est étouffante et humide, attaquée à l'intérieur des pièces. La nature s'était révoltée contre la présence de cet homme. Un homme?... A peine un homme. Il n'articulait plus. Il aboyait. Et si quelqu'un approchait — l'un des siens — celui-ci devait aboyer aussi; autrement, il aurait été abattu. L'homme, paraît-il, vivait à quatre pattes.

— Alors, fit Sigrid, très calme, c'était lui?

— Ça aurait pu. Mais non... Ce n'était pas lui. C'était un autre. A côté du Dr Dusz, je te l'ai dit, celui-ci n'était qu'un petit criminel. Mais il avait si peur de la Brigade qu'il s'est liquidé de lui-même. Son lit était recouvert de lianes. Sur ses couvertures s'étaient greffées des plaques de mousse. Autour de son cou, il portait un collier. Il est mort en se croyant chien. Nos psychologues savent que ces grands maîtres du crime ne souffrent pas de remords. C'est nous qui les rendons fous de terreur... Sigrid, comment ton billet t'est-il parvenu pour le passage?

— Par la poste... sans expéditeur.

— Comment t'ont-ils indiqué le départ de ce bateau? Comment peuvent-ils t'obliger à...

Il se pencha vers elle :

— Sigrid, ne te cabre pas. Tu n'as qu'à nous signaler, sur le bateau, le passager qui te contactera. Lors de l'arrivée à Buenos Aires, nous le prendrons en charge. Tu ne quitteras le bateau, à aucun prix, sans nos hommes... Ceux-ci te conduiront jusqu'à un avion et tu débarqueras directement en Israël sous un autre nom. C'est le seul endroit où tu peux disparaître. Tu auras du travail : une secrétaire bilingue est toujours utile partout. Une fois en sécurité en Israël, tu nous refileras la liste du réseau européen et, après, ce sera fini.

Sigrid alluma une cigarette.

— Non. Je n'ai pas envie de vivre en Israël. Je voudrais vivre en Allemagne. Mon pays m'a fait très mal, mais je l'aime... J'aime l'Allemagne.

— Tu es butée comme une mule; tu ne vivras nulle part, ma petite, dit Vahl en préparant l'argent pour régler les consommations. Tu provoques trop de gens. Nous ne te lâcherons pas un instant : tu comprends? Pas un instant... nous ne te lâcherons jamais. Tu n'as absolument aucune possibilité de nous échapper à Buenos Aires. Nous avons su que tu devais y aller. Cela t'a surprise? Alors, nous avons, nous aussi, des tuyaux. Certains individus de chez vous, pour avoir la promesse de la vie sauve en cas de capture, se rachètent à l'avance avec des renseignements. Par moments, toi-même tu es trahie... Alors? Si tu ne t'appuies pas sur nous...

— Deux quatre-vingt-dix, dit la serveuse, et elle déchira le ticket.

La porte s'ouvrit et Yves entra avec une multitude de cartons ficelés maladroitement les uns avec les autres. Son regard s'arrêta sur Vahl :

— Vous ne pourriez pas nous laisser tranquilles?

— Non, dit Vahl. Je regrette infiniment, mais je ne peux pas vous laisser tranquilles.

— J'ai appelé un taxi, reprit Yves. Je vous ramène à la maison, Sigrid...

Deux hommes entrèrent au café et commandèrent, au comptoir, du vin.

Un taxi s'arrêta devant le trottoir.

— Vous quittez Deauville lundi matin, n'est-ce pas? dit Vahl.

— Je crois, dit Sigrid, je crois...

Yves la pressa.

— Le taxi nous attend.

Ils sortirent du café, s'installèrent dans la voiture et firent encore quelques courses. Arrivés devant la maison, le chauffeur voulut les aider à porter leurs paquets. Yves refusa.

— Je voulais garder notre secret, dit-il à Sigrid, et ne pas livrer la maison à son regard.

Dans le hall obscur, Yves serra Sigrid contre lui.

— Sigrid je vous emmène en croisière. Nous sommes déjà sur le bateau. Nous allons faire du feu dans la cheminée. Il fait très froid.

Il déposa les paquets, pénétra au salon et s'agenouilla devant le bois disposé en bûcher.

— Il n'y aura pas assez de papier, dit Sigrid.

Yves alluma et attendit. Bientôt, il actionna le soufflet, mais celui-ci, troué, envoya l'air de côté.

— Je vais chercher encore de vieux journaux, dit-il.

— Attendez, j'ai ce qu'il faut!

Sigrid tira de son sac la liasse de billets de banque, se mit à son tour devant le feu et commença à provoquer le bois récalcitrant avec des billets de cent francs enflammés. L'argent brûlait vite. Alors, ils se partagèrent la liasse, utilisant les coupures comme une multitude de petites torches.

— Stop! dit Sigrid en regardant sa montre. En quatre minutes et demie, on peut brûler un million. Regardez, c'est formidable. Notre feu marche.

Les branches fines, embrasées par les billets, lançaient maintenant des flammes qui, à leur tour, partaient à l'assaut des bûches.

Yves se mit à déballer ses paquets. Au milieu des ficelles dorées et des papiers de soie, il apparaissait radieux et rajeuni.

— Enlevez votre imperméable, dit-il, et essayez...

Le manteau blanc allait à ravir à Sigrid. Intimidée, un peu gauche, elle resta au milieu du salon. Ses lèvres tremblaient.

— Je crois que c'est mon premier cadeau, dit-elle. Depuis que...

— Attendez, dit Yves, ce n'est que le début. Voilà l'uniforme d'une jolie femme en croisière.

Eblouie, Sigrid regarda le pantalon blanc, le pull-over soyeux, l'écharpe rayonnante de gaieté.

— Il ne fallait pas...

— Et puis, continua Yves, madame a éprouvé le désir d'avoir une robe de chambre garnie de cygne. La voilà.

Il sortit d'un carton un vêtement soyeux, étincelant, bordé entièrement de duvet blanc.

— Ce n'est pas vrai? s'exclama Sigrid, émerveillée. Je peux l'essayer? Vraiment, c'est pour moi?

— C'est à vous.

Le cœur de Yves était si gros de bonheur qu'il en avait perdu le souffle.

Cette robe de chambre pour femme de luxe ressemblait plus à une robe du soir qu'à un vêtement d'intérieur. Sigrid, bien que le parquet fût couvert de poussière, allait et venait du salon au fumoir. Elle soulevait ses bras pour admirer l'ampleur majestueuse des manches. Elle sentait, avec l'émerveillement d'un enfant, les caresses des plumes sur son menton.

— J'aimerais me voir dans une glace.

En allant d'une pièce obscure et froide à l'autre, en se heurtant aux vieux meubles maussades, ils découvrirent qu'il n'y avait pas une seule glace dans la maison, sauf en haut, dans la salle de bains. Celle-là, ternie et mangée par l'humidité, leur renvoya une image aimable.

— Nous aurions pu être mari et femme, suggéra Yves.

Elle l'écoutait. C'était peut-être sa première initiation à la douceur des mots.

— Qui sait? dit-elle. Peut-être... J'aurais pu... Ç'aurait été la paix, une sorte de paradis...

Ils échangèrent de petites phrases. Le radiateur, silencieux, chauffait. Un léger et vaporeux brouillard assombrissait, peu à peu, l'horizon. Sigrid promenait ses doigts fins sur sa robe de chambre.

— Elle est belle, elle est en vraie soie, dit-elle. Vous êtes un magicien.

Il la regardait. Cette tendre Sigrid, c'était une autre Sigrid, une autre femme.

— J'aime Deauville. dit-elle, près de la fenêtre.

— Nous sommes déjà loin des côtes, dit Yves, reprenant timidement le jeu.

Avec sa robe de chambre à col de cygne, Sigrid pouvait désormais entrer dans le domaine secret de ses rêves. Il n'avait plus peur d'elle.

Elle s'assit sur le lit.

— Oui, dit-elle. On sent que nous avançons. L'air de la mer fait dormir. Nous dormirons profondément, sans rêves.

— Ah! oui, reprit-il, nous dormirons sans rêves... Je ne vous ai pas dit le plus important : le commandant nous a invités à sa table demain. J'aimerais que vous soyez la plus belle.

Elle se rapprocha de lui.

Il se mit à l'embrasser. Ses lèvres et sa langue furent tout l'univers de Yves...

— Comme des astronautes, marmonna-t-elle, lancés sur leur orbite...

Par instants, ils devinaient l'impossibilité d'un retour à terre. Les objets, les matériaux, la maison même avaient changé d'aspect. Ils évoluaient dans un monde neuf et fugitif où chaque minute avait une valeur inestimable.

Le téléphone le ramena dans un univers ancien. En décrochant l'appareil, Yves découvrit, au bout du fil, la voix d'une femme qui prétendait être sa femme.

— J'étais un peu irritée, et ça se comprend, dit Hélène. Tu n'étais pas gentil avec moi. Tu as été si brutal. Tu sais, continua-t-elle, si tu n'avais pas répondu, j'aurais signalé le dérangement. Je ne voulais pas te laisser dans l'incertitude après notre dernière conversation. J'ai essayé d'annuler l'achat de la ferme. L'agent ne pourra pas rembourser : la somme doit rester comme à-valoir. Nous achèterons donc par son intermédiaire une autre ferme. Tu viendras visiter avec moi les propriétés à vendre, pour trouver celle qui te plaira aussi. Les occasions se présentent qu'en hiver. Les premiers beaux jours font monter les prix.

— J'ai réfléchi aussi de mon côté, répondit Yves d'un ton faussement jovial. Tu avais certainement raison de choisir cette ferme. J'étais surpris et je me suis emballé. Cela m'arrive rarement.

— Vraiment? Tu es gentil! s'exclama Hélène. Tu vois, tu me rends de nouveau optimiste. Le prix de cette ferme est tel qu'il permettra en même temps d'acheter le droit au bail d'une librairie.

Quand Yves remonta dans la chambre, il trouva Sigrid couchée sur le ventre, la tête enfouie sous l'oreiller.

— Dès que le téléphone se met à sonner, je deviens un immense papillon qu'on épingle vivant sur le mur. Je suis comme transpercée par la sonnette, dit-elle.

— Mais ici, « elle » n'existe pas! dit Yves. Samedi ou dimanche, elle va retourner à Rambouillet pour voir sa ferme. Et, provisoirement, elle m'oubliera tout à fait.

Les heures ressemblaient aux journées et les journées aux heures. Sigrid ne bougea plus de la maison. Yves circulait, revenait avec des paquets mystérieux. Le jour de sa grande soirée, il partit tôt, le matin, pour Lisieux et revint chargé de colis, rayonnant.

Sigrid, fine et élégante dans son ensemble de croisière, se promenait seule dans les grandes pièces obscures. Elle connaissait maintenant par cœur chacun des objets. Elle disait souvent bonjour à la vilaine grande lampe, aimable et fleurie. La maison était devenue son domaine.

A son retour de Lisieux, elle embrassa Yves, de nouveau, avec beaucoup de tendresse.

— Le commandant n'aurait pas besoin de touristes bénévoles qui viendraient préparer les sandwiches?

— Non, fit Yves. Mes matelots travailleront. Et j'ai deux cuisiniers. Vous, vous serez suffisamment occupée avec vous-même. Vous déballerez vos paquets. Vous y trouverez des surprises. Préparez-vous soigneusement à votre grande soirée. Moi, j'essaierai de mettre le chauffage central en marche. Surtout, ne venez pas à la cave! Vous ne vous salissez jamais nulle part, mais si vous alliez à la cave, vous en sortiriez...

Il avait failli dire « noire ». Il s'arrêta soudain et l'embrassa.

En haut, dans la chambre, il se débarrassa de ses achats.

— Nous naviguons avec la sirène de brume, dit-il, vous l'entendez?

Le brouillard avait recouvert Deauville. Entre la maison et la mer, un rideau cotonneux pendait du ciel bas.

— Amusez-vous à découvrir vos merveilles et je reviendrai vous chercher. Je reviendrai...

12

Sigrid ouvrait lentement ses paquets; des produits de beauté, des fards pour les paupières, des rouges à lèvres s'éparpillaient sur le lit.

Dans un des grands cartons, Sigrid aperçut une robe du soir. Simple, légèrement décolletée, c'était peut-être la robe destinée à une jeune fille de Lisieux, la robe d'un premier bal.

Les chaussures en satin blanc y étaient aussi, un peu grandes : Sigrid sentait ses pieds glisser, mais, d'une des boîtes, elle découpa deux semelles et les fit glisser dans les escarpins.

Elle découvrit encore une veste de fourrure blanche, un lapin déguisé en hermine, des gants longs et un collier de perles dont l'écrin portait le nom d'un bijoutier de Lisieux.

Elle s'installa un vrai boudoir. Elle étala les produits de beauté sur la petite table de chevet et contempla chacun de ses trésors. Enfin, elle essaya timidement un rouge à lèvres.

A ce moment, un bruit de ferraille monta violemment des ténèbres. Et bientôt, les radiateurs suffoqués sentirent dans leurs vieux éléments, usés par la rouille, monter la chaleur oubliée depuis longtemps. « Avec son chauffage, il va faire éclater la maison, se dit Sigrid. Les bulldozers ne trouveront plus que des radiateurs encore tièdes suspendus dans le vide. »

Elle éprouvait, à l'égard de Yves, une grande tendresse, teintée de curiosité, et une reconnais-

170

sance étonnée. Elle menait en même temps une sorte d'enquête sur la manière dont un homme normal se comporte, dans des circonstances inattendues pour lui, en présence d'une femme aux origines difficiles.

Elle alla dans la salle de bains, fit couler l'eau dans le lavabo et dévissa le flacon de shampooing.

D'une main distraite, elle effleura le radiateur écaillé. Celui-ci était déjà tiède. « Il a réussi l'impossible, se dit-elle. Il est gentil. »

Elle pencha la tête au-dessus du lavabo et le contact de l'eau froide sur son cuir chevelu la fit frissonner.

En s'imaginant sur un bateau, condamné à être enfermé à perpétuité, dans la soute, déversant des pelletées de charbon dans le foyer insatiable, Yves luttait, en sueur, au fond de la cave. D'abord, la vieille chaudière revomit une fumée âcre. Les murs noircis, fleuris de grandes taches difformes de moisissure, étaient veinés de fissures. Il semblait à Yves qu'il luttait aussi bien pour le feu que pour l'air, qu'il était en train de gagner son droit à l'espoir.

Puis la pelle se cassa avec un bruit sauvage. Yves jeta le manche dans un coin et, avec l'aide médiocre d'une planche, s'acharna sur le tas de charbon. Le bruit hystérique de la fonte échauffée faisait vibrer la cave. Des souris, frileuses et détraquées par le bouleversement de leurs habitudes, venaient se heurter à ses chaussures. Il perçut aussi une sorte de miaulement. Son estomac se serra à l'idée que des rats s'étaient installés dans la maison de son enfance. Les souris, cela lui était égal, tandis que les rats symbolisaient les porteurs de mauvais signes. Les rats étaient les ouvriers de la décomposition.

Dans un coin, Yves aperçut une caisse pleine d'objets pêle-mêle, qu'on avait dû laisser là avec l'intention de les brûler. A la lumière de l'ampoule qui pendait du plafond enfumé, il découvrit, indigné, que les Jules Verne qu'il avait collectionnés dans son adolescence, étaient tous là, condamnés à mort. Ils les avait déjà cherchés, à Paris, parce qu'il aurait voulu les donner à ses enfants. Hélène avait prétendu qu'elle les avait offerts aux fils de la femme de ménage. « Tu y tenais vraiment? avait-elle dit. Si j'avais su... Tu sais, Yves, ici, on n'a pas de place. Des livres, toujours des livres. Comment veux-tu t'encombrer de Jules Verne? Si on voulait tout garder... Il faut jeter de temps en temps... » Elle s'était rattrapée : « Ou donner. »

Yves ne voyait jamais la femme de ménage; elle venait toujours quand il n'était pas là; leurs heures de travail coïncidaient...

Les volumes de Jules Verne, savamment rangés dans la caisse, attendaient leur mort. Recouverts d'une poussière épaisse, ils étaient là au complet. Yves ouvrit la porte de la chaudière et, un par un, sacrifia ses livres. Chaque volume emportait une parcelle de son passé. Les flammes, goulues, croquaient les couvertures cartonnées qui éclataient comme des noisettes.

Déchaîné, Yves faisait maintenant sa loi dans la cave. Avec un sourd cri de contentement, il s'acharna sur une abominable poupée d'Armelle; la poupée unijambiste disparut à son tour dans les flammes.

Dans un coin, il se heurta à un objet qu'il avait adoré, le modèle réduit d'un grand paquebot. Il l'avait amené à Paris. Hélène s'était mise à dénigrer l'objet : « Trop grand; tu ne trouves pas qu'il est trop grand, ton bateau? Avec ses mâts trop fins, il prendra la poussière... Il n'est d'ailleurs pas dans le style de notre intérieur... Nos amis se moqueront de nous, c'est certain. » Il avait offert le bateau à ses enfants; ceux-ci n'en avaient pas voulu. Sa disparition coïncidait avec un voyage d'Hélène. Elle était peut-être revenue exprès à Deauville pour s'en débarrasser. Yves, maintenant, arrachait les mâts et mettait la coque en morceaux en la cassant sur son genou.

Avait-il proposé sérieusement à Sigrid une liaison établie et solidement organisée à Paris? N'était-il pas secrètement soulagé de s'être heurté à son refus? S'il avait été obligé de délimiter la frontière exacte entre les moments d'exaltation, les fabulations et les vérités modestes, toujours présentes, de ces journées, la ligne tracée aurait été floue, vacillante. Il aimait avoir Sigrid dans ses bras. La sensation prodigieuse qu'elle lui donnait, aurait-il pu l'obtenir d'un autre corps? Le délire vagabond qui emportait Yves, le désir violent qui le poussait vers Sigrid, étaient-ils provoqués par Sigrid elle-même ou n'importe quelle autre femme neuve aurait-elle rempli ce rôle?

Les origines de Sigrid ne le rebutaient pas. Avec une facilité étonnante qui frôlait l'inconscience, il la séparait de son père. Il s'avouait à lui-même qu'il aurait été satisfait si cette période provisoire avec Sigrid avait pu continuer et durer jusqu'à une date indéterminée...

Ici, dans la cave, tout en nourrissant la chaudière bêtement avide, il s'imagina revenu chez lui, à Paris. « Je vais le dire à Hélène pour les Jules Verne; elle les sentira passer, mes Jules Verne! » Il se vit, ayant repris l'existence habituelle, mais désormais réchauffé, dès qu'il le voudrait, par l'évocation d'un souvenir. La vie creuse, remplie d'une aventure, n'était plus une vie insupportable. Déjà, sans attendre, il se remémorait les événements récents, comme l'avare qui ouvre sa cassette, une fois par semaine, pour y tâter ses pièces précieuses. Moralement, il se sentait assez fort : il était devenu, avec cet adultère à la sauvette, un homme comme les autres; il n'était plus différent; donc, sa vie serait moins désagréable. « J'ai de la tendresse pour Sigrid, mais je ne l'aime pas d'amour », pensa-t-il. Il ne sortirait pas blessé de cette aventure. Pourtant, il aurait aimé la revoir à Paris.

Maintenant qu'il s'était persuadé de ne pas aimer Sigrid, moins vulnérable, il se sentait presque joyeux. « Je vais lui faire une belle fête, à la pauvre! » se dit-il. Malgré tout, au bout de la fête, il l'aurait avec lui de nouveau. Dans une lumière aveuglante il se vit avec Sigrid dans les bras. Il allait aimer une Sigrid heureuse. L'Allemande avait été transformée par ces derniers jours. Sa douceur inespérée et généreuse dans leur amour avait ajouté une note de félicité à l'univers de Yves. Il la désirait comme jamais il n'avait désiré personne.

« Je ne l'aime que physiquement », se persuadat-il en remontant de la cave. Il voulait se rassurer. N'importe quel autre corps aurait pu... Mais, obscurément, il sentait que cela n'était pas tout à fait exact.

Frémissant de bonnes intentions, impatient, il arriva au second. Il entra dans la chambre. Sigrid, dans sa belle robe d'intérieur bordée de plumes, se retourna vers lui et éclata de rire. Même à son détriment, il était content de la faire rire.

Alors, gai comme un gosse farceur, il se laissa conduire vers la salle de bains. Il y aspira à pleins poumons les vapeurs parfumées. Il se vit, barbouillé de charbon, dans la glace. Sigrid retroussa les manches de sa robe de chambre :

— J'imaginerai que je suis la femme d'un ramoneur, lança-t-elle. Lavent-elles leur mari chaque soir? Parce que moi, je vais vous laver.

Tandis qu'il se déshabillait avec la pudeur d'un jeune garçon, son regard s'arrêta sur les bigoudis qui entouraient la tête de Sigrid.

— De nouveau vous ressemblez à un astronaute, dit-il. Je ne devrais pas vous laisser aller seule sur la lune.

— S'il y a encore une place disponible dans votre engin, je viendrai volontiers.

Nu, livré à Sigrid, il était content de se savoir

174

mince et grand. Debout dans la baignoire, il souriait. Sigrid le frottait. Savonné, couvert d'écume et de mousse, il se glissa dans l'eau et s'étira dans le bain.

— Sigrid, dit-il, je voudrais vous mieux voir.

Elle vint près de lui. L'étrange couronne de bigoudis affinait son visage. Elle lut une prière dans les yeux de Yves et laissa tomber à ses pieds sa robe de chambre.

— Les bigoudis, je peux les garder?

— Oui, répondit-il. Les bigoudis, oui.

Assise au bord d'une vieille chaise branlante, elle attendait. De peur d'abîmer sa robe du soir, elle ne faisait plus un geste.

Maquillé maladroitement, son visage ressemblait à un masque; deux grandes lignes noires tirées vers les tempes en avaient mangé le haut. A l'âge de quatorze ans, elle aurait aimé ressembler à une ballerine. A trente-six ans, la tentative était vaine.

Ramenés en arrière, ses cheveux se retrouvaient en un chignon bouclé. Incrédule encore, de sa main gantée, elle effleurait, par moments, son collier de perles.

Dans l'optique du jeu que ces vieux enfants s'étaient inventé, une infinité de détails avait pris un aspect neuf. Le lit s'était transformé en un lit de bateau, cloué au mur. La fenêtre, apparemment, n'était plus qu'un hublot et le brouillard blanc sur la vitre isolait du monde extérieur les passagers de cette cabine particulière.

Jadis, Sigrid avait rêvé de bals...

Les bombardements impitoyables l'avaient ramenée à la vérité quotidienne. « Ceux qui ont provoqué la guerre, pensa-t-elle, ont aussi volé notre jeunesse... Ce n'était qu'un minuscule crime, un crime au rabais... Il ne compterait guère dans l'immense addition finale... Mon Dieu, comme j'aurais adoré être jeune », murmura-t-elle.

« Chanter et danser, se disait Sigrid, au lieu de

marcher auprès de cadavres alignés sur le trottoir au lendemain d'un bombardement... Faire des projets; imaginer des études rares et raffinées... Arriver à la hauteur de ceux qui, un jour peut-être, changeraient le monde, le rendraient meilleur... Tracer les frontières imaginaires du voyage qu'on ne ferait jamais. Aimer... »

Aimer? Mot dissonant et impudique. Sourire? Un rictus inutile sur le visage. Qui aimer?

A la fin, dans la tempête de la débâcle, même des enfants de quatorze ans, de petits vivants en sursis, avaient été embrigadés sur un ordre hallucinant. « Qu'ils meurent dans la joie... Enthousiastes... » avait-on proclamé. Et ces enfants victimes, ces caricatures d'adultes, ces héros pantins avaient applaudi. Dans leur déguisement, dans ces uniformes souvent trop grands et trop larges, ils se pâmaient. A peine avaient-ils eu le temps d'apercevoir, en se contemplant dans la glace, l'emblème cousu sur leur casquette, au-dessus de la visière : une tête de mort éperdue de rire.

A certains endroits, avaient raconté ceux qui osaient encore chuchoter, les terres, saturées de cadavres, revomissaient les corps. Les terres autrefois fécondes de blé s'étaient mises à saigner... La décomposition accélérée rendait les mottes grasses. Trop nourrie de cadavres, la végétation, suralimentée, mourait. Les arbres tombaient — était-ce une légende ou un cauchemar? — car, dans leurs dernières convulsions, les morts leur arrachaient les racines, comme s'ils voulaient, en s'y cramponnant se retenir à la vie. Dans les cimetières, les croix tombaient. La terre devenait si molle qu'on n'arrivait plus à les maintenir debout. Il fallait creuser... les planter profondément... creuser encore... creuser.

Une escorte de veuves traînait derrière la mort repue de plaisir. Toute Allemande pleurait un Allemand. Veuves-fiancées, veuves-maîtresses, veuves-rêveuses, veuves-gonzesses, veuves-enfants, toutes déambulaient en serrant des mouchoirs en loques dans leurs mains crispées. Pourtant, il fallait avoir de la discipline... *Achtung!* Il ne fallait point trop pleurer... *Vorsicht!* On vous regarde, madame... Faut-il savoir que défaite oblige? A l'école on ne vous l'a pas appris? Les perdants n'ont droit qu'à la douleur secrète...

Il faudrait vous empêcher de hurler, *gnadige Frau*. Cachez-vous pour crever du mal qu'on vous a fait... Verser des larmes sur les siens, quand ceux-ci souvent, même malgré eux, en ont tué tant d'autres?

Fraulein Sigrid, dans la chambre de Yves, souffrait de son attente. Son profond désir d'un tout petit bonheur en perpective, sa tension nerveuse, la rendaient infiniment sensible aux souvenirs. Comme elle aurait voulu pouvoir simplement se lever de sa chaise, se déplacer, ouvrir négligemment la fenêtre et voler de la nature une bouffée d'oxygène!

Ligotée par quelques ombres agiles et sournoises, elle crut entendre monter un chant. Ambassadeurs extraordinaires de la Mort, des soldats chantaient et souriaient tout en disposant des explosifs; ils chantaient quand les ponts sublimes, vrais joyaux de fer, sautaient, pour retomber, comme des jouets désarticulés, dans le Danube...

C'est qu'il fallait les faire mourir, ces hommes. L'image de ces étranges victoires chantantes était apparue. Il fallait tenir les gens au courant. On montrait aussi la sympathie, l'accueil bien connu que les petits pays « dévoués » de l'Est réservaient à leurs protecteurs... Assemblés, parfois de force, les habitants voyaient se succéder les vagues noires des S.S...

Qui donc avait même inventé et avec quel art — gloire aux mélomanes! — l'hymne à la mort : Lily Marlène...

C'est qu'il fallait les faire mourir, ces hommes, optimistes... pourquoi pas délirants de gaieté? Donner à ceux de treize à dix-huit ans le goût, l'impression d'un amour, le jeter dans les bras de la douce et mortelle maîtresse : Lily Marlène... Ils mouraient dans un spasme atroce avec sur leurs lèvres le nom de Lily Marlène...

Venus d'un monde absurde, se hâtant vers une mort raffinée, leurs jeunes visages beaux et maléfiques cachés derrière des lunettes aux verres fumés, les mains gantées de noir, ils passaient en chantant. Et les peuples silencieux, groupés sur les trottoirs de l'Histoire, les contemplaient. Filmés par des Actualités allemandes, ces peuples distribuaient aux vainqueurs des biscottes, du pain, du sucre et des fruits...

Moins tragiques, ces scènes auraient pu évoquer un numéro de cirque... Des spectres qui, en chantant, arrivent sur leurs motos et dans leurs voitures découvertes. Ils tendent leurs mains aux gants de cuir et attrapent habilement, en passant, sans s'arrêter, les cadeaux qu'on leur distribue. Au vol, ils s'en saisissent. Prestidigitateurs improvisés, ils escamotent les dons dans de profonds sacs invisibles. Et allons, on recommence : main, don, sac et même un sourire.

Il paraît que, souvent, ces morceaux de sucre si précieux étaient empoisonnés, et les oranges, généreusement distribuées, auraient contenu — susurrait-on — des explosifs... Pour faire éclater, comme un ballon, les têtes reconnaissantes des jeunes nazis.

C'est ainsi qu'ils étaient aimés! Jamais aucune nation au monde n'aurait autant suscité l'instinct meurtrier des autres, le goût de rancune des survivants... Pourquoi fallait-il que l'humanité connaisse à cause d'eux le tragique plaisir de la vengeance? Qu'est-ce qu'un seul homme avait pu faire du peuple de Goethe!...

Sigrid ne pouvait oublier un séjour qu'elle avait fait au bord de la Loire. Comment aurait-elle pu mener sans appui une bataille contre les souvenirs?... Elle n'en avait plus la force. L'âme presque joyeuse, elle avait visité les châteaux célèbres. Elle n'avait jamais été si près d'une joie intérieure que lors de ce voyage. Elle s'était accordé un armistice. Peu avant, elle avait découvert sous sa blondeur trompe l'œil, que des traces blanches naissaient, comme une moisissure, à la racine de ses cheveux. « Je serai bientôt blanche »... Mais, au chagrin, elle avait préféré la dureté. Aurait-elle eu le droit, elle, la fille de Dusz, de pleurer sur sa jeunesse?

Au cours de ce périple, elle avait compris définitivement ce qu'il fallait avoir de courage, même des années après la guerre, pour prononcer sans précaution : je suis allemande... Le plus sacré des sentiments, celui que nourrissait individuellement chaque Allemand, la fierté de son pays quel qu'il soit, l'amour de la patrie avait failli leur être arraché. Comment lutter perpétuellement contre le brouillard du doute épais? Faudrait-il faire à chaque instant, entre père et fils, entre mari et femme, entre coupable et innocent, le partage? Avaient-ils su ou n'avaient-ils pas su l'existence des usines de mort?... Un génocide si secret... Etait-ce possible?

Lors d'une paisible et solitaire promenade, tandis qu'elle contemplait le fleuve et laissait courir son regard attendri sur le ciel aux reflets doux, presque ivre de la beauté du val voluptueux et du paysage capricieusement mystérieux, elle s'était perdue. Comme par enchantement la Loire avait disparu. Amusée, elle avait cherché à retrouver son chemin et c'est ainsi qu'elle avait accosté un paysan au visage paternel parcouru de rides.

— Vous êtes allemande, avait constaté le vieux... Il suffit que vous ouvriez la bouche...

— Je suis allemande, en effet, monsieur, avait-elle répondu. Une touriste paisible... Pendant la guerre, je n'étais qu'une enfant...

Les larmes lui étaient montées aux yeux.

« Ces Français, ils ne se lasseront jamais? »

— Les Allemands ont tué mon fils, avait dit le

paysan. Il était maquisard. Quand il a été fusillé, la femme, à la maison, hurlait comme une bête. Après, elle est devenue quasiment muette. On n'avait qu'un seul fils. Un soir, je revenais des champs, deux Allemands en moto se sont arrêtés près de moi. Je reculais, tant leurs phares m'aveuglaient. Dans leur mauvais français, ils m'ont demandé la route de Blois. Je leur ai répondu : « Continuez donc tout droit. Vous pouvez aller très vite, elle est bonne, la route, elle est toute droite. » Ils ont démarré à fond de train. On aurait dit que des ressorts puissants les projetaient en avant. Seul, dans le noir, j'ai écouté le bruit de leur moteur et puis, soudain : plouc... c'était fini. Là, montra-t-il. Voyez-vous ? Là-bas. Ils se sont littéralement envolés de la terre ferme pour se retrouver dans la Loire. Elle est mauvaise, là-bas, pleine de trous profonds et de courants. Alors, avec ce plouc, c'était fini. J'ai continué ma route vers la maison et je me suis dit tout le temps : deux de moins... deux de moins... deux de moins.

— Je ne suis pas en cause, avait dit Sigrid en larmes. Pourquoi me dites-vous cela ? Je ne suis pas en cause.

Le paysan l'avait regardée.

— C'est pour vous rendre plus prudente, mademoiselle. Quand vous tournerez à droite au prochain croisement, regardez bien devant vous : la Loire est en bas de la petite falaise. Bonne route !

Elle était allée jusqu'au bout du chemin et s'était retrouvée au bord du fleuve. Le paysage abandonné dans sa solitude aimable se dorait au soleil. Un silence vivant, parsemé de bruits indéfinissables, de faibles gazouillements d'oiseaux, de bruissements, de battements d'ailes, l'insistante musique d'un bourdon consciencieux, des pas furtifs d'animaux légers et invisibles qui couraient vers les champs, ce silence idyllique était menaçant.

Sigrid avait regardé l'eau bleue et grise, et cru voir émerger, du fond des courants sablonneux, deux ombres en uniforme. Elles étaient remontées lentement des blondes profondeurs; l'eau palpitante, étincelante, ruisselait, les berçait. La Loire jalouse ne voulait pas lâcher ses captifs. Poussés par une étrange force, ces corps s'étaient retrouvés, au bout de vingt ans, à la surface. Ils étaient aussi beaux et intacts que dans le souvenir de leur mère. Les petites vagues irisées, nacrées, caressaient leur peau. Soudain, ces deux jeunes hommes parfaitement conformés s'étaient désintégrés et s'étaient évanouis avec le courant.

« Quelqu'un les pleure encore », avait pensé Sigrid. Le monde entier est peuplé de mères qui pleurent leurs fils morts pendant la guerre. Une armée internationale de jeunes morts bivouaque dans le souvenir de chacun.

Quand Yves frappa à la porte, Sigrid fut saisie de trac. Elle se leva.

— Oui, dit-elle, désorientée. Oui, entrez. Je suis prête.

Yves entrouvrit la porte et resta sur le palier.

— Le commandant vous attend, madame.

Elle fit glisser sur ses épaules la veste de douce fourrure blanche et enfila ses gants qui lui montaient presque au coude.

Tendre et attentif était le regard de Yves.

Dès le palier, et tout en descendant, Sigrid, émue et émerveillée, découvrit que l'éclairage venait de bougies plantées dans des récipients divers : tasses ébréchées, verres cassés, soucoupes dépareillées.

— Nous n'éclairons notre bateau que très rarement avec des bougies. Mais le commandant a entendu souligner le faste de cette soirée qu'il veut digne de vous.

Sigrid leva la tête. Dans le hall, les ampoules jaunies du vieux lustre 1900 étaient elles-mêmes remplacées par des bougies. Des serpentins multicolores, jetés et mêlés au hasard sur les vieilles dalles, s'enchevêtraient. Ces serpentins embrassaient les pieds de Sigrid, entouraient ses chevilles. Elle aurait préféré fuir leur contact.

Yves ouvrit la porte de la salle à manger. Les trois grandes pièces en enfilade, éclairées aussi de bougies de toutes les couleurs, rouges, jaunes, vertes, orange et blanches, flamboyaient. Ces bougies rivalisaient entre elles et envoyaient à qui mieux mieux leur flamme vacillante vers les horizons inconnus des vieux plafonds où se réveillaient les images perdues d'anciens rêves. Ceux qui avaient habité, jadis, cette maison avaient dû lever souvent leurs regards et, cherchant un ciel à leur mesure, leur désir d'évasion les avait poussés peut-être à dessiner là-haut la carte d'un monde sublime. Dans les lumières, cette carte idéale prenait tout à coup des dimensions grandioses. Ciel et côtes sauvages s'animaient sur le plâtre écaillé.

En traversant le salon, Sigrid aperçut une étrange décoration florale. Des glaïeuls rouges et raides, maladroitement et amoureusement attachés par leur tige, étaient liés les uns aux autres jusqu'à former une sorte de fragile rideau.

Sur la vieille table du fumoir, des apéritifs et les verres attendaient. Sigrid remarqua que des olives vertes et noires y étaient présentées dans leurs petites boîtes cartonnées dont Yves avait découpé les bords en forme de dentelle pour qu'elles soient plus jolies.

— Je me présente, dit Yves. Le commandant Barray. Je navigue à travers les mers lointaines et j'invite souvent à ma table des passagers. Pourtant, ce soir, je suis comme intimidé.

Docile, elle repartit sur le même ton :

— Pourquoi, commandant ?

— Un lien s'est établi entre nous depuis l'embarquement, madame. J'ai ressenti votre appel. Vous étiez perdue dans la foule des voyageurs. Je vous observais et je vous attendais. Prenez-vous des olives ? Whisky ou porto ?

— Merci, dit-elle. Un peu de whisky.

Yves lui tendit le carton aux olives. Elle se servit. Il versa du whisky dans deux verres.

— Avec beaucoup d'eau, dit Sigrid. Merci.

Elle prit lentement le verre, le contempla et le déposa subrepticement sur le coin de la table. Elle s'appuya contre le dossier froid d'une vieille chaise. Lentement, elle enleva ses gants et alluma une cigarette.

— C'est votre premier voyage aux Canaries? demanda le commandant.

— Oui. Ma mère y est déjà allée avec mon père, il y a longtemps.

— On pourrait imaginer, n'est-ce pas, que c'est le même bateau? enchaîna le commandant. Qu'entre l'Allemagne et les îles du soleil c'est le même bateau qui circule. Est-ce une supposition ou une vérité? L'appel de votre regard venait jusque du fond des âges...

Yves se leva et tendit son bras à Sigrid.

— Le dîner est servi, madame.

Ils revinrent vers la salle à manger et, sur la table recouverte d'une nappe blanche, Sigrid vit les couverts soigneusement placés, les bougies plantées dans des bouteilles que recouvrait lentement la cire de couleur qui tombait goutte à goutte pour se consolider en masse tumultueuse sur les parois en verre des récipients.

Tout était préparé : caviar, viande froide, salade, dattes et figues, gâteau au chocolat et fruits voisinaient et inondaient, avec une généreuse nonchalance, une grande partie de la table.

— Servez-vous, madame, continua Yves. Ce soir, nous sommes seuls; j'ai donné quartier libre à mes matelots. Les voyageurs jouent aux cartes au salon. Je voulais être en tête à tête avec vous.

Il fit un petit geste :
— Musique!

Sigrid, derrière un bouquet d'œillets, découvrit un transistor. « Salut les copains! » lança une voix. « Vous êtes tous là? Il n'en manque pas un?

Vous entendez notre copain numéro un du jour, Hervé Vilard, qui chante « Mourir ou vivre ».

Yves voulut tourner le bouton.

— Ce n'est pas de jeu, dit-il.

— Laissez-le chanter, fit Sigrid.

— J'aurais voulu une autre musique, un orchestre invisible, une symphonie, n'importe quoi...

— Laissez-le chanter, insista Sigrid. J'aimerais savoir s'il veut mourir ou vivre.

La voix éclata dans la salle à manger :

> *De nouveau on me quitte encore.*
> *Je ne suis jamais le plus fort.*
> *Je suis celui qui, par malheur,*
> *Passe sa vie de cœur en cœur.*
> *Faut-il mourir ou vivre*
> *Quand on a du chagrin?*

— Mais si on l'écoute, si on ne joue plus, protesta Yves, désemparé, notre soirée sera gâchée.

— On joue, dit Sigrid, nerveuse. Bien sûr qu'on joue!...

Vidée de sa force, elle déposa la fourchette qu'elle tenait d'une main inerte.

— Vous ne voulez plus dîner? demanda Yves.

Il était profondément déçu. Dépossédé de sa fête, il sentit les larmes lui monter aux yeux.

> *Faut-il mourir ou vivre?*
> *Je ne sais plus très bien.*

— Moi non plus, dit Sigrid.

Yves tourna le bouton. Une femme joviale, débordante de vitalité, annonça en allemand qu'elle était Radio-Vienne et que ses chers auditeurs allaient entendre *Le Beau Danube bleu*. La valse, telle une charmante vieille folle, était lâchée. La musique emplit la pièce et une atmosphère désuète recouvrit les lieux comme une fine poussière.

— Voulez-vous danser? dit Yves.

Elle n'osa pas protester.

Au milieu d'un cercle composé de vieilles chaises

attentives, sur un petit espace vide, ils tournèrent en rond. Yves comprit vite que la danse exigeait un entraînement, surtout la valse. Il respirait plus fort et, secrètement, il espérait la fin de l'épreuve.

Quand ils se trouvèrent près du transistor, Sigrid tendit la main et tourna un bouton. Un silence bienveillant s'installa.

— Alors...? demanda Yves.

Sigrid se mit sur la pointe des pieds et l'embrassa furtivement sur les lèvres.

— Vous êtes beau et jeune, lui dit-elle, remplie de reconnaissance.

Lourd de chagrin, Yves s'assit et prit la bouteille de vin du Rhin.

— Pour plus tard, j'ai aussi deux bouteilles de champagne... Vous mentez, c'est dommage... Je ne suis ni beau ni jeune.

— Si, dit Sigrid. Ce soir, vous êtes un jeune garçon romantique et doux. J'aimerais me racheter pour le début : j'ai été bien mauvaise avec vous. Je n'ai plus envie de vous faire souffrir.

Mal à l'aise, il lui tendit la petite corbeille.

— Prenez du pain. J'aurais dû le griller; cela aurait été mieux pour le caviar. Mais je n'ai pas pu... ou j'ai oublié.

Et, soudain, sans savoir exactement pourquoi, il enchaîna :

— Vahl m'a dit que David...

Sigrid l'interrompit :

— Ne touchez pas à David.

— Il vous a aimée, reprit Yves. Il était amoureux de vous. Il vous a aimée plus que sa haine. Il a dû abandonner sa mission parce que son amour le rendait impuissant pour la haine. Il ne pouvait plus haïr.

La tête baissée, Sigrid restait silencieuse. Elle tremblait.

— Je vous le jure, lança Yves.

— Pourquoi me dites-vous cela ce soir? demanda-t-elle. Pourquoi seulement ce soir?

— J'aimerais vous rendre heureuse et c'est seulement en parlant de lui que je puis vous rendre heureuse.

— Vous mentez par charité?

Elle avait le visage creusé sous le maquillage.

— Non, ce n'est pas un mensonge, dit Yves. C'est la vérité... Je vous le jure.

Une multitude de pensées extravagantes galopaient dans l'esprit de Yves. Il croyait ne pas aimer Sigrid. Pourquoi donc ne pas parler d'un autre?

— Parlez-moi de lui, supplia Sigrid. Répétez-moi mot à mot ce que vous a dit Vahl. David m'a vraiment aimée?

Yves essaya d'imiter le ton sec et le style ironique de Vahl :

— Il n'y avait rien à faire, dit-il. Ce David obtus l'aimait. Ce lâche a été jusqu'à abandonner la cause pour un amour. Et pour quel amour impossible! Il était devenu quasiment suspect, un soldat perdu. Il osait aimer Sigrid Dusz... Voilà ce que Vahl m'a dit, ajouta-t-il, en reprenant sa propre voix.

Sigrid était insatiable :

— Comme si je l'entendais... Mon pauvre David! Il aurait mieux valu qu'il me haïsse et que les autres, les siens, l'aiment... S'il vous plaît, parlez-moi encore de lui.

La bouche sèche, l'imagination prête à tarir, Yves mentait avec ferveur. Il inventait des mots d'amour, esquissait des confessions que David aurait prononcées dans ses tourments.

— Surtout, de tout cela, ajouta-t-il, pas un mot à Vahl. Il m'a donné ces détails tout à fait confidentiellement...

— Oh, pensez-vous, dit Sigrid, que je parlerais de David à Vahl. Jamais. Je ferme les yeux, continua-t-elle, et j'imagine que vous êtes David. Dites-moi que vous m'aimez...

— Je vous aime.

— Non. Pas en me vouvoyant, en me tutoyant. Dites-moi : je t'aime.

186

— Je t'aime, dit Yves. Parce que, lui, il avait le droit de vous tutoyer?

— Oui, dit Sigrid. Mais lui... Pendant les douze premières heures, il me tutoyait par amour.

— Voulez-vous l'entendre encore? demanda Yves.

— Oui, fit Sigrid.

— Je t'aime, répéta Yves.

Il s'étonna de sa propre voix.

Il avait un peu mal en constatant que Sigrid le substituait avec un tel infini bonheur à David.

Un peu plus tard, étourdi par sa propre tromperie, mais émerveillé d'avoir si bien accompli sa mission improvisée, il ouvrit la bouteille de champagne.

— Merci pour la plus belle soirée de ma vie, commandant! dit Sigrid.

Depuis que Yves avait cédé sa place à David, les instants vécus par Sigrid s'étaient transformés en bonheur.

Le transistor, à peine effleuré, les ondes relançaient vers eux la chanson « Vivre ou mourir ».

— Vivre, répondit Sigrid.

Elle but son troisième verre de champagne. Il fallait qu'elle fût grise. En face d'elle, il restait encore des parcelles de visage de Yves. Ces parcelles elles-mêmes devaient disparaître. Elle désirait ne plus voir que David. Il fallait donc boire et entendre toujours davantage parler de lui.

— Ainsi, il m'aimait, répéta-t-elle, tandis que la joie l'aveuglait. Sans doute pourrai-je le retrouver... Ou bien il me retrouvera, lui... S'il vous plaît, le croyez-vous?

Yves était devenu définitivement l'intermédiaire direct entre un David inconnu et une Sigrid heureuse.

Alors, avec un chagrin infini, il essaya de l'aimer comme l'aurait fait, peut-être, David.

Le gémissant et aveugle abandon de Sigrid, sa

docile petite masse haletante, lui firent comprendre qu'il pouvait gagner. Il s'était mis à embrasser Sigrid. Il voulait que ses lèvres couvrent de baisers chaque élément intime de ce corps tant aimé. Se substituant à David, il pouvait oser. Sa timide pudeur disparut dans cette obscurité amoureuse. Il chevauchait dans une extravagante éternité.

Pour Yves, la jouissance extrême ne fut même pas suivie de la désolante tristesse obligatoire. A peine retombé près de Sigrid, tandis que ses mains allaient de nouveau explorer ses formes si inépuisablement tentantes, la sève qui remontait en lui, une vigueur triomphante, l'auraient fait presque rire, au contraire, dans la nuit noire. Révélé à lui-même, libéré de ses principes, de la peur et de l'hypocrisie, il se reconnut enfin fidèle à ses rêves.

13

Leur dernier dimanche, le lendemain de la fête, fut partagé entre la plage glaciale malgré le soleil et la maison.

Emportées par le vent, des tornades de sable blond balayaient le rivage. Echevelé, étincelant, soulevé par rafales, le sable dansait une danse violente.

Sigrid avait trouvé une mouette morte. Elle s'était agenouillée près de l'oiseau raide. Elle le contemplait.

— Je les imaginais gracieuses, toutes blondes, avec un bec élégant, un air tendre et la tête fine. Regarde, dit-elle à Yves, comme, de près, elle n'est pas belle. Tu vois, je dois être comme elle : bien de loin et puis, quand on m'approche...

Maintenant, ils se tutoyaient. Le « tu » venait

naturellement sur les lèvres de Sigrid. Pourtant, il irritait Yves. « Ne pense-t-elle pas à David en me disant tu? »

— Ne la touche pas, fit-il. Laisse-la. Ne nous attardons pas. Il fait si froid. Elle a dû venir chercher sa nourriture par ici; elle s'est égarée. Ce n'est pas un drame. Marchons.

— Pour elle, c'est un drame, dit Sigrid. Un oiseau ne peut avoir qu'un drame d'oiseau...

Elle grelottait.

— Tu as toujours froid, dit Yves. Il faudrait t'envelopper jusqu'au bout du nez dans des pelisses, t'enfermer dans la fourrure.

— Même un esquimau aurait froid aujourd'hui, dit-elle.

Elle s'approcha de la mer. Celle-ci était grise, comme la mouette morte. Elle essaya de lancer l'oiseau assez loin. La boule flasque flotta d'abord sur la surface et la première petite vague la ramena sur la plage. Une autre vague la reprit plus tard.

— Elle se promènera ainsi entre le bord et les profondeurs. Un jour, elle disparaîtra, dit Sigrid.

Yves regarda l'Allemande. Elle semblait triste. Yves n'aurait pas voulu qu'elle parte pour Cherbourg.

— Libère-toi de Vahl, dit-il... à n'importe quel prix. Dis-moi exactement ce que tu dois faire à Cherbourg.

— Embarquer, fit-elle.

— Et après?

— Attendre.

— Qui te dira quoi et quand?

— Je n'en sais rien. Vahl en sait peut-être plus que moi. Vraisemblablement je serai amenée vers le Dr Dusz.

— Mais pourquoi? cria-t-il.

— Laisse-moi, fit-elle. Tu ne pourras jamais comprendre mes raisons. Moi-même, je les cherche en tâtonnant. Je suis si souvent perdue... Je me donne raison le matin et je m'égare, au cours de la nuit, dans mes propres pensées. Je ne sais pas ce que je veux. Je voudrais peut-être le convaincre de revenir en Europe.

— Tu es complètement folle, dit Yves. Il ne reviendra jamais de lui-même.

— Je lui parlerai de maman... dit-elle, d'une voix enfantine.

Yves serra Sigrid sur son cœur. Il la tenait contre lui. Elle se cala dans ses bras comme un petit animal malade.

Ils rentrèrent à la maison et évitèrent la salle à manger. Le décor de la soirée, le triste champ de bataille des assiettes sales, des fleurs fanées et des bouteilles vides, devait disparaître le lendemain avec la villa. Dans les souvenirs de Yves, il ne resterait que l'image de la fête.

Ils montèrent dans la petite chambre. Sigrid s'arrêta dans la cage d'escalier.

— Tu n'as pas perdu la liste, Yves? Tu es sûr?

Ce matin, elle lui avait dicté les numéros qui avaient afflué vers Yves. Sigrid, couchée sur le lit, les yeux fermés, avait parlé. Elle s'était interrompue de temps en temps pour commenter :

— Tu sais, avait-elle dit, en s'accoudant un moment sur l'oreiller, tu sais qu'il y a une drogue hallucinogène, un produit chimique que des jeunes avalent en prétendant avoir droit à l'initiation à l'enfer. Il paraît que le résultat est imprévisible et désolant dans l'horreur, qu'ils s'arrachent les cheveux, crèvent de hantise et de peur, se cognent la tête contre les murs, se tuent...

Sigrid continua :

— Je refuse mon époque. Peut-être est-ce mon dégoût de l'époque qui pourrait me pousser à mourir. Certains avalent des drogues pour trouver l'enfer. En revanche, rien ne pourrait me sortir du mien. Où est la justice? Je vis dans un monde hallucinant depuis que j'existe. Combien de fois me suis-je moi-même jetée contre les murs après avoir connu Dachau; je m'arrachais les ongles en grattant la terre! J'aurais voulu disparaître, me désintégrer dans la souffrance. Jamais personne n'a pu me sortir de mes cauchemars. Je suis la fille de quelqu'un qui a enfanté la torture scientifique. Les autres de ma pauvre génération contaminée ont peut-être trouvé leur solution. Pas moi. Alors, moi, pauvre bête traquée, je dois accepter qu'une certaine jeunesse recherche la plus sordide des aventures? Ces touristes de luxe de la perversion s'enfoncent volontairement dans l'univers monstrueux d'où je ne pourrai jamais sortir. C'est à perdre la raison. Le monde est malade, Yves. Je ne supporte plus de le sentir si malade. Sa surface est couverte d'abcès qui suppurent de sales petites guerres... Chaque jour un autre lieu saigne... Chaque instant, c'est un autre abcès qui crève...

» Plus je me sens livrée aux événements, Yves, qui ne m'ont jamais concernée et pour lesquels je ne suis que l'objet, le jouet, la marionnette, plus je prête aux puissances occultes qui jouent à leur tour avec moi, comme si j'étais un médium-pantin. Rien n'a servi à rien : comme si les êtres, selon une loi ancestrale et poussés par une malédiction, ne pouvaient appeler que le sang.

» Au bout de vingt ans de paix, l'humanité installée dans sa graisse cherche déjà le moment de recommencer. Mais je ne verrai pas le prochain massacre.

» Tu vois, Yves, peut-être la seule force qui pourrait me conduire à la mort serait la peur que ça recommence.

» Ecris, Yves. Ceux-là ont tous contribué au meurtre. On peut tuer près d'un bureau, par téléphone, ou bien par une toute petite signature; on peut tuer avec de simples initiales; on peut tuer avec le silence; on peut tuer avec un regard, et même le dos tourné à son interlocuteur ou avec l'ébauche d'un sourire méprisant. On peut tuer aussi avec l'indifférence.

191

» Tu as des enfants, Yves. Connaissent-ils assez le bonheur d'être jeunes dans un monde apparemment paisible? Leur as-tu expliqué leur privilège de n'avoir jamais connu l'enfer?... Ecris, Yves.

Il lui avait fallu répéter chaque nom, chaque mot clé, chaque numéro. Elle vérifiait, elle précisait, il ne fallait pas qu'il se trompe.

Il avait glissé cette liste dans la seule poche que Hélène ne connaissait pas. Cette poche minuscule, dans la doublure de son manteau de demi-saison, il l'avait découverte, un jour, par hasard. Les autres manteaux qu'il avait essayés sous l'œil vigilant de Hélène n'en avaient peut-être pas de pareille. Cette folle petite poche inexplicable était-elle due à l'égarement d'une ouvrière, ou à son désespoir, tandis que, penchée depuis toujours sur le même manteau, elle avait cherché l'évasion en accomplissant un geste non conforme à l'ordre?... Il la voyait souvent, cette ouvrière. Il imaginait ses mouvements accélérés; il sentait naître l'hystérie silencieuse de l'inconnue qui avait dû se révolter, à la fin, contre le Système. Les dépressions ébauchées, les grippes, les grossesses, les avortements avaient pu éloigner parfois cette femme de l'usine de vêtements? Au retour, elle avait retrouvé la même machine, le même manteau, le même tissu, la même place! Alors, elle avait cousu cette poche, symbole de sa révolte, à l'intérieur d'un manteau-robot.

Cette poche, qui se perdait dans la doublure, ne laissait qu'une toute petite fente presque invisible.

— Je persuaderai le Dr Dusz de revenir, répéta Sigrid, fiévreuse. Peut-être en définitive n'aurais-je pas accepté d'aller à Cherbourg si Vahl n'avait pas dit qu'un homme, là-bas, avait fini par vivre comme un chien? Et il serait mort aussi comme un chien. Ce n'est peut-être pas vrai. Peut-être vit-il encore, cet homme-chien? Et ne serait-ce pas lui?

— Comment pourrais-tu trouver un apaisement? demanda Yves.

— Jamais, fit-elle... jamais. Yves, un jour, il est possible que tu aimes quelqu'un comme j'aime David. Mais qu'est-ce que je dis? C'est idiot; tu as ta femme, tes enfants, tu es à l'abri de ces bonheurs qui font tellement souffrir. Tu sais, le grand amour, ne le regrette pas tellement. S'il n'est pas réciproque, on en meurt. Alors, il vaut mieux aimer paisiblement, petitement, bêtement, quoi! Tu n'as aucune idée de la sensation violente que le corps éprouve quand l'autre corps lui manque. On peut être ivre d'un autre corps, mais on peut s'en passer avec de la volonté. L'âme, elle, est beaucoup plus difficile à manier. Quand l'âme est comme droguée par une autre âme... Quand un mot te manque plus qu'une caresse... Quand une conversation peut remplacer l'acte physique de l'amour... alors, c'est grave. L'âme est livrée et vulnérable. Laissée seule, elle hurle au secours en appelant l'autre âme. L'âme peut souffrir beaucoup plus que le corps, tu sais, Yves. Non, tu ne le sais pas. Le corps devient un banc d'essai quand l'âme souffre. L'âme a l'immense défaut de courir à la recherche de l'absolu. Le corps se contente aisément de demi-solutions.

» Yves, tu ne peux pas imaginer l'amour à ce degré. Tu vois, quand j'ai été si brutale sur la plage, c'est que, avec ta gentillesse, tu m'offrais de te rejoindre sur le seul plan où j'avais connu douze heures de bonheur. Mais tu ne pouvais être que la triste médiocrité. Avant que je sache qui il était, j'avais si follement imaginé ma vie avec David. Je l'aurais servi comme une esclave et j'aurais ri avec lui — si tel avait été son bon plaisir — sur mes propres souffrances. Avec lui, j'aurais pu vaincre mes spectres. Quand je parlais avec lui, Yves, mon cœur était ruisselant de bonheur.

Yves aurait voulu croire que ces passions démesurées étaient réservées aux seuls étrangers, que ces amours féroces n'existaient qu'au-delà des frontières.

Il trouvait Sigrid exaltée, trop agressive dans sa tendresse.

— Vois-tu, dit-elle à Yves, j'ai pour toi une reconnaissance infinie. David m'a aimée; tu me l'as dit. C'est vrai, n'est-ce pas? Tu ne m'as pas menti? Non? Donc, David m'a aimée, mais il n'a pas eu le temps d'être bon avec moi. Toi, tu es doux... Merci...

Yves écoutait ces confessions saccadées. Il constatait que cela ne lui faisait pas tellement mal quand Sigrid parlait de David et, en tous les cas, il savait que ce serait fini le lendemain.

— Cette nuit, reprit-elle, je t'ai appelé David plusieurs fois. Ne crois pas à une erreur. Je t'ai appelé consciemment David. J'avais besoin de sentir le nom de David sur mes lèvres, d'entendre son nom. Il fallait que je le prononce, que ce nom résonne dans la pièce. Tu me comprends, n'est-ce pas? Tu me pardonnes aussi? C'est toi qui m'as révélé cet amour. Alors, comment pourrais-tu me priver du bonheur de parler de lui? Si tu savais la souffrance qu'on éprouve lorsqu'on ne peut partager un bonheur ou un chagrin? Les autres femmes ont des amies; moi, je n'ai pas d'amies. Les autres femmes disent avec tant de facilité les mots qui dévoilent les coins les plus secrets de leur âme et de leur corps. Moi, je n'ai que le silence. A toi, enfin, je peux parler de lui... Au fond, qu'est-ce que je représente pour toi?

Elle enchaîna aussitôt :

— J'espère que je ne serai jamais, dans ton esprit, une source de remords.

— Ma femme est gentille, dit Yves. Cela lui ferait beaucoup de chagrin si elle était au courant... Mais elle ne saura jamais notre rencontre. Elle et moi, nous sommes liés par une tendre amitié. Toi? Comment te dire? Je ne pourrais guère analyser. Tu es plus qu'une aventure. Qu'est-ce qu'une aventure? Pourquoi vouloir paraître savant? Je ne sais pas; je n'en ai jamais eue. Tu me trouves ridicule? Tant pis. Etre franc une seule fois dans la vie, quel luxe! Toi, c'est l'éternelle envie de recommencer... de te prendre dans mes bras... de t'absorber... de te boire... J'aurais pu t'aimer si tu n'aimais pas David.

Elle se mit à sourire.

— Tu ne sais pas ce qu'est l'amour; tu viens d'en donner la preuve. L'amour total ne demande pas de contrepartie et l'homme ne raisonne jamais. On ne pense plus, on délire. Quelle chance, pour toi, de n'aimer que mon corps... Peut-être ne nous reverrons-nous jamais. Tu en trouveras une autre...

— Je veux te revoir, fit Yves.

Et son cœur battait à rompre.

— Je crois que j'ai besoin de toi, Sigrid, reprit-il.

— Tu retrouveras ta femme et tes enfants, dit Sigrid. Demain, déjà, j'aurai si peu d'importance... De passage à Paris à mon retour, je t'appellerai à ton bureau, si tu veux...

— Bien sûr, dit-il. Pourrais-tu m'aimer en oubliant volontairement David, m'aimer pour moi-même une seule fois?

Sigrid entoura Yves de tendresse. Cette douceur démesurée le conduisit vers d'autres ivresses. Livré volontairement à Sigrid, son corps comblé devint un champ tout offert aux investigations raffinées de Sigrid. Un moment, il entendit sa propre voix. Il devait crier comme s'il avait ressenti une douleur. L'insupportable plaisir l'anéantit.

— C'est une très grande chance que tu ne m'aimes pas, dit Sigrid. Mais je crois que tu passes à côté de justesse.

Les camionnettes du brocanteur arrivèrent au petit matin. Sigrid, cachée dans la chambre de Yves, le cœur serré, écoutait le va-et-vient des ouvriers. Plus tard, elle descendit et, pâle, regarda les déménageurs qui transpiraient.

Yves, livide, errait d'une pièce à l'autre, donnait, d'une voix sourde, des instructions, plus coléreux qu'indifférent.

— Tu n'oublieras pas mon numéro de téléphone? demanda-t-il plusieurs fois à Sigrid.

— N'aie crainte. Il est gravé dans ma mémoire. Moi qui ai retenu dans ma pauvre tête tant de numéros, comment oublierais-je justement celui-là? Oublier ton numéro à toi, ce serait trop bête! Je voudrais vivre... Quand je serai de retour à Paris, je t'appellerai. Tu as toute ma tendresse. Je souhaite te revoir.

La maison vidée, éventrée, les planchers couverts de débris de toutes sortes, était maintenant ouverte au vent.

Sigrid jeta un coup d'œil sur sa montre.

— Les autres, avec leurs bulldozers, arrivent quand?

— Je ne sais pas, dit Yves... Dans la matinée. Il n'est que 9 heures.

Sigrid avait ses affaires posées au milieu du hall.

— Merci pour tout ce que tu m'as donné.

— Non, dit Yves, ne dis pas merci. C'est idiot. Qu'est-ce que je vais te dire, moi?

— J'ai hâte de partir maintenant, dit Sigrid. Vahl doit m'attendre, j'ai une voiture à ma disposition, j'ai un chauffeur, c'est commode. Il suffit que je m'arrête sur un trottoir; une voiture glisse, une portière s'ouvre, et on m'offre une place. Drôle de luxe! Tu verras, dès que je sortirai de la maison, il apparaîtra.

Yves se sentait mal. Obscurément, il aurait désiré retenir Sigrid.

— Qu'est-ce que je représente pour toi? redemanda-t-il d'une voix rauque.

Elle leva la tête et le regarda avec la sagesse de celle qui reconnaît les premiers signes de souffrance sur un être aimé.

— Je ne sais pas exactement, Yves. Peut-être que, si tu avais été libre...

196

— Quoi? demanda-t-il, la gorge serrée.

— Tu aurais peut-être pu m'aimer vraiment... Tu es le seul à ne pas voir des ombres autour de moi, le seul pour qui j'existe sans passé et sans présent.

— Tu n'aurais jamais pu m'aimer, murmura-t-il dans un souffle, tandis qu'une grande peur le gagnait.

Il ajouta :

— Tu n'aimes que David.

Elle réfléchit et répondit après un temps :

— Si tu avais été libre, si tu avais voulu de moi, je serais restée. Mais partager? Non. J'ai toujours porté, seule, tout le poids du monde. Alors, partager un pauvre petit bonheur... Toi seul, oui... avec tes souvenirs d'enfance, oui...

Yves eût aimé prononcer un mot. Mais soudain, il revit ses enfants tout petits et Hélène jeune. Cette famille, où l'un de ses enfants faisait ses premiers pas et où l'autre prononçait ses premières phrases, semblait joyeuse. Ses enfants avaient besoin de lui. Dans son esprit, il les promenait encore le dimanche.

— Au revoir, dit Sigrid.

Hélène s'était mise à sourire : le plus petit était barbouillé de crème au chocolat.

— Au revoir, répéta Sigrid.

— Je t'accompagne.

— Non, dit-elle. Cela n'en vaut pas la peine.

Elle le regarda :

— Tu vas m'oublier très vite.

— Non, dit-il. Jure que tu téléphoneras. Donne-moi une adresse, un endroit où je pourrais t'écrire.

— M'écrire?

Il se tut.

Elle leva la tête.

Yves la prit dans ses bras. A l'instant, il n'y avait qu'une seule vérité : Sigrid...

Elle s'arracha de lui et prit son fourre-tout.

197

Elle avait maintenant, aussi, une vieille valise pleine des cadeaux de Yves.

— Ce n'est pas trop lourd?

— Non, dit-elle. Grâce à toi, je serai élégante sur le bateau... Une touriste modèle pour croisière.

Il l'accompagna jusqu'au portail et la vit s'éloigner. C'était la même silhouette fine qu'il avait aperçue, il y a quelques jours, sur les planches. Elle penchait légèrement la tête à droite. Cette inclinaison inspirait à Yves tendresse et pitié.

— Non, dit-il, à mi-voix... non... non...

Sigrid se retourna au même moment. Elle lui fit un signe d'adieu.

Surgie du néant, la voiture de Vahl arriva près d'elle. Sigrid s'arrêta. La portière s'ouvrit. Quelqu'un prit la valise. Sigrid hésita un instant. Puis elle s'enfonça dans la voiture. Celle-ci démarra aussitôt et disparut dans un tournant.

Yves passa la matinée comme un somnambule. Il alla à pied au centre de la ville pour y boire un café. Son train ne partait qu'à midi. Vers 11 h 15, il revint et s'arrêta devant sa maison. Un grondement étrange faisait vibrer l'air. La maison, attaquée par-derrière, subissait les assauts d'un bulldozer. Le toit se mit à bouger.

— Non... hurla-t-il.

Soudain, il se mit à courir vers la gare.

14

— Yves, dit Hélène, en entrant dans la chambre à coucher, tu dois demain venir voir la librairie. Je t'en ai parlé. Pourquoi me regardes-tu avec tant d'incompréhension? Je t'ai dit que la propriétaire était vieille et qu'elle n'en pouvait plus. Elle cède son bail. Tu ne m'écoutes pas, Yves... Je lui ai dit que tu n'étais disponible que le samedi. Nous avons rendez-vous demain.

Demain, c'était samedi.

— Tu m'écoutes, Yves?

— Je ne pourrai pas y aller demain, dit-il. J'ai promis à Chamain...

Il accumulait les bêtises. Pourquoi fallait-il, maintenant, mêler Chamain à ses difficultés? « Vous avez besoin d'un alibi? » allait dire celui-ci. « Je n'aurais pas cru. Vous n'aviez pas l'air de... Enfin, je vous comprends. Comptez sur moi. Je sais ce que c'est. Je suis votre ami. Donc, récapitulons : vous étiez avec moi samedi passé. Où étions-nous? Chez moi? Parfait. Et samedi prochain? Nous y serons aussi. »

— Ma librairie ne t'intéresse pas, remarqua Hélène. Ni notre ferme. Dimanche, nous devons aller à Rambouillet. Nous avons un week-end très chargé. Mais aller à Rambouillet, c'est l'évasion. Tu prendras un bol d'air.

— Bien, fit-il, un bol d'air.

Et pour clore la conversation, il prit un ouvrage consacré à des fouilles au Mexique.

Il aurait accepté n'importe quoi à condition que Hélène se taise.

Celle-ci à son tour se glissa au lit. Une bouffée d'eau de Cologne vint vers Yves. Il avait oublié; c'était le jour convenu. Il se retourna imperceptiblement et regarda Hélène. Il la jaugea. Il s'avoua sans aucune hésitation qu'il aurait essayé de l'aimer les yeux fermés, les dents serrées, s'il avait eu le plus faible espoir de se tromper lui-même, de tricher, et de s'imaginer, ne fût-ce que pendant quelques secondes, qu'il tenait Sigrid dans ses bras. Mais la personnalité débordante d'Hélène, son visage sur lequel d'innombrables souvenirs communs avaient laissé leur trace auraient empêché toute surpercherie. Elle n'offrait que sa peau légèrement hostile, son regard rivé au plafond, son esprit rempli de projets tumultueux.

— Tu es bien gentille, dit-il, mais j'ai mal à la tête. J'ai vraiment très mal à la tête.

Il se retourna vers la table de chevet et se mit à chercher, dans un tiroir, un tube d'aspirine. Il fit semblant d'avaler un comprimé. D'un geste pesant, il posa son verre.

Son dos ressemblait à une ligne fortifiée. Il se mettait à l'abri derrière ce nouveau courage, derrière le refuge des habitudes.

Il retrouva son livre. De nouveau, il vit, sur la jaquette, le masque aztèque. Celui-ci le dévisageait avec une certaine insolence.

Hélène poussa un soupir de contentement :

— Tu deviens plus sage. Ça me fait plaisir. C'est bien. Il était temps que nous devenions adultes. On ne peut pas sautiller toute une vie. Après quarante ans, l'amour devient un peu ridicule, tu ne crois pas?

Surtout, il fallait rester immobile. Il aurait peut-être hurlé de douleur si son pied avait, par dérision, effleuré le pied d'Hélène. Gagnant sa liberté millimètre par millimètre, il s'écartait vers le bord extérieur du lit. Il enviait furieusement ses enfants : eux, ils avaient leur chambre individuelle; ils pouvaient s'enfermer dans leur solitude. Lui, il était ostensiblement livré.

Il eut beaucoup de difficulté à fixer son attention. Par moments, il était incapable de reconstituer le fragment de phrase qu'il venait de lire. Pourtant, ces fouilles au Mexique... Il aurait préféré s'abandonner, les yeux fermés, à ses souvenirs.

— Tu lis encore? demanda Hélène.

Elle désirait dormir.

— Oui, je lis encore.

Hélène poussa un soupir à peine audible, se replia sur elle-même, et d'un geste, appuya sur le bouton qui commandait sa lampe de chevet.

Immobile, le lourd ouvrage à la main, Yves attendait. Quand la respiration de Hélène devint régulière, il posa son livre par terre, éteignit la lumière à son tour et se livra enfin à ses rêves. Il imagina Sigrid dans ses bras. La tension qu'il en éprouva fut si visiblement forte et dégagea une telle chaleur qu'il craignit un brusque réveil de Hélène.

Cloué à ses draps, conduit par la seule puissance de l'imagination à la limite d'un plaisir inaccessible, il souffrait comme un malade. Livré à son lit, crispé de fatigue et de désespoir, il attendait une libération. Des gouttelettes de sueur sillonnaient son visage, couraient vers ses tempes et étaient absorbées par l'oreiller.

« Sigrid... » Ce prénom lui parut essentiel pour sa survie. Gourmand de chaque lettre qui le formait, il le répétait, il le prononçait presque à mi-voix. A force, le mot en perdait son sens, il devenait un vocable étranger, agaçant dans son insignifiance. Mais, l'eût-il abandonné, ne fût-ce qu'un temps, ce prénom serait revenu intact, de nouveau évocateur, sur ses lèvres.

« Sigrid... » Il l'abandonna et le reprit. Il jouait avec le prénom.

Il ne put rester au lit. Sans chercher ses pantoufles dans le noir, pieds nus, il alla dans la salle de bains et referma la porte derrière lui. Il était humide de sueur; sa veste de pyjama collait sur son dos. Il fut pris de nausée. Ensuite, il se mit à frissonner. Il s'assit sur le bord de la baignoire.

Lucide, il se surveillait, il s'analysait. Son épuisement moral se transforma en une excitation qui chassait le sommeil. Un chagrin puissant le dopait. Il écoutait sa propre respiration.

Selon le réveil de cuisine que Hélène avait placé au-dessus de l'armoire à pharmacie, il n'était que minuit. Yves haïssait ce réveil, l'ordonnateur de chaque mouvement de chacun des membres de la famille. Dans la précipitation quotidienne, ils n'avaient droit, chacun, qu'à quinze minutes de présence dans le cabinet de toilette.

Minuit un quart... Yves commença à savoir deviner, sans regarder l'heure, l'écoulement du temps. Puis il se mit à fixer la grande aiguille. Celle-ci s'épaissit devant ses yeux, couvrit l'horizon et eut l'air de s'arrêter.

Il fallait survivre à cette nuit, mais demain, forcément, il agoniserait toute la journée. Après, il y aurait d'autres nuits, d'autres jours, d'autres visages. Et toujours, perpétuellement, cette douleur violente le tenaillerait, une douleur qui, à sa connaissance, ne ressemblait à aucune autre douleur.

Cette sensation qu'il désignait sous le nom de douleur s'était installée à la hauteur de sa cage thoracique. Un étau léger le tenait le long des cotes et, jamais selon le même rythme, le serrait périodiquement. Quand l'étau se relâchait, il fallait respirer profondément. Le mouvement de la respiration élargissait la poitrine et faisait contrepoids à l'étau. La douleur se refermait sur lui plusieurs fois par jour. Il essayait de la chasser comme on repousse une porte automatique, mais il n'y avait rien à faire.

Parfois, la lutte contre l'étau rendait sa respiration saccadée. « Vous n'avez quand même pas attrapé de l'asthme à Deauville, lui avait dit Chamain. Mon pauvre vieux! » Et il lui avait tapé sur l'épaule.

Un jour, il avait été, chez lui, appelé au téléphone par Chamain. Il avait eu soudain l'espoir que c'était peut-être Sigrid. Quand il eut reconnu la voix, l'étau s'était resserré et il s'était mis à tousser. Malgré toute sa volonté, il avait pu difficilement arrêter cette toux nerveuse. « De l'asthme, avait répété Chamain. Avez-vous eu des asthmatiques dans la famille? Ce sera la première question du médecin. C'est marrant que ça se manifeste si tard. Vous êtes peut-être allergique à quelque chose. Regardez bien autour de vous : commencez à surveiller les objets. Vous êtes allergique à un contact quelconque. Sinon, vous avez de l'asthme classique. A

202

voir... » « Ce n'est rien, avait dit Yves, ce n'est rien. »

L'obsession de l'attente le minait. Chaque jour, chaque heure, aurait dû amener une nouvelle concernant Sigrid. Par instants, elle apparaissait très proche de lui. Il aurait pu la toucher. A d'autres moments, hostile, indifférente, elle passait à côté de lui sans l'effleurer du regard. Ces rencontres imaginaires, avec leurs hauts et leurs bas, avec leurs caprices improvisés, peuplaient les jours vides de Yves. Au bureau, il restait pendant des heures le stylo à la main, penché sur la même feuille. Les lignes tracées par lui se fondaient en taches grises et multiformes.

La seule évasion possible venait de ces moments d'absence que Yves improvisait.

Cette nuit-là, il était resté durant des heures dans la salle de bains, épuisé de l'attente de lui-même. Il se sentait mal. Quand il revint en titubant dans la chambre, il retrouva au lit sa place encore un peu humide de sueur et refroidie. La présence, la proximité physique de Hélène le gênait. Il eût aimé être seul.

Il se sentait injuste envers Hélène, mais, depuis qu'il était revenu de Deauville, celle-ci s'était transformée à ses yeux. Elle avait pris les dimensions d'un mille-pattes gigantesque, armé de tentacules meurtriers. Elle s'était transformée en un énorme serpent qui, d'une seule étreinte, aurait pu briser quelqu'un. Lorsqu'elle parlait de futures économies à faire, elle avait la tête grise et allongée d'une souris géante.

Il n'aurait pu définir ni le jour ni l'heure de l'apparition de la douleur.

« Sigrid me manque, s'était-il dit d'abord. Demain, cela ira mieux. Le temps que je l'oublie et qu'elle ne me fasse plus mal, et elle sera de retour. »

La transformation d'Hélène à ses yeux aggravait les difficultés. Dès qu'il l'avait revue, en rentrant chez lui, il avait su qu'il devrait reprendre la vie qu'on appelait normale. Pourtant, ayant subi deux baisers fraternels sur les joues et une accolade assez sportive, il avait à peine accepté de déposer sa valise dans l'entrée.

— Tu vas rester là longtemps à attendre, chéri? avait demandé Hélène. Qu'est-ce que tu attends?

— Rien, avait-il dit... Rien. Tout va bien?

— Tout va bien : ferme et librairie t'attendent.

Elle avait le don des raccourcis. Avec une seule phrase, elle le ligotait, le bâillonnait.

La joie frénétique du caniche semblait elle aussi à peine tolérable. Yves aurait voulu être méchant et l'éloigner d'un coup de pied robuste.

— Pauvre Chouchou, il aime bien son maître. Il n'a pas beaucoup de succès avec ses élans. Caresse-le donc!

Il le caressa. Le chien gémissait et tremblait sous la main.

« Sale bête perverse, se dit-il. Jouisseur! Ce n'est pas vrai qu'en me voyant ton bonheur soit si grand que tu éprouves une pareille sensation de félicité. Sale hypocrite, va! »

— Tu me donnes ton manteau? Tu n'as pas eu trop froid? Tu n'as pas perdu tes gants? Tu sais que j'ai pu enfin ranger tes affaires; et j'ai retrouvé, d'ailleurs, le gant beige que nous avons tant cherché. Tu as l'air abattu, Yves.

Parce que, peut-être, il aurait dû se montrer gai.

— On n'aurait pas dû démolir la villa, dit-il. On aurait pu la sauver. Même si on l'avait vendue par appartements, nous aurions pu en garder un, ou, pour notre part, demander un appartement dans l'immeuble neuf qu'on va bâtir à son emplacement.

— Rien ne peut remplacer une ferme, dit Hélène, péremptoire. Tu préfères les coquillages au jardinage, d'accord. Mais moi, j'existe aussi. Je veux des fleurs. Jamais aucune fleur n'a résisté à la mer. Sur deux mille mètres carrés vous n'aviez pas une marguerite à Deauville.

Yves la contemplait. L'idée même d'une étreinte obligatoire lui donnait un haut-le-cœur.

Hélène prenait déjà la valise en charge.

— Demain, on va à Rambouillet, chantonna-t-elle, pour voir une ferme formidable. Cela va nous changer la vie.

Elle jubilait. Son vieil ennemi, la maison de Deauville, avait disparu.

— C'est un vrai miracle que Armelle ne soit pas venue, raconta-t-elle. Quel casse-pieds, ta sœur! Si elle n'avait pas eu peur d'attraper la crève, elle y serait allée. « Je veux en profiter aussi », a-t-elle dit. Tu parles : en plein hiver... C'est une gourde, une gourde agressive. Elle a encore pleuré sa lampe...

Yves revit un instant la chambre de Deauville et se réfugia dans la pièce qu'on appelait ici, avec beaucoup de prétention, son bureau. Effectivement, son bureau était placé en biais dans un coin de la salle de séjour. Un vrai dépotoir! Tout le monde l'utilisait. Souvent, les enfants y laissaient leurs verres vides ou leurs bouteilles décapsulées de Coca-Cola. Il y avait dessus, un bouquet; il le regarda, hostile.

— C'est pour toi, dit Hélène.

Elle faillit l'embrasser de nouveau.

Ces petits airs de réjouissance qu'avaient pris les êtres et les objets pour fêter son retour, l'exaspéraient. « Par habitude, peut-être, se dit-il, on peut rester; si on ne connaît pas d'issue, si toutes les portes sont bouclées et verrouillées. Mais, après avoir connu un paradis insolite, se retrouver ainsi dans la même cage, sentir les mêmes odeurs, refaire les mêmes gestes, entendre les mêmes mots... » Cela lui parut absurde. Pour se donner une contenance, il s'assit derrière sa table.

— Il te plaît, mon bouquet?

— Oui, dit-il.

Il donna discrètement un coup au caniche. Traître odieux, celui-ci se mit à sangloter comme si on avait voulu l'écorcher.

— Qu'est-ce que tu as fait à Chouchou? interrogea Hélène, anxieuse. Le pauvre bonhomme! Regarde! Viens chez maman, viens!

— Je n'ai pas une pièce à moi, dit-il, bouillonnant de rage. Ce n'est pas normal. J'aurai à travailler.

— Dans quelques années, les enfants s'en iront et l'appartement ne sera que trop grand. En attendant, à la ferme, tu auras ta pièce.

Il alla voir la ferme. Hélène conduisait. Sur le tableau de bord, il découvrit, dans un cadre, la photo de Gérard et d'Anne-Marie.

— C'est mignon, non, les enfants, là? En les regardant, je conduis moins vite.

« Prendre la place d'Hélène : se lancer à une vitesse folle contre un arbre... » Il n'y avait pas un seul arbre au bord de la route. Se lancer contre une autre voiture : pourtant, il fallait reconnaître qu'il serait très injuste de tuer Hélène; elle n'était strictement pour rien dans son profond dégoût et les enfants avaient besoin d'elle. Sa gentillesse volubile n'était pas forcément justification pour un homicide!

Il se tassa sur son siège. Hélène conduisait avec sûreté et prudence. Yves s'évadait déjà. Il se mit à se remémorer les dernières heures passées avec Sigrid. Il se concentra. Il ferma les yeux. La sensation qu'il évoquait — les lèvres de Sigrid sur les siennes — était proche. Il était si près de cet instant de félicité que l'étau même se desserra sur la poitrine. La voix de Hélène le secoua :

— Yves, écoute, Yves : tu deviens si distrait. On dirait que tu ne m'entends pas.

Bousculé, séparé de ses souvenirs, il se retourna vers Hélène qui prit soudain l'aspect d'une immense tortue des mers du Sud. Elle flottait bêtement dans un liquide visqueux, balayant le chemin avec ses deux courtes pattes de devant. Aucune expression dans ses yeux globuleux. Pourtant, cette tortue géante lui faisait des reproches.

Il respira profondément.

— On dirait que tu me vois pour la première fois, dit Hélène. Ecoute, je te le répète : ne fais pas la tête à l'agent. Il prend une commission raisonnable et il est très bien élevé.

« Il faudrait que je divorce », pensa Yves. La phrase clé chassa la tortue. Hélène réapparut. « Je vais divorcer. » Il se mit à sourire.

— Yves, mon chéri, tu as compris pour l'agent ?

— Oui, tu as raison.

La liberté l'attendait à un lieu qui paraissait exotique. Sigrid faisait de grands signes d'une île verte... Etre avec elle, n'importe où...

L'homme obséquieux et volubile qui les attendait au café du village jaugea Yves d'un regard. Il connaissait par cœur l'expression uniforme de ces maris traînés de force dans les environs de Paris, le dimanche, de ces futurs esclaves de barbecues de toutes tailles, de ces tondeurs de gazon fiévreux qui trouveraient, un jour, presque un plaisir diffus dans leurs servitudes campagnardes.

— Ne soyez pas étonné si mon mari n'est pas enthousiaste. D'abord, il est peu expansif et puis, il n'aime pas tellement la campagne. Mais, en revanche, il est gentil, il vient par gentillesse. Ses parents avaient une maison à Deauville. Evidemment...

On parlait de lui comme s'il avait été absent. Il fut profondément agacé du fait que Hélène excusait déjà son manque d'enthousiasme. Qu'est-ce qu'ils attendaient de lui, ces complices? Qu'il jette son chapeau en l'air et qu'il le rattrape en criant : ollé, ollé? Qu'il se roule dans l'herbe? Qu'il se frappe les mains en se pâmant de plaisir? Ces impudents! Ils voudraient qu'il chante en montant sur l'échafaud! Qu'on lui foute plutôt la paix, que toutes les vaches crèvent, que ces fermettes grotesques soient balayées par un cyclone!

— Tu vas voir, répéta Hélène. Tu vas voir...

— Ici, il faudrait s'arrêter, dit l'agent. Vous permettez? Le reste, on le fera à pied. La route n'est pas très bonne.

Ils descendirent.

— Et voici votre chemin de terre à vous.

Pourquoi cet individu leur attribuait-il déjà cette piste crotteuse? « Votre chemin... » Et quoi, encore?

— Je passe devant, dit l'agent.

Hélène le suivait. Yves se laissait entraîner derrière eux. Hélène avait des bottes; ses mollets semblaient épais. Elle-même devint carrée et lourde. « Sigrid... » « Il faut absolument divorcer. Il faut trouver un avocat. On dirait que Hélène a mis une jupe-culotte. A son âge! » Elle avait aussi son âge. Alors? De quel droit se rendait-elle ainsi ridicule en voulant s'attribuer l'aspect d'une femme fragile? « Elle n'est ni jeune ni fragile. Voilà. » Il se sentit soulagé.

Ils arrivèrent à l'emplacement d'une petite grille. On en voyait encore les gonds. Elle aurait dû être là, entre les deux bouts de mur.

— Vous savez, vous pourrez aussi bien mettre un portail en bois, plus tard. Rien ne vous oblige à une grille. Ça coûte cher, une grille, même petite.

Entré par cette porte fictive dans un espace de quelques centaines de mètres carrés entouré de murs, Yves en était déjà à la fin de sa procédure de divorce. « Aux torts réciproques », concluait-il. Il venait d'abandonner, sans contrepartie, la ferme longue et basse.

— Regarde : quelle merveille! s'exclama Hélène. Tu verras les poutres. Elles sont formidables, les poutres!

— C'est une ruine hideuse, prononça Yves, soudain courageux. Ce n'est pas une ferme; c'est une ruine.

Elle haussa les épaules et se tourna vers l'agent.

— Mon mari n'a pas tellement d'imagination. N'est-ce pas, chéri? Moi, je la vois déjà arrangée notre ferme.

— Ça a beaucoup de cachet, dit l'agent, inquiet. Il n'y a personne autour. Vous serez seuls.

Yves, à la suite des deux autres, entra dans cette carcasse qui n'était même plus une grange. Il pénétra, étonné, dans un gouffre moisi.

— Ici, tu vois, dit Hélène, une baie séparera la salle de séjour de la salle à manger. Au bout, on fera reconstituer la cheminée; cela aura une allure folle. Au grenier, nous ferons quatre chambres pour les enfants et pour leurs invités.

Yves jeta sur elle un regard furtif. « Irréprochable. Evidemment elle est irréprochable. Elle n'a jamais eu de tempérament. Une fonctionnaire honnête de l'amour légitime; c'est ce qu'elle est. Elle aura certainement beaucoup plus de plaisir avec sa ferme qu'elle n'en a jamais eu avec moi. Monsieur le Président, je veux divorcer : ma femme me trompe avec une ferme longue et basse. Je n'accepte pas cette forme d'adultère. Je suis remplacé, trompé par des objets, par des lieux. Je n'existe plus. Donc, monsieur le Président, j'attends de vous ma liberté. »

— On peut en faire une jolie chose, répondit-il, conciliant.

Dans son esprit, il était déjà libre. Il vivait avec Sigrid dans un petit studio. « La première semaine, nous nous enfermerons pour nous aimer. Je vais demander une semaine d'avance sur mes vacances d'été et j'aimerai Sigrid tout le temps, sans cesse. Quand je lui accorderai un moment de liberté, elle ira faire les courses. Je resterai au lit, convalescent de l'amour, affaibli de plaisir, titubant de bonheur. Je ne rêverai que de l'instant où je recommencerai à l'aimer. Je guetterai ses pas. Brûlant, impatient, je réclamerai son retour. Je lui ferai des reproches : « Pourquoi es-tu restée si

209

longtemps? Il ne faut pas me laisser seul. » Dans un délire, je l'embrasserai de la tête aux pieds. »

— Alors, dit Hélène, mon chéri, es-tu d'accord?

— Si ça te fait plaisir...

— Oh! comme tu es gentil! s'exclama Hélène.

Elle l'embrassa légèrement sur les lèvres.

Sans qu'il puisse s'en empêcher, pour se défendre, il fit deux pas en arrière.

— Ne tombe pas, dit Hélène. Fais attention, c'est plein de trous.

Il était furieux contre elle : elle n'avait pas le droit d'effacer la trace qu'avaient laissée les baisers de Sigrid sur ses lèvres. Elle n'avait pas le droit.

L'agent les observait.

« L'affaire est fragile. Ils sont séparés de biens; c'est lui qui paie. Il ne faudrait pas qu'il la plaque avant le paiement. »

— J'aimerais signer les papiers le plus vite possible, déclara Hélène. Avec les travaux à faire, nous pourrons nous installer tout juste pour l'été.

Devant la grisaille de cette éternité de vie quotidienne qui lui avait été infligée, Yves décida de se rendre utile au moins à ses enfants. Il lui fallut une semaine pour comprendre qu'il les gênait, qu'ils ne passaient avec lui que par politesse leur temps précieux. Pourquoi abandonner, à cause de leur père, les amis, leurs programmes? Ouvertement, ils lui firent sentir qu'ils préféraient ne pas être gênés dans leur existence habituelle. Ils n'aimaient pas l'intérêt pesant de leur père. Ils en étaient ennuyés et agacés.

Penché sur son fromage, au cours d'un déjeuner, Gérard lança :

— Aujourd'hui, j'ai récolté une mauvaise note en math. Le salaud, à côté de moi, n'a pas soufflé. On ne peut jamais rien attendre d'un juif.

Yves sortit de son isolement.

— Comment, fit-il, qu'est-ce que tu dis?

— Il dit que son voisin, le juif, n'a pas soufflé, répéta Hélène en attaquant un yaourt.

— Pourquoi cette discrimination? demanda Yves, désorienté. Comment oses-tu ainsi discriminer quelqu'un? Nous sommes des Français libéraux.

— Un juif reste un juif, coupa court Hélène.

— Tu n'as pas raison.

Yves criait :

— Vous n'avez pas raison. Le plus grand drame de l'Histoire a commencé par cette phrase-là.

— Quel drame? demanda la fille en levant la tête d'une publication pour adolescentes. Quel drame?

— Mais le drame de 1939.

La fille haussa les épaules :

— Vraiment, papa, avec ta guerre que tu n'as même pas faite, de quoi as-tu l'air? Tu te révoltes un peu tard. Tu as toujours dit que la politique ne t'intéressait pas.

— Allez, allez, mes enfants, dit Hélène, distraite.

— Je vous interdis, dit Yves, livide. Vous comprenez, vous deux? Je vous interdis de devenir racistes. Je vous interdis la haine.

— Votre père est fatigué. Allez, dites-lui au revoir.

Les deux « au revoir », indifférents, se succédèrent.

— Les attraper à cause d'un juif! dit Hélène en haussant les épaules; tu exagères.

A force de regarder la liste qu'il avait cachée dans la poche de son manteau, Yves retenait presque malgré lui certains numéros. Au bout d'interminables semaines d'attente, sa souffrance l'entraînait dans des cabines téléphoniques. En sortant de son bureau, énervé, il s'enfermait dans des cages de verre; il composait des chiffres. Une idée folle l'aurait incité à demander aux gens que Sigrid avait pu faire chanter, si elle leur avait téléphoné dernièrement; à prendre, pour ainsi dire, de ses nouvelles. Assurément, il n'osait jamais pousser le bouton de l'appareil automatique. Il écoutait un peu les « allô... allô... » et imaginait que ces mêmes voix avaient été entendues, un jour, par Sigrid. Il sortait des cabines pâle comme un criminel. Souvent, il était injurié par ceux qu'il faisait attendre.

Depuis la vente de la villa de Deauville, la vie s'organisait autour de Yves, bien indépendante de sa volonté. Il se sentait inutile, plutôt encombrant.

Hélène signa le bail pour la librairie.

— Tu as mauvaise mine, lui dit-elle à cette occasion. Ne crois-tu pas qu'il faudrait aller voir le docteur? Tu manges peu, tu dors mal.

Aurait-elle pu soupçonner instinctivement l'aventure de Deauville? Aurait-elle pu avoir le sadique petit courage de pousser ses investigations psychologiques assez loin pour deviner son secret? Serait-elle capable de souffrir avec un certain plaisir, la connaissance des faits lui donnant cette supériorité qu'elle aimait tant?

Dans ce cas-là, libéré de sa solitude, il pourrait enfin parler de Sigrid. Une Hélène « au courant », une Hélène maternelle lui paraissait, par moments, sympathique.

Délicatement, en avançant lentement, il lui aurait confié ses tourments. Il se serait enfin dévoilé. Il lui aurait expliqué qu'avec une autre il pouvait être un amant extraordinaire. Il aurait presque une honteuse tendance à se vanter. Réveiller la curiosité physique de Hélène et la rejeter après : « Avec toi, non, jamais. Avec elle, oui. »

Partager avec elle, si raisonnable et si logique, sa souffrance. Lui exposer froidement son cas. Aller jusqu'à demander son avis et son aide forcément fraternelle. Lui promettre une affection profonde si elle acceptait d'entendre parler de Sigrid. Lui décrire en la ménageant certaines scènes : « N'est-ce pas, tu n'aurais jamais cru... Je puis être fou d'amour. Moi l'homme équilibré, l'homme sans surprise... Presque dommage pour toi, Hélène, de n'avoir jamais connu cette félicité... Je t'inciterais à essayer. Je ne te condamnerais pas, au contraire, si tu pouvais. Il est temps encore. Oui, je suis devenu franc. Immoral? Non... franc. Et puis, tu comprends, Hélène : cette femme, elle a besoin de moi, je peux la protéger et la prendre en charge. Je te donnerai un peu moins d'argent chaque mois, pour pouvoir vivre avec Sigrid. Mais elle gagnera bien sa vie, ne t'inquiète pas. Il me faudrait une sorte d'argent de poche : à peine un peu plus que ce que tu me donnes ici. Je crois qu'il n'est pas forcé que les enfants soient au courant. Et puis, Hélène, il ne s'agit pas seulement de son corps; j'aime son âme. Elle est très blessée, cette fille, tu comprends? Je ne sais pas, mais j'imagine même que tu devrais la prendre en amitié, l'aider. En 1966, cela ne devrait pas être impossible. Je ne peux pas vivre sans elle. Alors, c'est simple. Il faudrait que tu t'accommodes. Je crois que, si tu ne la rebutais pas, vous pourriez presque être amies. »

— Tu veux prendre ta température? demanda Hélène, un soir.

— Non, dit-il, morne.

Encore un mot et il allait l'injurier. C'en était fini de la pseudo-amitié avec Hélène. Elle était détestable parce qu'elle était là. Quand il sentit le poids de Hélène sur le lit, le mouvement même de son entrée dans la couche conjugale, il en fut malade. Il la haïssait.

15

Ce jour-là, en sortant à 6 h 15, de son bureau, selon son habitude il allait comme un somnambule vers la station de métro. D'après Hélène, il était plus facile de prendre le métro deux fois par jour que d'avoir la voiture avec lui et d'être obligé de se préoccuper du parking. « Et s'ils emmenaient la voiture en fourrière? » C'était peut-être la seule chose, dans la vie, qui faisait peur à Hélène. Il avait accepté avec plaisir. Libéré de l'obligation de manger chez lui, il ne déjeunait plus à midi. Pendant une heure et demie, il déambulait sur les boulevards chargés de foule. Il pouvait, ainsi, aller d'un bistrot à l'autre et boire des cafés-crème. Chaque café était un univers à part; bruyants, bourrés de toutes sortes de gens, ils représentaient un incomparable terrain d'investigation. Accoudé sur le zinc, Yves attendait son café. L'ayant bu, il se retournait vers la salle et se mettait à examiner les clients un par un. Des filles bavardes discutaient au-dessus de biftecks-frites. D'autres, perdues dans leur néant, mangeaient des crèmes au caramel. Personne ne ressemblait à Sigrid... personne. Il payait et continuait ailleurs.

Il était persuadé que Sigrid était de retour et qu'elle ne lui avait pas fait signe. Sans un miracle, il lui était impossible de la retrouver. Il récapitulait chaque détail de leurs conversations. Sigrid ne lui avait jamais donné aucune adresse, sauf celle de Munich.

Ce soir-là, donc, il descendait les marches qui menaient vers les couloirs souterrains du métro. L'odeur commençait à le prendre à la gorge. L'humanité, grise et compressée, déferlait vers les rails.

Quelqu'un le heurta.

— Pardon, dit-il machinalement, pardon.

— Un instant, monsieur Barray.

Il étouffa un cri. Il avait reconnu la voix de Vahl. Il pivota sur lui-même et quand, effectivement, il aperçut Vahl, les larmes d'un bonheur violent lui montèrent aux yeux.

— Où est Sigrid? demanda-t-il aussitôt. Où est Sigrid? Si vous êtes là elle est là aussi.

— Claqué entre les doigts... Elle nous a claqué entre les doigts, dit Vahl.

Il semblait énervé. Son visage était creusé de fatigue.

— Je suis amoureux d'elle, confia Yves, hagard.

S'il l'avait fallu, il se serait mis à genoux devant Vahl pour que celui-ci l'épargnât. Les gens se heurtaient à eux.

— Amenez-moi vers elle, dit Yves. Je ferai n'importe quoi pour la retrouver.

— Moi aussi, dit Vahl. Moi aussi... Je crains que vous n'ayez pas compris.

— Mais laissez donc le passage libre! cria quelqu'un.

Vahl prit Yves par le bras et le tira vers un recoin plus calme.

— Où allons-nous? demanda Yves.

Vahl l'entraînait avec lui. Ils se retrouvèrent sur le quai. A la hauteur de la première classe, une femme s'approcha des rails et les regarda. Elle recula aussitôt, prudemment, quand le métro arriva sur la ligne. Il y eut un échange de foule : ceux qui descendaient se précipitaient vers les portes de sortie; ceux qui montaient, cherchaient les rares places à l'intérieur des compartiments.

Yves se rendit compte qu'il s'était agrippé à Vahl, qu'il le tenait :

— Pourquoi ne dites-vous rien? Elle est là? Pourquoi ne m'a-t-elle pas appelé?

— Asseyons-nous, dit Vahl.

La tête sur la poitrine, un clochard dormait au bout du banc.

— Mlle Dusz a pris le bateau. Personne, apparemment, ne l'a contactée avant qu'elle soit à bord. Nous avons eu un départ banal, y compris chants, serpentins de couleurs, émigrés larmoyants et musique de circonstance. Nous avons vu Mlle Dusz plusieurs fois au salon, dans la salle à manger. Une fois, elle est même allée au cinéma. Au bout du quatrième jour, le bateau s'est arrêté en pleine mer. Nous avons cru à un exercice. Les bateaux de sauvetage descendus, des dizaines de marins ont sillonné la mer dans des embarcations.

Yves devint très calme :

— Elle est morte? demanda-t-il.

— On a signalé la disparition d'une personne inscrite sur la liste des passagers sous le nom de Sigrid Dusz. C'est tout. Ils l'ont supprimée. Je vous ai bien dit qu'elle était trop impertinente. Rien n'est plus facile que de faire disparaître quelqu'un sur un bateau en pleine mer. Elle avait cru qu'elle serait la plus forte. Moi aussi. J'ai perdu vingt ans, monsieur Barray, en poursuivant cette fille. J'aurai le père; je ne le lâcherai jamais. Si elle vous a dit quelque chose, tout m'est utile, je vous le signale, tout.

— Elle est morte, dit Yves.

— Apparemment, oui, dit Vahl. Je suis incapable de m'apitoyer. Elle vous a impressionné à ce point?

— Tenez, dit Yves, en prenant machinalement la liste que Sigrid lui avait dictée, et qu'il tira de la poche de son manteau. Tenez... décapitez-les. Elle avait très peur de la mort. Je voulais vivre avec elle. Je n'aurais pas dû la laisser partir.

Vahl prit le papier. Ses lunettes brillaient. Derrière les verres, son regard ressemblait à celui d'un miraculé.

— Décapitez-les, répéta Yves.

Il entra de justesse dans un compartiment dont la porte automatique se referma presque sur lui. Il se cala dans la foule compacte. Une grande femme se cognait à lui à chaque secousse :

— Pardon, disait-elle. Pardon.

La foule était silencieuse. Certains regards l'effleuraient. Yves tourna le dos et regarda les murs noirs du souterrain.

Comme d'habitude, il descendit à la porte Maillot. Il avalait difficilement sa salive. La douleur le tenait, par moments, si fort qu'il en perdait le souffle. Il devait s'arrêter et s'appuyer contre un mur. Il lui fallait, ce soir, affronter la famille, parler, écouter, dîner. La télévision aiderait peut-être. S'il y avait une émission que tout le monde regardait, personne ne s'occuperait de lui.

« Et puis, pensa-t-il, ça va passer. C'est mieux ainsi. C'était une affaire sans issue. Je n'aurais pas pu m'organiser, vivre avec elle. Je n'aurais pas pu. » Il sentait la faiblesse de l'argument.

En pénétrant dans l'immeuble où il habitait, il constata que la concierge avait mis une plante verte de plus devant sa porte. Comme souvent, l'ascenseur était hors d'usage à cause d'une réparation qui durait depuis des jours. Il monta lentement vers le quatrième étage. Chaque défaut du tapis lui était familier. Il s'arrêta sur le palier du troisième. Il écouta les exercices au piano d'une fillette qu'il connaissait de vue. Une mélodie vieille comme le monde, usée par tous ceux qui usent, à cet âge-là, les pianos, s'élevait et retombait dans ses cendres.

Avec beaucoup de précautions, il fit fonctionner sa clé. Il eût aimé s'insérer de nouveau dans son ancienne vie, se réinstaller vite, sans chagrin. Il eût aimé aussi passer inaperçu. Il ne lui fallait pas souffrir pour quelqu'un qui n'existait plus. Logiquement, il ne devait plus souffrir.

Il ouvrit la porte. Le caniche, qui devait l'attendre, s'élança pour fêter son retour. Il n'avait même pas eu le temps de tourner le commutateur. La masse noire, vigoureuse, s'était jetée contre lui, poussait des gémissements de bonheur, lui léchait les mains, et, quand il se pencha pour le calmer, lui barra le visage d'un grand coup de langue.

De la cuisine, s'infiltrait jusqu'à lui l'odeur de la soupe au cresson. Yves reconnut la voix d'une speakerine.

Mais, soudain, son instable équilibre fut renversé, mis à bas. Il aurait eu plutôt envie de hurler. Il faudrait donc qu'il reste là, qu'il enlève son manteau, qu'il aille au salon, qu'il lise le journal que, déjà, tout le monde aurait feuilleté? Souvent, il manquait même des pages; Gérard arrachait le sport.

— Ça ne t'intéresse pas en tous les cas, lui avait dit un jour son fils. Pourquoi le cherches-tu?

— Cela doit être papa, fit la voix de Hélène.

Elle parlait à un de leurs enfants. Qui d'autre aurait pu venir, ce soir, à cette heure, sinon papa?...

« Sigrid... » dit Yves.

Le chien attendait, maintenant, en face de lui, assis, balayant la moquette de sa petite queue vigoureuse. Il souriait presque. « Il croit que nous allons descendre », pensa Yves. « Un geste de plus et il m'apportera sa laisse. » Il n'aimait pas descendre le chien. Celui-ci tirait trop. Il avait envie de le lâcher en liberté.

— Mais tu es fou, disait Hélène. Pour qu'il soit écrasé sous une voiture... Au contraire, il faut le tenir bien serré.

Où se cacher?

Yves reprit sa serviette, remit son chapeau comme s'il venait d'entrer. Il s'humecta les lèvres et crut avoir donné à son visage une expression normale. Il frappa à la porte de sa fille. Celle-ci ouvrit et le regarda, étonnée.

— Voilà, fit-il, je ne peux rien t'expliquer. J'ai besoin... j'ai besoin d'aide.

— Tu es malade, papa?

— Non, du tout. Tu veux arrêter ton tourne-disque?

Elle appuya sur un bouton. Les chanteurs anglais se turent.

— Il faut que tu me laisses ta chambre. Ne t'affole pas : seulement pour cette nuit. J'ai un travail urgent à faire. Je voudrais m'enfermer. Pour l'avenir, c'est important; je n'ai pas un instant à perdre. Ne me demande rien; comprends-moi. Il faut que je m'enferme.

Il ne fallait pas qu'elle discute.

Il la prit par les épaules.

— Comprends-moi.

— Mais... dit-elle.

Leurs regards se croisèrent.

— Oui, papa.

Elle prit quelques cahiers, des livres et son transistor.

— Si tu voulais, essaya-t-elle; il y a un lit pliant au grenier.

Il la poussa dehors et referma la porte derrière elle. Il tourna le commutateur et resta enfin seul dans l'obscurité.

« Un homme ne doit point souffrir à ce point, se dit-il. Tout cela va se calmer. Il est absolument évident que je suis en train de crever sans une raison valable. Raisonnons donc. »

Il se coucha sur le lit de sa fille. Comme d'habitude, dans ses rêveries volées à la vie quotidienne, il voulait prendre Sigrid dans ses bras. Mais l'ombre jusqu'ici docile, le souvenir apprivoisé qu'était Sigrid, se déroba. Yves, allongé, se contracta. L'effort paraissait démesuré. « Pourtant, elle était là », murmurait-il. « Elle était là hier, avant-hier... » Il était incapable d'évoquer la présence physique de Sigrid. A peine voyait-il son visage.

Hélène frappa à la porte :

— Tu veux dîner là? demanda-t-elle. Je préférerais appeler le médecin. Tu es malade?

— Cela ne vaut pas la peine, répondit-il, poli. De toute façon, je ne le laisserais pas entrer. Ne le dérange pas inutilement. Je ne suis pas malade. Je travaille. J'ai une étude à faire. Je t'expliquerai demain.

Il tourna vite le commutateur.

— Tu vois bien que j'ai de la lumière. Je travaille. J'étais dans l'obscurité parce que je voulais réfléchir. Pourquoi me surveille-t-on?

— Tu ne voudrais pas un yaourt?

Il ne répondit plus.

Le matin, de bonne heure, il se fit, à la cuisine,

un café frais. Il crut que le bruit du moulin à café électrique allait réveiller tout le monde. Non. Ils dormaient tous vraiment bien.

Il prit enfin son temps pour se baigner, se raser, s'habiller. Vers 8 heures, impatient et élégant, il joua la comédie du père « qui a bien travaillé grâce à sa grande fille compréhensive ». C'est lui qui apporta le café à Hélène dans la salle à manger.

— Tu es gentil, dit Hélène. Hier soir, j'étais inquiète, tu sais.

— Je m'en vais, dit-il, détendu.

— Il est trop tôt, répondit-elle, distraite. Veux-tu me passer le lait?

Il le lui tendit.

— Je m'en vais en Amérique du Sud. On demande un expert.

— En ‘Amérique du Sud? Quand?

— Dès que je peux. La circulaire qu'on fait passer chez nous retourne aujourd'hui au ministère. Je donnerai donc ce matin ma réponse affirmative. J'ai un bateau qui part de Cherbourg dans quinze jours.

— Je vais faire repeindre la chambre, dit Hélène, d'une voix morne. Je dormirai avec ta fille et je vais faire repeindre la chambre. Depuis Deauville, tu es détraqué. On a démoli ta maison, mais on t'a démoli aussi.

— Tout va bien, protesta-t-il d'une voix molle.

Il commençait à tambouriner sur la table de la salle à manger. Il ne fallait pas que cela dure trop longtemps.

— Tu reviendras quand, Yves?

— C'est selon...

— Selon quoi?

— Les recherches.

— On va pendre la crémaillère à Rambouillet pour Pâques; tu ne seras pas là?

— Non. Je ne vous manquerai pas. Vous pendrez très bien cette crémaillère sans moi.

— Pourtant, dit-elle, il y avait une époque

où nous nous aimions... Moi, je n'ai pas changé.

Yves la regarda. Elle était démodée et irréelle comme une vieille photo.

Au bureau, il attendit patiemment. Il se sentait sûr de lui-même. Chamain vint vers lui et glissa sur sa table la circulaire :

— Toujours la même, dit-il; celle d'il y a une semaine. Nous la revoyons une fois tous les deux mois. Il faut dire qu'elle n'inspire pas l'envie d'y aller : le voyage est long, la mission est mal payée; on n'a même pas un petit budget secret pour s'envoyer une Aztèque olivâtre et, je l'espère pour ceux qui ont la chance de les voir de près, passionnée.

Yves prit la circulaire. Distrait, il en relut le texte. Il le connaissait par cœur. « Départ de Cherbourg... Un an à Lima... petit salaire... Là-bas, évidemment, tout est payé... Un fonctionnaire français, un demi-savant pour les fouilles... Des débris précieux retrouvés récemment... » Cherbourg... et le même bateau qu'avait pris Sigrid.

— Alors?...

Il se retourna vers Chamain :

— Vous qui dites que je suis l'homme des surprises je vais vous surprendre aujourd'hui : j'accepte.

— Quoi? dit Chamain. Qu'est-ce que vous acceptez? Vous ne voulez pas faire une... aussi magistrale?

— Si, dit-il. Je veux une action aussi magistrale, aussi extraordinaire... Devenir quelqu'un... explorateur... Pourquoi pas? Cela impressionne beaucoup mes enfants. Ma femme est d'accord. Elle est même ravie : elle va pouvoir faire repeindre la chambre. C'est pratique un homme qui s'en va pendant un certain temps; on range bien ses affaires. Cela donne de l'air dans une famille. Vous ne connaissez pas ça, vous, Chamain... célibataire endurci, coureur...

— Vous y allez? insista Chamain. Vraiment? Vous y allez?

— Et comment! fit Yves. Allez, dites au patron de me convoquer et, surtout, ne courez plus avec votre circulaire. Un mot encore : je n'ai aucune raison de revenir très rapidement. Je fais ce qu'on veut. Je suis à la disposition de l'Etat.

Chamain, ébahi, lui tapa sur l'épaule :

— Vous êtes un original. Rien ne m'étonne de la part de celui qui a été capable de passer une semaine seul, en hiver, à Deauville.

Le bateau était déjà éloigné des côtes depuis trente-six heures quand, timidement, Yves osa enfin aborder, sur le pont supérieur, un marin.

— Il paraît qu'il y a eu un accident sur ce bateau, il y a deux ou trois mois. Je pourrais même vous dire la date exacte : il y a neuf semaines. Une Allemande est tombée à la mer. On ne l'a pas retrouvée. Vous étiez sur ce bateau; vous vous souvenez?

Le marin le regardait, pensif :

— J'ai entendu parler de cette histoire, dit-il, mais je n'étais pas en service : à l'époque, j'étais à terre.

— Croyez-vous qu'elle est vraiment morte? demanda Yves.

Le marin haussa les épaules :

— Si on vous a dit qu'elle était morte, c'est qu'elle est morte. Je n'en sais rien... Je n'étais pas là. Il faut demander à quelqu'un d'autre.

Yves ne voulait pas le lâcher :

— A qui?

— Mais aux autres qui étaient sur le bateau... Au commandant... à tout le monde... à la police...

— Parce que vous comprenez, reprit Yves, insistant, on peut très bien imaginer qu'elle est tombée à l'eau, qu'elle a nagé et puis qu'un autre bateau l'aurait sauvée. On a déjà trouvé ainsi des rescapés. Il y a des gens à qui cela arrive de nager six ou sept heures... L'être humain est très résistant. Ils ne meurent pas si facilement que ça, ceux qui tombent à l'eau. Il arrive...

— Ça se peut, dit le marin. Pourtant, la mer rend difficilement ceux qui s'y frottent. La mer n'est pas charitable. La mer aime avoir ses victimes. Mon bon monsieur, si on vous a dit qu'elle était...

Yves coupa court :

— Merci, merci.

Pendant son séjour en Amérique du Sud, il ira, nourri de l'espoir fou qui lui deviendra familier, d'une région à l'autre, d'une ville à l'autre. Il posera les mêmes questions à ceux qu'il abordera, peut-être de la même manière qu'il avait abordé Sigrid sur les planches, à Deauville. Avec un petit sourire sympathique, avec une sorte de timidité attirante. Voûté et grisonnant, il ressemblera à un adolescent égaré. Les gens, autour de lui, seront plutôt bienveillants, Il ne sera jamais ridicule et il restera toujours émouvant. Il aura visiblement besoin d'aide...

— Vous ne vous souvenez pas, par hasard, avoir rencontré une Allemande... Elle s'appelle Sigrid. Quand je l'ai vue pour la dernière fois, elle portait un manteau blanc. Elle avait aussi un fourre-tout marron. A cause du poids de ce fourre-tout, elle marchait en se penchant légèrement à droite... toujours un peu à droite. Il faudrait que je la retrouve. Je suis persuadé qu'elle m'attend quelque part. Elle m'appelle. Je tourne en rond. Je suis incapable de définir de quelle direction vient son appel... Je devrais peut-être m'arracher en mille morceaux, me transformer en cendres et m'offrir au vent. J'aurais ainsi une chance qu'un fragment de moi-même la retrouve quelque part... Vous êtes sûr de ne l'avoir jamais vue par ici?... En êtes-vous bien sûr?... Je vous en supplie : réfléchissez... C'est une Allemande... elle s'appelle Sigrid.

Composition réalisée en ordinateur par IOTA

IMPRIMÉ EN FRANCE PAR BRODARD ET TAUPIN
58, rue Jean Bleuzen - Vanves - Usine de La Flèche.
LIBRAIRIE GÉNÉRALE FRANÇAISE - 6, rue Pierre-Sarrazin - 75006 Paris.

ISBN : 2 - 253 - 02668 - 9

30/5498/8